HEDWIG COURTHS-MAHLER

Es gibt ein Glück

HEDWIG COURTHS MAHLER

Es gibt ein Glück

WELTBILD VERLAG

Genehmigte Lizenzausgabe für
Weltbild Verlag GmbH, Augsburg 1995

Einbandgestaltung: Peter Engel, München
Titelbild: Eric Bach, München
Gesamtherstellung: Presse-Druck Augsburg
Printed in Germany
ISBN 3-89604-180-0

1

Jetzt müssen wir aber hineingehen, Rosemarie. Ich habe noch zu arbeiten.«

»So geh nur allein, Heinz. Es ist doch so schön warm. Laß mich noch eine Weile im Freien bleiben.«

»Aber dann setz dich hier im Sonnenschein auf die Bank. Du darfst dich nicht erkälten und nicht ermüden.«

Ein unbehaglicher, trüber Ausdruck flog über Rosemaries Gesicht.

»Ja, ja — ich weiß schon, Heinz. Quäl du mich nur nicht auch noch mit solchen Vorsichtsmaßregeln. Es ist so schrecklich, daß ich immer an Schonung denken muß. Und deine Mutter predigt sie mir von früh bis spät. Ich möchte am liebsten nichts mehr davon hören, möchte mich viel lieber ganz unvernünftig austollen, bis ich todmüde wäre«, sagte sie aufseufzend.

»Aber Rosemarie! Das würde dir furchtbar schlecht bekommen, das weißt du doch«, erwiderte Heinz mitleidig.

Rosemarie seufzte wieder, tief und schwer.

»Ja, ich weiß es«, sagte sie fast ungeduldig. »Tante Herta läßt es nie an Ermahnungen fehlen. Ach, Heinz, es ist schlimm, wenn man kränklich ist. Kränklich und häßlich. Das ist eine garstige Mischung, nicht wahr? Aber sie paßt zusammen.«

Heinz sah seine Kusine einen Moment nachdenklich

an. Er wollte etwas erwidern, zögerte aber unbeholfen. Schließlich sagte er ganz energisch:

»Ach, weißt du, häßlich kann ich dich nun wirklich nicht finden. Nein, ganz gewiß nicht.«

Rosemaries Lippen umspielte ein seltsam müdes, schattenhaftes Lächeln, das dem jungen Gesicht einen unfrohen, resignierten Ausdruck gab, wie er sonst nur bei alten Menschen zu sehen ist.

»Man gewöhnt sich eben an alles, Heinz, auch an die Häßlichkeit. Deshalb fällt es dir bei mir kaum noch auf. Du hast mich in meiner ganzen Herrlichkeit neben dir aufwachsen sehen. Mir fällt es ja selbst nicht mehr auf oder vielmehr, es ist mir nie zum Bewußtsein gekommen, bis mich Tante Herta liebevoll und schonend darauf aufmerksam machte. Sie sagt, ich soll es nicht schwernehmen und mir nichts daraus machen, und sie versichert mir, daß ihr mich trotzdem liebhabt, alle beide. Es würde mich auch wenig bedrücken, wenn ich nur gesund wäre wie andre Menschen. Eigentlich fühle ich mich gar nicht krank. Aber Tante Herta prägt es mir immer wieder ein, daß ich es nur ja nicht vergesse.«

Heinz schob den leichten Hut weit aus der Stirn, als sei es ihm zu heiß geworden.

»Mama meint es gut, Rosemarie, sie sorgt sich so sehr, daß du dich überanstrengst. Aber ich meine, sie sollte es dir nicht zu oft sagen, es wäre besser, du könntest es zuweilen vergessen. Na — und häßlich bist du nun wirklich und wahrhaftig nicht, mir gefällst du sogar sehr gut«, schloß er mitleidig.

Wieder huschte das unfrohe, resignierte Lächeln um ihren Mund.

»Laß nur, Heinz! Kränklich und häßlich ist eins. Nur gesunde Menschen sind schön. Das sagt Tante Herta auch. Nun, alle Menschen können es nicht sein, es muß auch kranke und häßliche geben, sonst merkt man den Unterschied nicht.«

Es lag Bitterkeit in diesen Worten. Heinz reckte sich unbehaglich in den Schultern. Das ließ die schlanke, kräftige Jünglingsgestalt noch größer erscheinen. Seine Brust hob sich in einem tiefen Atemzug, als sei sie ihm zu eng geworden. Und auf dem hübschen, frischen Gesicht lag noch immer der mitleidige Ausdruck.

»Sei nicht traurig, Rosemarie. Wenn ich dich nur so richtig trösten könnte. Aber mir fällt nichts ein. Was dir Mama immer zum Trost sagt, daß ein gutes, edles Herz mehr wert ist als alle Äußerlichkeiten, wertvoller als die Gesundheit, das kann ich nicht unterschreiben. Gut und edel ist man für andre, gesund aber für sich selbst. Weißt du, ich an Mamas Stelle hätte dir gar nichts davon gesagt, daß du ein inneres Leiden hast. Dazu war es noch immer Zeit, wenn du selbst etwas davon gemerkt hättest. Vorläufig fühlst du ja Gott sei Dank noch nichts davon, und Onkel Steinau sagt, es sei überhaupt fraglich, ob es zum Ausbruch käme. Er glaubt es nicht. Aber wenn auch — du hättest dann doch wenigstens einige frohe, sorglose Jahre gehabt, hättest dich bis jetzt wenigstens deines Lebens freuen und dich für gesund halten können.«

Rosemaries Augen leuchteten auf, und ein leises Rot stieg in ihr Gesicht, das zart, aber nicht kränklich aussah.

»O ja, das wäre schön gewesen — wunderschön! Nur ein einziges Mal möchte ich wissen, wie es ist, wenn man gar nicht auf seine Gesundheit zu achten braucht. Ich fühle mich doch ganz frisch und kräftig. Aber ich darf nur einmal etwas tun, das ich gerne mag, dann ist Tante Herta gleich furchtbar ängstlich und verbietet es mir. Sie ist wirklich zu sehr besorgt um mich, und daß sie mich das so merken läßt, drückt mich sehr nieder. Oft ist eine ganz brennende Sehnsucht in mir, all ihre Ermahnungen in den Wind zu schlagen und wie unsinnig herumzutollen — meinetwegen, bis ich tot umfalle. Dann wäre es doch mit einem Mal aus und vorbei.«

Es lag ein solcher Jammer in ihren hastig hervorgestoßenen Worten, daß Heinz vor Mitleid ganz blaß wurde.

»Aber Rosemarie, liebe Rosemarie! Sei doch nicht so betrübt. Es tut mir so leid, daß ich dir nicht helfen kann. Weißt du, ein bißchen mehr Freiheit könnte dir Mama schon gewähren, das denke ich manchmal auch und habe es Mama auch schon gesagt. Aber sie will gar nicht hören, daß ich davon spreche. Gleich wird sie ängstlich und nervös und läuft mir davon, ohne zu antworten. Sie hat dich eben zu lieb und sorgt sich namenlos um dich. Onkel Steinau sagt auch, sie tut mehr als nötig ist und quält sich und dich damit. Aber du bist ihr ein anvertrautes Gut, und dein Wohlergehen ist ihre vornehmste, größte Sorge.«

Rosemarie zeichnete mit ihrem Schirm rätselhafte Runen in den Kies, mit dem die Wege im Park bestreut waren. Sie mußte denken: Wenn sich Tante Hertas Liebe und Sorge doch lieber dadurch zeigte, daß sie mich über meinen kränklichen Zustand hinwegtäuschte, als daß sie ihn mir immer wieder so eindringlich zum Bewußtsein brächte, dann wäre mir wohler.

Aber das sprach sie nicht aus. Schon der Gedanke erschien ihr undankbar. Sie war sich bewußt, daß sie Tante Herta bei weitem nicht so zärtlich liebte, wie diese es ihr täglich bewies. Aber sie konnte es nicht ändern, so sehr sie sich darüber selbst ausschalt.

»Ich weiß es, Heinz, daß ich Tante Herta viel Dank schuldig bin, und es ist nicht recht von mir, daß ich mich gegen ihre Fürsorge so auflehne. Aber du glaubst nicht, wie ich mich nach einem bißchen Freiheit sehne. Manchmal komme ich mir vor wie im Kloster oder im Gefängnis.«

Heinz rüttelte sie gutmütig ein wenig an den Schultern. »Du törichte Rosemarie, du bist doch die Herrin von Waldeck! Und ich meine, dieser schöne große Park hat so gar nichts von einem Gefängnis an sich.«

Rosemarie seufzte und zeigte zur Parkmauer hinüber. »Aber da sind die Klostermauern — sie umgrenzen meine enge Welt.«

»Nun — und läßt du sie nicht oft hinter dir, wenn wir zum Beispiel nach Steinau fahren?«

Sie drückte lächelnd seine Hand.

»Du bist ein guter Junge, lieber Heinz, und wirst nie müde, mich zu trösten. Dabei bist du doch reichlich drei Jahre jünger als ich.«

Er war froh, daß sie getröstet schien. »Dafür bin ich ein Mann, Rosemarie, und du gehörst zum schwachen Geschlecht.«

Sie lächelte. »Wenn das Hilde Steinau hört, lacht sie dich aus. Die läßt dich nicht als Mann gelten.«

Seine Augen blitzten.

»Sie soll es schon noch lernen. Aber nun muß ich an meine Arbeit gehen. Pflicht geht vor Vergnügen. Also adieu für den Augenblick, Rosemarie!«

»Adieu, Heinz!«

Die junge Dame setzte sich aufseufzend auf die Bank im Sonnenschein und sah ihrem Vetter nach. Der schritt schnell dem Haus zu und winkte noch einmal zurück.

Aber kaum war er zwischen den Bäumen verschwunden, da sprang Rosemarie von Waldeck hastig auf und warf den Sonnenschirm und den großen Schutzhut auf die Bank. Wie von einem lähmenden Druck befreit, dehnte und reckte sie ihre schlanke Gestalt, die in einem recht häßlichen und unkleidsamen, wenn auch kostbaren Kleid steckte, das ganz auf starre Seide gearbeitet war und steif und ungraziös ihre Glieder einhüllte. Sie ließ spähend und vorsichtig ihre Blicke umherschweifen, und als sie sah, daß sie ganz allein war, raffte sie ihr Kleid vorn ein wenig empor und lief den langen, breiten Weg im schnellsten Laufschritt auf und ab, bis sie endlich atemlos wieder auf die Bank zurücksank.

Ihre Augen leuchteten, und ein frisches, gesundes Rot stieg in ihr Antlitz. Ach — das tut wohl —, das ist herrlich — gottlob, daß ich nicht immer unter Aufsicht bin, dachte sie und sog in tiefen Atemzügen die würzige Frühlingsluft ein.

Als sie sich etwas beruhigt hatte, wiederholte sie den raschen Lauf noch einmal. Mit inbrünstigem Behagen atmete sie dann, wieder ausruhend, die Luft ein. Das Herz klopfte ein wenig schneller nach dem raschen Lauf, aber sonst spürte sie keinerlei Beschwerden. Nach einer Weile nahm sie Hut und Schirm, hing beides an den Arm und ging mit elastischen Schritten, die durchaus nichts von Krankheit und Schwäche verrieten, tiefer in den wunderschönen, alten Park hinein.

Sie hielt erst an, als sie bis zu der hohen steinernen Parkmauer gelangt war. Dicht dabei stand ein alter, breitästiger Lindenbaum. Um seinen dicken Stamm war eine Art Wendeltreppe aus Holz befestigt, so daß man bequem in die weit ausladende Baumkrone gelangen konnte. Zwischen zwei starken Ästen gab es da oben einen hölzernen Sitz, wie eine kurze Bank.

Das war Rosemaries Lieblingsplatz. Schnell und behend stieg sie die etwas unbequeme Treppe zu dem luftigen Bau empor. Sie verschwand vollständig zwischen den frischgrünen Blättern der Linde.

Mit behaglichem Aufatmen ließ sie sich oben auf der Bank nieder und lehnte sich an den Stamm der Linde. Die Füße fanden einen Stützpunkt auf der obersten Treppenstufe. Es war ein ganz bequemer Sitz.

Und von hier aus konnte Rosemarie weit über die Parkmauer hinaussehen, auch ein großes Stück des schmalen Weges, der draußen vorüberführte.

Sie hatte jetzt einen frohen Ausdruck im Gesicht. Hier oben saß sie immer gern. Schon seit Jahren hatte sie sich dieses Lieblingsplätzchen schaffen lassen — seit dem Tod ihres Vaters.

Aber seit kurzer Zeit hatte dieses Plätzchen noch eine ganz besondere Anziehungskraft für sie gewonnen, gerade um diese Stunde.

Sie sah auch jetzt nach der Uhr.

»Noch zehn Minuten bis elf Uhr — da muß er bald kommen«, sagte sie leise vor sich hin.

Und erwartungsvoll sah sie den Weg entlang.

Aber es regte sich noch nichts, und sie verfiel in eine grüblerische, träumende Stimmung.

Wenn man es mir nicht täglich versicherte, ich hätte keine Ahnung, daß ich krank bin. So leicht und frei ist mir immer, wenn ich mich ein wenig austollen kann. Überhaupt in der frischen, freien Luft fühle ich mich gesund und stark. Nur wenn mich Tante Herta im überheizten Zimmer festhält oder mich in Kissen und Decken einpackt, bin ich elend. Ach — wenn sie doch nicht so ängstlich und besorgt wäre! Wenn ich auch wirklich einige Jahre früher sterben muß — ist es nicht besser, wenn ich mir das Leben bis dahin lebenswert mache, als einige Jahre länger und immer in einem qualvollen

Zwang leben? Muß ich deshalb auf alles verzichten, was andern jungen Menschen Freude macht? Von allem muß ich mich zurückhalten. Ich darf nicht dabei sein, wenn andre tanzen und springen und lustig sind, damit ich mich nur ja nicht erhitze und erkälte. Ach, wie traurig ist das alles. So dachte sie betrübt.

Rosemarie von Waldeck war eine Waise und zugleich die Herrin eines schönen, großen Besitzes und eines bedeutenden Vermögens. Sie hatte beide Eltern durch einen Unglücksfall verloren. Vor ungefähr zehn Jahren hatte sich ihr Vater, als einer der ersten im ganzen Umkreis, ein Automobil angeschafft — und er und seine Frau sollten zu den ersten Opfern dieses Sports gehören.

Auf einer Ausfahrt versagte die Steuerung, und sie fuhren gegen einen steinernen Brückenpfeiler. Das Gefährt wurde vollständig zertrümmert. Frau Maria von Waldeck wurde als Leiche unter den Trümmern hervorgezogen, und Herr von Waldeck hatte sich eine schwere Rückgratverletzung zugezogen. Er blieb zwar noch vier Jahre am Leben, aber dieses Leben war elend und jammervoll. Hilflos gelähmt verbrachte er seine Tage in einem Rollstuhl.

Das vierjährige, schwere Siechtum des Vaters übte einen niederdrückenden Einfluß auf Rosemarie aus. Sie war gerade in den Jahren, da solche Erlebnisse auf empfindsame Kinder am tiefsten einwirken. Und ihr Gram um den Verlust der Mutter, der Schmerz um den gelähmten Vater, der zuvor ein aufrechter, stattlicher Mann gewesen war, machte sie ganz elend, um so mehr, als sie sich tapfer bemühte, dem kranken Vater ihren Kummer zu verbergen. So wurde sie in jener Zeit ein blasses, stilles Geschöpf.

Gleich nach dem Tod seiner Maria hatte Ernst von

Waldeck seine Schwägerin, die Schwester seiner Frau, gebeten, nach Waldeck zu kommen und sich des Haushaltes und der Wirtschaft nach Kräften anzunehmen. Herta von Ribnitz war die Witwe eines Offiziers, der, nachdem er das Vermögen seiner Frau durchgebracht und sich in allerlei galante Abenteuer verstrickt hatte, im Duell erschossen worden war.

Seine Witwe war mit ihrem einzigen Sohn Heinz in sehr bedrückenden Verhältnissen zurückgeblieben. Ihre Schwester, Rosemaries Mutter, hatte sie nach Kräften unterstützt, denn ihr Gatte war nicht nur der unumschränkte Besitzer von Waldeck, sondern außerdem ein sehr reicher Mann, dessen Barvermögen man, ohne Waldeck, auf eine sehr große Summe einschätzte.

Herta von Ribnitz und ihr Sohn waren die einzigen Verwandten der Waldecks. Und die verarmte, von ihrem Mann betrogene Frau hatte in ihrem verbitterten Gemüt oft genug neidvoll auf das Glück der Schwester geschaut. Wenn sie damals die kleine Rosemarie ansah, krampfte sich ihr Herz in herbem Schmerz zusammen, und sie verglich das Schicksal der jungen, reichen Erbin mit dem ihres Sohnes, an den sich ihr vereinsamtes Herz mit aller Inbrunst gehängt hatte. Rosemarie schien ihr mitten im hellen warmen Sonnenschein zu stehen, während ihr Heinz abseits von der besetzten Tafel des Lebens im Schatten vegetieren mußte.

Heinz erschien seiner Mutter als ein Enterbter des Glückes, und sie wäre freudig zu jedem Opfer bereit gewesen, um ihm ein besseres Leben zu schaffen.

Und nun rief sie der Schwager nach Waldeck.

Mit beiden Händen griff sie zu, als ihr der Schwager anbot, seinem Haus die Herrin, seinem Kinde die Mutter zu ersetzen. Sie war sofort entschlossen, diese Gelegenheit irgendwie zum Nutzen ihres Sohnes auszubeuten.

Zunächst war es ihr ein leichtes, sich dem kranken, gelähmten Schwager unentbehrlich zu machen. Nicht nur im Haushalt nahm sie umsichtig und energisch das Zepter in die Hand, sondern auch nach und nach in allen anderen Angelegenheiten. Bald verstand sie es, sich mit der Bewirtschaftung des großen Gutes vertraut zu machen und sah überall nach dem Rechten. Ihren scharfen Augen entging nichts, und sie wußte sich bei allen Untergebenen gehörig in Respekt zu setzen.

Ernst von Waldeck sah mit Staunen und Bewunderung, welche Tatkraft und Tüchtigkeit die Schwägerin entwickelte. Und da er hilflos an seinen Rollstuhl gebannt war, betrachtete er es als ein Glück, daß Herta ihm nach und nach die Oberleitung über seinen Besitz aus den schwachen Händen nahm.

Außerdem pflegte und umhegte sie ihn selbst bewunderungswürdig. Nie schien sie müde zu werden und hatte zu allem Zeit. Seinem Kind war sie wie eine zweite Mutter, soweit man das äußerlich beurteilen konnte.

Herta von Ribnitz verstand es jedenfalls, sich in kurzer Zeit zur Herrin des Gutes zu machen, dem kranken Herrn von Waldeck wurde sie ganz unentbehrlich. Am liebsten hätte er sie nie von seiner Seite gelassen. Sie wußte ihn liebevoll zu trösten über seinen jammervollen Zustand, ersann kurzweilige Beschäftigungen für ihn und half ihm über die Selbstvorwürfe hinweg, daß er sein und seiner Frau Leben zerstört hatte.

Und ohne daß er ahnte, wie sehr er nach und nach ihrem Einfluß unterlag, suggerierte sie ihm schließlich in feiner Weise den Gedanken, sie für immer durch eine Heirat an sich und sein Haus zu fesseln.

Er wäre von selbst gar nicht auf diesen Gedanken verfallen, da er ein siecher, kranker Mann war, aber Herta wußte es so zu drehen, daß er glaubte, der Plan gehe von ihm aus.

Klug nutzte sie ihre Chancen und ging mit zäher Beharrlichkeit und feiner Diplomatie auf ihr Ziel los. Und schon sah sie es vor sich in greifbarer Nähe, schon hatte Ernst von Waldeck ihren eigenen Wünschen Worte gegeben, da durchkreuzte das Schicksal ihren sorglich vorbereiteten Plan.

Ernst von Waldeck erlag seinem langjährigen Leiden. Ohne daß sich sein Zustand wesentlich verändert hatte, war er eines Nachts für immer entschlafen.

Herta von Ribnitz war außer sich. Ihre Hoffnungen und Pläne waren nun vereitelt worden, und sie weinte darüber bittere Tränen.

Rosemarie, die haltlos und elend am Totenlager ihres Vaters zusammengebrochen war, sah den heftigen Schmerzensausbruch der Tante, und sie fühlte, daß dieser Ausbruch echt war. Da flüchtete sie sich zum ersten Mal freiwillig mit ihrem eigenen Schmerz in die Arme Hertas. Sie ahnte ja nicht, daß deren Schmerz einen anderen Grund hatte, als sie glaubte.

Herta von Ribnitz war aber nur für kurze Zeit ihrer sonstigen Energie beraubt. Ihre Mutterliebe suchte bald nach einem anderen Weg, um des Sohnes Glück zu begründen.

Kurz nach Ernst von Waldecks Tod wurde sein Testament eröffnet. Er hatte es kurz nach dem Tod seiner Gemahlin niedergelegt und weder an Herta noch an ihren Sohn gedacht.

Rosemarie war natürlich seine Universalerbin. Sein nächster Nachbar und treuester Freund, Jobst von

Steinau, war zu ihrem Vormund ernannt worden. Für treue Diener und Beamte hatte er Legate ausgesetzt. Aber Herta und ihr Sohn gingen leer aus.

Herta wußte das vorher. Später hatte Ernst von Waldeck oft die Absicht geäußert, seiner letztwilligen Verfügung ein Kodizill anzuhängen, in dem er auch für Herta und ihren Sohn etwas tun wollte. Aber dann war ihm mit Hertas Hilfe der Gedanke gekommen, diese durch eine Heirat an sich zu fesseln und schadlos zu halten, und da hatte er die neuen Pläne verschoben.

Jobst von Steinau kannte Herta von Ribnitz als eine kluge, tüchtige Frau, und als eine liebevolle, aufopfernde Pflegerin des Freundes und seiner Tochter. Und deshalb ließ er ihr nach Ernst von Waldecks Tode völlig freie Hand, auch da, wo er zuweilen nicht einer Ansicht mit ihr war oder wo er Einsprache hätte erheben müssen.

So war Rosemaries Geschick ganz in die Hände ihrer Tante gegeben. Sie fand es auch selbstverständlich und fügte sich willenlos in alles, was die Tante über sie verfügte.

2

Nach dem Tod des Vaters war Rosemarie zunächst körperlich und seelisch zusammengebrochen. Außerdem zog sie sich eine starke Erkältung zu und bekam einen schlimmen, fieberhaften Katarrh.

Herta von Ribnitz pflegte ihre Nichte während dieser Krankheit gewissenhaft und sorglich. Aber als sie eines Abends am Bett des fiebernden Mädchens saß und überdachte, daß all ihre schönen Pläne gescheitert waren, kamen ihr auf einmal eigennützige Gedanken. Wenn Rosemarie stürbe, würde alles, was jetzt ihr gehört, mein Eigentum werden und das meines Sohnes.

Einen Moment stieg heiß und leidenschaftlich der Wunsch in ihr auf, daß dieses junge Leben verlöschen möchte.

Die sündhaft verlangenden Gedanken bahnten sich weitere, andere Wege. »Nein, nein, Rosemarie soll nicht sterben. Es braucht ja auch nicht zu sein. Sie mag ruhig am Leben bleiben. Nur heiraten darf sie nicht, damit nicht ein fremder Mensch Herr über Waldeck wird. Wenn sie unvermählt bleibt, dann wird es mir ein leichtes sein, die Herrschaft hier in den Händen zu behalten — und später könnte dann Heinz an meine Stelle treten. Er müßte Landwirt werden und würde dann statt meiner hier herrschen. Rosemarie wird sich willenlos in alles finden.« Sie starrte düster vor sich hin. Wenn die Erbin eines Tages heiratete, dann mußte sie wohl mit ihrem Sohne ihr Bündel schnüren und Waldeck verlassen. Dann hatte sie umsonst ihre besten Jahre geopfert, hatte umsonst geschafft und gearbeitet und ihre Kräfte nutzlos vergeudet.

Und immer fester setzte sich bei ihr der Gedanke, daß Rosemarie unvermählt bleiben müsse. Sie war in der Wahl ihrer Mittel, ihr Ziel zu erreichen, durchaus nicht mehr wählerisch.

Nachdem sie sich erst in Gedanken alles zurechtgelegt hatte, ging sie unverzüglich an die Ausführung ihres Planes. Vor allem benutzte sie fortan Rosemaries Krankheit und ihren elenden, gebrochenen Zustand, um die ersten Schritte zur Verwirklichung ihres Planes zu tun.

Der alte Dorfarzt, der ganz tüchtig in seinem Fach war und in der ganzen Umgegend auch bei den Gutsbesitzern praktizierte, hatte bei Rosemarie einen Bronchialkatarrh konstatiert.

Als er am nächsten Morgen kam, ließ ihn Frau von Ribnitz in ihr Arbeitszimmer bitten. Dort sagte sie mit allen Zeichen einer inneren Aufregung: »Mein lieber Herr Doktor, ich muß Ihnen gegenüber endlich einmal meinem bedrückten Herzen Luft machen. Ich bin vor Angst und Sorge um Rosemarie ganz elend. Vermutlich wissen Sie doch, daß Rosemaries Mutter lungenleidend war und daß sie sicher auch ohne den schrecklichen Unfall ein frühes Ende gefunden hätte?«

Der alte Arzt sah sie ganz erstaunt an und schüttelte den Kopf. »Nein, gnädige Frau, davon weiß ich nichts. Frau von Waldeck lungenkrank? Davon habe ich nie etwas bemerkt. Ich habe sie stets für kerngesund gehalten, und meine Hilfe hat sie niemals in Anspruch genommen.«

Frau von Ribnitz seufzte bekümmert auf. »Und doch war sie lungenleidend, schon seit ihrer Mädchenzeit. Sie hielt es nur stets geheim, es sollte niemand wissen. Ich glaubte nur, Sie als Arzt seien eingeweiht. Meine Schwester hat sich wohl nur auf ihren Reisen fremden Ärzten anvertraut. Sie war in diesem Punkt sehr empfindlich und litt auch nie, daß ich mit ihr darüber sprach. Vor allem wollte sie nie etwas von Schonung hören.«

Der Arzt schüttelte ganz konsterniert den Kopf.

»Sie sehen mich ganz fassungslos, meine gnädigste Frau. Wie gesagt, in Behandlung habe ich Ihre Frau Schwester nie gehabt, aber — ich habe sie doch oft gesehen, und nie ist mir etwas an ihr aufgefallen, das mich auf den Gedanken hätte bringen können, daß sie ein so schweres Leiden mit sich herumtrüge. Man hat wohl Fälle, daß Lungenkranke scheinbar wohl aussehen — aber immerhin — hm! Können Sie mir Näheres über diese Krankheit berichten?«

Herta von Ribnitz strich sich nervös über die Stirn.

»Meine Schwester bekam als junges Mädchen eine schwere Lungenentzündung. Infolge derselben stellte der Arzt beginnende Tuberkulose fest. Meine Schwester mußte darauf einen Winter nach Italien gehen, meine Mutter begleitete sie. Ich las heute morgen in alten Briefen und fand auch darunter einen meiner Mutter, den sie mir damals aus Italien schrieb. Ihre sorgenvollen Worte haben mich außerordentlich beunruhigt. Rosemarie hustete diese Nacht so schrecklich, wie ich es damals von meiner Schwester oft hörte. Ich hielt es also für meine Pflicht, Ihnen das zu sagen.«

Der Arzt wurde sehr nachdenklich. Sein harmloses Gemüt ahnte nicht, daß Frau von Ribnitz absichtlich die Unwahrheit sprach. An ihrer Erzählung war nur einiges wahr: Maria von Waldeck hatte allerdings als junges Mädchen eine leichte Lungenentzündung gehabt. Diese war jedoch völlig ausgeheilt, und nur auf Wunsch ihrer überängstlichen Eltern war sie einige Wintermonate im Süden gewesen. Maria von Waldeck war aber kerngesund gewesen, als sie sich verheiratete.

Der alte Arzt mußte natürlich Frau von Ribnitz glauben.

Und nun zeigte ihm Herta auch noch eine Stelle aus dem Brief ihrer Mutter. Dort hieß es: »Du kannst dir denken, meine liebe Herta, daß meine Sorge um die Lunge Marias mich nicht zum Genuß all der Schönheiten um uns her gelangen läßt.«

Herta hatte diesen Brief mit Absicht für den Arzt zurechtgelegt. Und diese Worte einer überängstlichen Mutter mußten dem alten Arzt natürlich zu denken geben.

»Unter diesen Umständen ist natürlich dem Bronchialkatarrh unserer jungen Patientin eine größere Bedeutung beizumessen, und wir müssen doppelt vorsichtig sein. Es ist gut, daß Sie mir diese Angelegenheit anvertrauten, gnädige Frau. Ich werde die Patientin heute noch einmal mit doppelter Gründlichkeit untersuchen, und wir müssen auch in Zukunft sehr vorsichtig sein«, sagte er.

Frau von Ribnitz seufzte tief auf. »Ich sorge mich namenlos um das Kind, lieber Herr Doktor.«

»Nun, nun, das ist wohl verständlich, auch ohne daß wir etwas Schlimmes anzunehmen brauchen.«

Rosemarie wurde nun sehr gewissenhaft untersucht. Der Arzt fand aber nichts als einen starken Katarrh der Luftwege. Er beruhigte Frau von Ribnitz, nahm jedoch den Zustand selbstverständlich ernster als zuvor und verlangte größte Vorsicht und Schonung.

Frau von Ribnitz erzählte nun allen, die es hören wollten, daß sie schrecklich Angst und Sorge um Rosemarie habe und sehr fürchten müsse, daß diese durch ihre Mutter erblich belastet sei.

Durch halbversteckte, vielsagende Bemerkungen verriet sie mehr als durch bestimmte Äußerungen. Und bald war es in der ganzen Umgegend bekannt — Rosemarie von Waldeck hätte von ihrer Mutter ein Lungenleiden geerbt und müßte ängstlich geschont werden.

Aber da war einer, der sich nicht davon überzeugen lassen wollte, daß Maria von Waldeck lungenkrank gewesen sein sollte. Das war Jobst von Steinau, Rosemaries Vormund. Der lachte Herta von Ribnitz einfach aus, als sie ihm dies Märchen auftischte.

»Meine liebe Frau Herta, Sie sehen Gespenster. Ihre Frau Schwester war ja ein Bild blühender Gesundheit. Sie war unermüdlich in jedem Sport und immer frisch und froh. Nein, nein — wenn sie wirklich jemals krank gewesen ist —, solange ich sie kenne, war sie gesund.«

Er ließ sich nicht überzeugen. Herta von Ribnitz lag aber sehr viel daran, gerade den Vormund zu ihrer Überzeugung zu bringen. Als er daher wieder eines Tages in Waldeck war, legte sie ihm einen Brief vor.

»Bitte, lesen Sie das, lieber Herr von Steinau. Ich habe an den damaligen Arzt meiner Schwester, Dr. Soltau, geschrieben und ihn gebeten, mir zu bescheinigen, welcher Art der Zustand meiner Schwester kurz vor ihrer Verheiratung war. Da haben Sie die Antwort.«

Und Jobst von Steinau las den Brief Dr. Soltaus. Dieser bestätigte, daß Maria von Haßlach, die spätere Frau von Waldeck, nach einer Lungenentzündung tuberkulös erkrankt sei.

Diesen Beweis mußte Jobst von Steinau allerdings gelten lassen, und er war sehr erschüttert. Keine Ahnung kam ihm, daß Frau von Ribnitz ein falsches Spiel trieb und — daß es auch gefälschte Briefe gibt. Er war von ihrer Ehrenhaftigkeit so fest überzeugt, wie es auch Ernst von Waldeck gewesen war, und traute ihr keinen falschen Gedanken, viel weniger einen Betrug zu.

Rosemarie genas von ihrem Katarrh, und langsam verwand sie auch den niederdrückenden Kummer um den Vater, kam aber nach ihrer Genesung mit niemand mehr zusammen als mit der Familie ihres Vormundes und Tante und Vetter.

Tante Herta brachte ihr schonungsvoll bei, daß sie ein äußerst ruhiges, zurückgezogenes Leben führen und sich von allem fernhalten müsse, damit sie das schlimme Erbe der Mutter nicht antrete.

Rosemarie nahm das zunächst ziemlich gleichgültig auf. Sie war noch in einem apathischen Zustand. Je kräftiger sie sich dann aber fühlte, desto peinigender wurde ihr die ängstliche Sorgfalt der Tante.

So vergingen die Jahre. Rosemarie begann manchmal gegen den fürsorglichen Zwang der Tante zu revoltieren und berief sich darauf, daß der Arzt noch nichts Bedenkliches an ihrem Zustand fand. Da sagte Frau von Ribnitz seufzend, auf den alten Dorfarzt könne man sich nicht recht verlassen, und sie bestehe darauf, daß man in Berlin einen berühmten Arzt für Lungenleiden konsultiere.

Rosemarie war viel zu froh, einmal einen Ausflug in die Welt unternehmen zu können, als daß sie sich gesträubt hätte.

Sie reisten also nach Berlin. Der berühmte Arzt untersuchte Rosemarie und hatte dann eine Unterredung mit Frau von Ribnitz unter vier Augen.

Als sie wieder heimreisten, zeigte sich Frau von Ribnitz äußerst niedergedrückt und weinte. Sie umarmte Rosemarie liebevoll und strich ihr zärtlich die Wangen. Das junge Mädchen wurde ganz nervös.

»So sag mir doch, Tante, was der Arzt über meinen Zustand gesagt hat. Er tat mir gegenüber ganz sorglos, aber ich merke dir doch an, daß er dir etwas Schlimmes gesagt hat.«

Diese seufzte und preßte das Tuch an die Augen. Aber dann richtete sie sich wie entschlossen auf.

»Ja, Kind — du sollst es hören, es ist besser, du weißt alles. Also — vorläufig ist dein Zustand noch nicht besorgniserregend, wenn sich auch ganz leise Anzeichen gefunden haben, daß deine Lunge nicht ganz gesund ist, wenigstens, daß die Veranlagung zu einem ernsten Leiden vorhanden ist. Aber du kannst und wirst trotzdem ein hohes Alter erreichen, wenn du immer vorsichtig bist und dich schonst wie bisher. Nur eins ist ausgeschlossen — du darfst dich niemals verheiraten, sonst mußt du jung sterben. Und nicht wahr, mein geliebtes Kind, das ist ja nicht schlimm. So viele Frauen heiraten nicht und fühlen sich doch glücklich. Und die Ehe ist nicht immer ein Glück, das habe ich selbst erfahren müssen. Und da du leider nicht hübsch bist, würde ja ein Mann, der dich begehrte, es nur deines Reichtums wegen tun. Nicht wahr, du bist vernünftig und grämst dich nicht darum. Wir bleiben in Waldeck behaglich zusammen, und du läßt dich von mir weiter hegen und pflegen. Ich ertrüge es nicht, meine liebe Rosemarie, wenn du mir auch noch genommen würdest.«

Rosemarie hatte noch nie an eine Heirat gedacht. Sie sah sich selbst als kränklich und häßlich an und es war auch noch nie ein junger Mann in ihr Leben getreten, der einen Wunsch nach Vereinigung in ihr erweckt hätte. So war sie von den Worten der Tante nicht sonderlich erschüttert worden, und nur der Gedanke an die ewige Schonung war ihr gräßlich.

»Das ist ja nicht so schlimm, daß ich nicht heiraten darf, Tante Herta. Ich hätte es auch ohnedies nicht getan. Ich weiß ja, daß ich häßlich bin. Wenn ich mich nur nicht immer schonen müßte, dann sollte mich das andere wenig verdrießen. Du kannst ganz ruhig sein, ich heirate nie«, sagte sie ziemlich ruhig.

Herta von Ribnitz war zufrieden mit der Wirkung ihrer Worte.

Seit dieser Reise nach Berlin waren fast zwei Jahre vergangen. Rosemarie, inzwischen einundzwanzig Jahre alt und mündig geworden, war nominell unumschränkte Herrin von Waldeck und über ihr Vermögen. Aber in Wirklichkeit blieb Herta von Ribnitz die Herrscherin über alles und wurde von den Untergebenen als solche angesehen und respektiert.

Heinz von Ribnitz besuchte schon seit Jahren das Gymnasium einer benachbarten größeren Stadt und kam nur in den Ferien nach Hause. Er sollte auf Wunsch seiner Mutter später Landwirt werden.

Und Rosemarie lebte stille Jahre. Ihr gesundes Naturell bäumte sich mehr und mehr gegen den Zwang auf, den man ihr auferlegte, und verleitete sie dazu, heimlich, ohne Tante Hertas Wissen, ihre jungen Kräfte zu regen und anzustrengen. Und das bewahrte sie vor einem kraftlosen Verblühen und Welken.

Sobald sie sich allein wußte, betrieb sie allerlei Leibesübungen, die ihr Tante Herta in übertrieben ängstlicher Besorgnis untersagte. Sie lief und kletterte wie ein Eichhörnchen, ohne darauf zu achten, ob sie sich dabei erhitzte. Der Park war auf der einen Seite von einem Fluß begrenzt. Dort lag an einem schmalen Steg ein hübsches, schlankes Ruderboot. Bei sehr warmem, sonnigem Wetter durfte Heinz seine Kusine zuweilen ein wenig spazierenfahren. Rosemarie mußte dann aber, in warme Tücher eingehüllt, stillsitzen. Das gefiel ihr wenig. Aber wenn sie Tante Herta abwesend oder beschäftigt wußte oder sonst niemand in der Nähe war, der sie verraten konnte, kettete sie das Boot los, sprang hinein und ruderte mit einem Frohgefühl ohnegleichen kraftvoll und geschmeidig flußaufwärts. Ach, wie war sie glücklich in solchen Stunden gestohlener Jugendlust. Dann fühlte sie sich gesund und frei und mochte nicht denken an Krankheit und ängstliche Schonung.

Wie grausam Herta von Ribnitz gegen das Kind ihrer Schwester war, kam ihr selbst gar nicht so recht zum Bewußtsein. Soweit es nicht ihre Pläne kreuzte, gönnte sie

Rosemarie alles Gute. Die Hauptsache war ihr, daß diese unvermählt blieb. Sie sorgte außerdem dafür, daß Rosemarie immer so unvorteilhaft wie möglich gekleidet war, damit sie niemandem begehrenswert erschien.

Rosemarie war so ziemlich gleichgültig gegen ihr Äußeres geworden und hatte sich drein gefunden, häßlich zu sein. Auch war sie fest entschlossen, niemals zu heiraten. Sie kam ja auch gar nicht mit jungen Herren in Berührung, und ihr Sinn war kindlich unberührt geblieben. Ihr Herz hatte sich noch in keiner Weise geregt.

Doch vor einigen Wochen hatte sie mit einem jungen Mann eine Begegnung gehabt, die sie seltsam berührte. Niemand wußte darum.

Sie war eines Morgens, als Tante Herta auf die Felder hinausgeritten war, wie ein junges Füllen, das sich der Fesseln ledig fühlt, durch den einsamen Park gestürmt und hatte am Fluß das Boot losgekettet. Sich der gewonnenen Freiheit freuend, war sie bis über Waldecker Gebiet hinaus gerudert. Gewöhnlich machte sie halt an einer starken Biegung des Flusses. Dort ruhte sie oft eine Weile aus und sah nach Schloß Teklenburg hinüber. Das war einst das schönste und stolzeste Schloß in der Umgegend gewesen. Jetzt lag es unbewohnt und verwahrlost und die Wirtschaftsgebäude daneben waren baufällig und verfallen.

Rosemarie konnte das Schloß nie ohne eine leise Wehmut betrachten. Da drüben hatten einst liebe Freunde ihrer Eltern gewohnt. Das Schloß gehörte noch dem jungen Freiherrn Henner von Teklenburg, der aber schon lange nicht mehr nach Hause gekommen war.

Sie konnte sich noch sehr gut des jungen Freiherrn erinnern. Er war, als ihr Vater noch lebte, oft in Waldeck zu Gast gewesen, und sein sonniges Wesen hatte manchen Lichtblick in das traurige Dasein des Kranken gebracht.

Der junge Freiherr hatte Teklenburg als stark zusammengeschmolzenen und wenig einträglichen Besitz von seinem Vater geerbt. Aber obwohl seine Vermögensverhältnisse sehr ungünstig waren, hatte er stets einen frohen Sinn. Henner war Offizier, und er dachte nicht daran, seinen Abschied zu nehmen, um den Rest seines Besitzes selbst zu verwalten. Er sah das Nutzlose des Beginnens ein.

Das stolze Schloß verfiel mehr und mehr, denn es fehlte an Kapital, es instand zu halten.

Wenn Henner auf Urlaub daheim war, kam er täglich nach Waldeck. Oft holte er sich Rat und Hilfe bei Rosemaries Vater, wenn es einmal gar nicht mehr weitergehen wollte. Ein großer Teil der Teklenburgschen Wälder und Felder war von Herrn von Waldeck gekauft worden, weil sie Henner nicht mehr halten konnte.

Rosemarie erinnerte sich noch deutlich einer kleinen Szene aus den letzten Lebenstagen ihres Vaters. Sie hatte neben ihm gesessen und mit ihm geplaudert, als Henner gemeldet wurde und eintrat. Rosemarie hatte bleiben dürfen.

Henner von Teklenburg hatte sich lächelnd einen Sessel herbeigerückt. Rosemarie sah ihn noch vor sich in seiner schlanken Größe. Er zählte damals wohl fünfundzwanzig Jahre. Halb lachend, halb seufzend hatte er zu dem Vater gesagt:

»Ich bin einmal wieder auf Urlaub gekommen, um Geld flüssig zu machen, Herr von Waldeck. Weiß Gott, ich liege so krumm wie möglich, aber meine jammervollen Einkünfte werden immer geringer. Wenn das so weitergeht, muß ich wahrhaftig eines Tages in den sauren Apfel beißen und mich nach einer reichen Frau umsehen, damit Teklenburg nicht vollends verkommt. Dann nehme ich meinen Abschied und fange an, wieder aufzubauen. Man hängt doch mit allen Fasern an der Heimat — an der Scholle, wenn man auf dem Land großgeworden ist.«

»Es wäre jammerschade, lieber Henner, wenn Teklenburg noch mehr herunterkäme. Also will ich Ihnen wünschen, daß Sie bald eine reiche Frau finden, die Ihnen aus allen Nöten hilft«, hatte der Vater geantwortet.

Henner hatte gelacht. »So schnell wird das nicht gehen, Herr von Waldeck, denn es wird nicht leicht sein für mich, eine passende Frau zu finden. Sie muß nicht nur reich sein, sondern auch hübsch, so hübsch, daß ich mich mit gutem Willen in sie verlieben kann. Denn ohne dies tue ich's nicht. Zuwider darf sie mir nicht sein, denn ein ehrlicher Mensch will ich bleiben.«

Rosemarie hatte mit großen Augen zugehört, und er hatte sie neckend ein wenig an ihrem dicken Hängezopf gezogen und von etwas anderem gesprochen.

Als er dann gegangen war, hatte Herr von Waldeck seine müde Hand auf Rosemaries Kopf gelegt und hatte gesagt:

»Henner ist ein prachtvoller Kerl, ein wahrer Ritter ohne Furcht und Tadel. Das wäre mal ein Schwiegersohn nach meinem Herzen, trotz seiner Armut. Gelt, Rosemarie, dir gefällt er auch?«

Kindlich lächelnd hatte sie genickt. »O ja, ich mag ihn gern leiden, du bist immer froh, wenn er hier ist. Und er hat so gute, lustige Augen.«

»Ja, obwohl es ihm wahrlich nicht sehr gut geht, läßt er sich nicht unterkriegen. Na — wer weiß, wie sich noch alles fügt.«

Und an diese Unterredung, die in ihrer Erinnerung haftengeblieben war, mußte sie an jenem sonnigen Frühlingstag denken, als sie in ihrem Boot an der Flußbiegung rastete und nach Schloß Teklenburg hinüberschaute. Ihre Gedanken beschäftigten sich weiter mit Henner und mit dem, was sie seither von ihm gehört hatte. Wiedergesehen hatte sie ihn nicht seit der Beerdigung ihres Vaters, zu der er extra auf wenige Stunden aus der Residenz gekommen war.

Jobst von Steinau, ihr Vormund, der ebenfalls mit Henners Vater befreundet gewesen, brachte zuweilen Grüße von ihm nach Waldeck.

Henner von Teklenburg hatte sich, etwa zwei Jahre nach dem Tod ihres Vaters, mit einer jungen Dame verlobt. Er hatte sich in das schöne junge Mädchen heftig verliebt, ohne zu wissen, wer sie war. Erst nachdem er sie einige Male gesehen, war es ihm gelungen, sich ihr vorstellen zu lassen. Und da erst hatte er erfahren, daß Alice von Sternfeld die Tochter eines neugeadelten Großindustriellen war, dessen Reichtum überall bekannt war.

Henner hatte sich sofort um Alice beworben. Er hatte sie wahrhaft geliebt und war sehr glücklich gewesen, daß sie sich seinen Bewerbungen gegenüber nicht ablehnend verhielt.

Da ihr neugeadelter Vater dringend eine Verbindung seiner einzigen Tochter mit einem Mann aus altem Adelsgeschlecht wünschte, begünstigte er die Bewerbung des jungen Freiherrn, dessen Geschlecht zu den ältesten des Landes gehörte.

Alice von Sternfeld fand Henner ganz sympathisch und fügte sich ohne Widerstreben dem Wunsch des Vaters, ohne ihrem Verlobten eine so heiße Liebe entgegenzubringen, wie er sie für seine Braut empfand.

Das Gerücht von Henners Verlobung mit einer Millionenerbin machte damals in den heimatlichen Kreisen viel Aufsehen.

Schon sollte mit der Renovierung von Schloß Teklenburg begonnen werden. Henner gehörte nicht viel mehr von dem Erbe seiner Väter als das Schloß, der schöne alte Park mit dem prachtvollen Baumbestand und einige Äcker, die er verpachtet hatte. Alles andere hatte er nach und nach verkaufen müssen, da ihm niemand den zusammengeschmolzenen Besitz beleihen wollte. Auf die Rückerwerbung des Grundbesitzes legte sein zukünftiger Schwiegervater durchaus kein Gewicht, da Henner auf Wunsch seiner Braut Offizier bleiben sollte. Aber das feudale alte Schloß sollte im alten Glanz erstehen, und außerdem sollten die alten Wirtschaftsgebäude abgetragen und nur eine neue Stallung für Pferde und Wagen und eine Automobilgarage aufgebaut werden.

Herr von Sternfeld hatte bereits einen Architekten nach Teklenburg geschickt und ihn beauftragt, Pläne und einen Kostenanschlag zu machen. Auch diese Nachricht verbreitete sich schnell in der ganzen Umgegend. Aber kaum war der Architekt von Teklenburg wieder abgereist, da tauchte ein neues Gerücht auf, das sich bald als Wahrheit bestätigte.

Henners Verlobung mit Alice von Sternfeld war von ihm selbst gelöst worden. Zugleich hatte er ein Duell gehabt mit seinem Freund und Kameraden Herrn von Simar. Alice von Sternfeld hatte ihren Verlobten hintergangen und heimliche Zusammenkünfte mit Herrn von Simar gehabt. Henner hatte sie in einer eindeutigen Situation in den Armen seines besten Freundes überrascht, und es war zu einem Eklat gekommen. Im Duell hatten sich dann die beiden Freunde gegenübergestanden, und

Henner hatte dem Zerstörer seines Glückes in die linke Schulter geschossen, so daß dessen linker Arm für alle Zeit gelähmt blieb. Er selbst war unversehrt geblieben und erhielt eine kurze Festungshaft.

Dieses Erlebnis mußte einen tiefen und schlimmen Eindruck auf ihn gemacht haben. Nach Verbüßung seiner Festungshaft hatte er seinen Abschied vom Militär genommen und ein wildes, tolles Leben begonnen, ohne auf das vernünftige Zureden seiner Bekannten zu achten. Seine Liebe zu Alice von Sternfeld mußte sehr stark und tief gewesen sein, und zugleich war er von einer tiefen Bitterkeit erfüllt wegen der Untreue seines Freundes. Man sagte, er sei ein völlig anderer Mensch geworden und führe ein unsinniges, zügelloses Leben, um seinen Groll und Schmerz zu betäuben. Das Leben schien allen Wert für ihn verloren zu haben. Wie von aller Vernunft verlassen, wirtschaftete er drauflos und vergeudete mit vollen Händen, was ihm noch geblieben war. Er verschleuderte die letzten Äcker, um Geld in die Hände zu bekommen, und dann ließ er alle noch vorhandenen alten Möbel aus Schloß Teklenburg verkaufen. Zuletzt begann er sogar, den herrlichen alten Park abzuholzen. Er ruhte nicht eher, bis er völlig ruiniert war.

Vor einigen Wochen hatte Rosemarie gehört, wie Jobst von Steinau zu ihrer Tante gesagt hatte:

»Nun ist Henner Teklenburg zu Ende mit seinem Latein. Jetzt hat er nichts mehr, was er zu Geld machen kann, denn für das verwahrloste Schloß und die verfallenen Wirtschaftsgebäude gibt ihm niemand einen Heller. Ich bin gespannt, ob er nun endlich wieder zur Vernunft kommt. Schade um ihn — er war trotz allem ein Prachtmensch. Aber er hat sich selbst verloren, weil ihm ein Weib und sein Freund die Treue brachen. Es kann einem das Herz umdrehen. Man hat den Prachtkerl doch aufwachsen sehen und seine Freude an ihm gehabt. Was bleibt ihm nun noch? Er geht vor die Hunde. Entweder muß er nun hinüber über den großen Teich — oder —«

Jobst von Steinau hatte eine bezeichnende Gebärde gemacht, als wenn er eine Pistole an die Stirn setzte.

Da hatte Rosemarie plötzlich einen stechenden Schmerz in ihrem Innern empfunden. Sie sah im Geiste Henner wieder vor sich, so wie er damals mit ihrem Vater sprach. Und es tat ihr etwas im Herzen weh bei dem Gedanken an ihn, den ihr Vater so geliebt hatte. Und die Worte, die der Vater damals zu ihr gesprochen, klangen ihr im Ohr: »Das wäre mal ein Schwiegersohn nach meinem Herzen, trotz seiner Armut. Gelt, Rosemarie, dir gefällt er auch?«

Ganz betrübt war Rosemarie geworden, daß Henner sich nun selbst ins Verderben gestürzt hatte. Sie konnte sich gar nicht von dem Gedanken losreißen. Wie unglücklich mußte er sein über die Untreue seiner Braut, daß er in seinem Gram sein ganzes Leben zerstörte und sich wie ein Unsinniger zu betäuben suchte.

Rosemarie begann plötzlich, mit Vorliebe Romane zu lesen, die sie bisher nicht geliebt hatte. Tante Herta hatte ihr auch diese Lektüre verboten. Aber daran hielt Rosemarie sich nun nicht mehr. Sie verschaffte sich die Bücher heimlich aus der Bibliothek, und las sie, wenn sie allein in ihren Zimmern oder auf ihrem Lieblingsplätzchen im Geäst des Lindenbaumes saß.

Und sie begann über das Wesen der Liebe nachzudenken.

Mit Vorliebe ruderte sie nun auf dem Fluß so weit, bis sie Schloß Teklenburg liegen sah. Und dann träumte sie, sie sähe dort Henner an der Seite einer schönen jungen

Frau, und sie hörte wieder sein warmes, lustiges Lachen.

So saß sie auch an jenem Frühlingstag in ihrem Boot und sah träumerisch nach Schloß Teklenburg hinüber. Und plötzlich schrak sie aus ihren Träumen empor. Sie hörte dicht neben sich das Aufschlagen eines anderen Ruders und erblickte ein altes, verwittertes Boot. In diesem Boot aber saß ein schlanker Mann, Anfang der dreißiger Jahre. Er hatte ein scharfgeschnittenes, schmales Gesicht mit düsteren Augen.

Rosemarie war noch nie jemandem bei ihren heimlichen Ruderausflügen auf dem Fluß begegnet. Aber das alte, verwitterte Boot kannte sie. Es lag sonst da drüben an dem schmalen, verfallenen Steg. Und als sie dem Insassen des Bootes in das finstere Gesicht sah, zuckte sie wie in jähem Schmerz zusammen. Dieses trotzig verbitterte Gesicht hatte sie einst froh und in sonniger Heiterkeit vor sich gesehen. Sie wußte nicht, weshalb ihr dieser Anblick so weh tat. Aber unwillkürlich entfuhr ein Ausruf ihren Lippen: »Henner von Teklenburg!«

Da blickte der Mann in dem Boot auf, in Rosemaries vor Überraschung gerötetes Gesicht. Er hielt einen Augenblick die Ruder an und richtete sich empor.

»Ah — das ist das kastanienbraune Haar, das ich in Waldeck oft in den Händen gehalten habe. Ich kenne es an der aparten Schattierung. Also Fräulein Rosemarie! Kind — es lohnt sich nicht, meine Bekanntschaft aufzufrischen. Du tust besser, mir weit aus dem Weg zu gehen. Ich bin ein wilder Gesell geworden, einer, dem nichts mehr heilig ist. Um deines Vaters willen, den ich einst geliebt, geh mir weit aus dem Weg!«

So rief er mit schneidender Schärfe. Und dann setzte er wieder die Ruder mit trotziger Wildheit ein, daß das Wasser hoch aufspritzte. Und wie ein Pfeil flog das Boot davon, nach der von Waldeck entgegengesetzten Richtung zu.

Rosemarie saß wie erstarrt und sah ihm mit weit geöffneten Augen nach. Und das Herz tat ihr noch viel weher als zuvor.

Zu Hause erwähnte sie natürlich kein Wort von dieser Begegnung. Es wußte ja niemand, daß sie auf dem Fluß gerudert hatte. Aber auch ohnedies hätte sie nicht davon sprechen können.

Einige Tage später saß sie vormittags gegen elf Uhr auf ihrem Lieblingsplatz in der Lindenkrone — und dachte an Henner von Teklenburg. Und da erblickte sie einen Reiter auf dem schmalen Weg, der draußen am Park vorüberführte. Es war der, an den sie eben gedacht hatte.

Auch heute saß er mit dem trotzig verächtlichen Gesichtsausdruck von neulich auf seinem Pferd — es war sein letzter Besitz — und sah finster vor sich hin.

Rosemarie wagte nicht, sich zu rühren, damit er sie nicht entdeckte. Sie hielt sogar den Atem an, bis er vorüber war. Aber dann neigte sie sich vor und folgte ihm mit den Augen.

Sooft sie nun konnte, saß sie um diese Zeit wartend in der Lindenkrone. Noch einige Male kam er um dieselbe Zeit auf seinem Pferd vorüber. Zuweilen im wildesten Tempo, aber manchmal ließ er das Pferd auch gehen, wie es wollte. Einmal hielt er eine ganze Weile gedankenlos in ihrer Nähe und starrte vor sich hin, während sein Pferd an einem Baumstamm schnupperte. Und da hörte sie einen tiefen, schweren Seufzer aus seiner Brust steigen.

Rosemarie war zumute, als fühle sie sein ganzes Unglück mit ihm. Es gab nun plötzlich für sie einen Menschen auf der Welt, für den sie ein brennendes Interesse empfand, um dessen Wohl sie sich sorgte, wie um ihr eigenes, nach dessen Anblick sie sich sehnte und der ihr das Blut schneller durch die Adern trieb. In diesen Tagen erwachte Rosemarie, ohne daß es ein Mensch ahnte, aus ihrem Schattendasein zum warmen, vollen Leben. Ihre junge Seele streifte die kindliche Gleichgültigkeit und Unbefangenheit ab und reifte zu der eines jungen Weibes.

Wie im Traum ging sie umher und lebte mit ihren Gedanken in einer ganz anderen Welt als bisher.

Jobst von Steinau hatte es vor kurzer Zeit erst als Neuigkeit nach Waldeck gebracht, daß Henner von Teklenburg in sein verfallendes Schloß heimgekehrt war. Dort hause er wie ein Einsiedler mit seinem Diener, der schon als Bursche während seiner Offizierszeit in seinen Diensten gestanden hatte und der ihm anscheinend auch jetzt im Unglück treulich anhänge.

Jobst von Steinau hatte, sobald er von Henners Rückkehr gehört, ihn aufsuchen und ein ernstes, vernünftiges Wort mit ihm sprechen wollen.

»Der Bursche behauptete aber, sein Herr empfange keine Besuche und wolle niemand sehen. Als ich trotzdem in den Bau eindringen wollte, verstellte mir der Bursche den Weg wie eine Mauer, und ich glaube, er hätte mich in aller Ehrfurcht und Bescheidenheit glatt an die Luft gesetzt, wenn ich nicht freiwillig gegangen wäre.«

So sagte Herr von Steinau halb lachend, halb ärgerlich.

Auch heute saß Rosemarie erwartungsvoll auf ihrem Wachtposten. Und auch heute kam Henner wieder den einsamen Weg entlang geritten.

Ganz langsam schritt das Pferd aus und knabberte hier und da an einem Grashalm. Die Zügel ruhten lässig in Henners Hand, und er achtete, in Gedanken verloren, kaum auf das Tier.

Rosemarie sah ihm nach, soweit sie sehen konnte. Fast hätte sie dabei auf ihrem luftigen Sitz das Gleichgewicht verloren. Darüber erschrak sie und erwachte aus ihren Träumen.

»Wenn ich ihm doch helfen könnte — ach, wenn ich ihm doch helfen könnte!«

So dachte sie mit schmerzlicher Inbrunst. Sie wußte nicht, daß das, was sie für Henner empfand, Liebe war. All ihre Gedanken umkreisten mit einer unbeschreiblichen Innigkeit und Inbrunst seine Person. Sie empfand tiefen Schmerz darüber, ihn leiden zu sehen, und hätte willig und ohne Zaudern das schwerste Opfer gebracht, um ihn wieder froh zu machen und ihm aus seiner drückenden Lage zu helfen.

In tiefes, schmerzliches Sinnen verloren, stieg sie von ihrem Sitz herab und ging langsam durch den Park zum Herrenhaus von Waldeck zurück.

Das war ein imposanter, schloßähnlicher Bau mit weit ausgedehnten Seitenflügeln und einem hochstrebenden Mittelbau, zu dessen Portal eine Freitreppe emporführte.

Die Wirtschaftsgebäude lagen abseits, hinter den Bäumen versteckt. Aber man hörte fleißiges Hantieren und laute Zurufe der Knechte und Mägde herüberschallen.

Als Rosemarie die Freitreppe emporsteigen wollte, kam Frau von Ribnitz gerade auf ihrem Pferd durch das Tor an der Parkmauer geritten und rief sie an. Rosemarie wartete, bis die Tante herbeikam. Aber es lag kein freudiger Ausdruck auf ihrem Gesicht. Noch ehe Herta von Ribnitz vor Rosemarie anhielt, kam der Stallknecht herbeigelaufen und half ihr vom Pferde.

Schnell war sie an der Seite des jungen Mädchens und umfaßte zärtlich ihre schlanke Gestalt.

»Warst du im Park, Herzkind? Hast du dir auch nicht

zuviel zugemutet? Du siehst blaß aus. Fühlst du dich auch ganz wohl?«

So drang sie besorgt in Rosemarie.

Diese atmete tief auf, wie ein Mensch, der wieder eine schwere Bürde aufnehmen muß, die er eine Weile abgelegt hatte.

»Ich bin ganz wohl, Tante Herta«, sagte sie monoton, wie einen auswendig gelernten, oft wiederholten Spruch.

»Und wo ist Heinz? Hat er dir nicht Gesellschaft geleistet?«

»Doch, bis vor kurzer Zeit. Jetzt arbeitet er an seinen Ferienaufgaben.«

»Ja, richtig. Nun, das muß auch sein. Komm, geh mit hinein und ruhe dich ein wenig aus.«

Als Tante Herta sie nun, sorglich und zärtlich auf sie einsprechend, ins Haus führte, preßte Rosemarie die Lippen aufeinander.

Sie war froh, als ihnen in der Vorhalle Heinz entgegenkam. Er war für heute mit seinen Arbeiten fertig.

Seine Mutter sah mit aufleuchtenden Augen auf den hübschen, schlanken Jüngling. Er war ihr sehr ähnlich und zu ihrer innigen Befriedigung hatte er auch nichts von dem leichtsinnigen Charakter seines Vaters geerbt. Er war schon jetzt ein fleißiger, gewissenhafter Mensch, der ernst und eifrig an seiner Ausbildung arbeitete.

Heinz liebte seine Mutter herzlich und erblickte in ihr ein leuchtendes Vorbild aller Vortrefflichkeit und Ehrenhaftigkeit. Froh begrüßte er sie, und ihre Augen strahlten mit heißer Zärtlichkeit in die seinen.

»Nun stehe ich dir wieder zur Verfügung, Rosemarie«, sagte er zu seiner Kusine, nachdem er die Mutter begrüßt hatte. »Wollen wir wieder in den Park hinausgehen? Soll ich dich ein wenig auf den Fluß hinausrudern?«

Rosemarie schüttelte schnell den Kopf. Sie wollte nicht, daß sie etwa in Heinz' Gesellschaft Henner von Teklenburg begegne.

»Nein, Heinz, laß uns lieber ein wenig musizieren.«

»Gut, wie du willst, Rosemarie.«

»Aber streng dich ja nicht zu sehr an, mein Herzkind, hörst du!« ermahnte Frau von Ribnitz.

Rosemaries Augen blickten matt und erloschen, und ihr Mund zuckte nervös.

»Nein, nein — keine Sorge«, erwiderte sie seufzend. »Wie soll ich mich denn dabei anstrengen?«

»Ach, Kind, du wirst so leicht nervös. Bei deinem Zustand kann man nicht vorsichtig genug sein.«

Rosemarie wollte etwas erwidern. Aber dann hielt sie es doch zurück und preßte die Lippen fest aufeinander.

Stumm ging sie neben Heinz in das Musikzimmer, während Frau von Ribnitz zu ihren Zimmern hinaufstieg, um sich umzukleiden.

Rosemarie nahm am Flügel Platz und begann ein Vorspiel. Sie spielte sehr schön und beseelt. Heinz nahm inzwischen seine Violine zur Hand.

Er spielte oft und gern mit Rosemarie. Sie begleitete ihn sehr verständnisvoll. Und so verging ihnen jetzt eine Stunde in angenehmster Beschäftigung.

3

Henner von Teklenburg hatte keine Ahnung, daß ihm Rosemarie von Waldeck ein so brennendes Interesse entgegenbrachte und ihn oft heimlich im Vorüberreiten beobachtete.

Er wählte zu seinen Ausritten den stillen Waldweg, der an der Waldecker Parkmauer vorüberführte, weil dieser, wie er wußte, meist menschenleer war. Sah er einmal von ferne jemand auftauchen, dann ritt er schnell quer durch das Unterholz in den dichten Wald hinein, um einer Begegnung zu entgehen. Er vermied jedes Zusammentreffen mit Leuten, die ihn kannten. Er wollte nicht mit Fragen nach seinem Ergehen behelligt werden.

Die wenigen Worte, die er in verbissener Ironie aus seinem verwitterten Boot Rosemarie von Waldeck zugerufen hatte, waren die einzigen, die er, außer mit seinem Burschen, mit einem Menschen gesprochen hatte, seit er vor drei Wochen nach Teklenburg zurückgekehrt war.

Er bedauerte diese Heimkehr zuweilen heftig. Was wollte er noch hier, wo ihn alles daran erinnerte, wie glücklich und froh er früher, trotz seiner bescheidenen Verhältnisse, gewesen war! Wollte er sich davon überzeugen, wie heruntergekommen und verwahrlost der Sitz seiner Väter war? Wollte er den abgeholzten Park wie eine stumme und doch beredte Anklage auf sich wirken lassen? Wäre es nicht besser gewesen, er hätte sich diesen qualvollen Anblick erspart?

Er wußte sich selber keine Antwort auf diese Fragen zu geben. Endlich, als der letzte Rest seines Besitzes vergeudet war, wich der Rausch plötzlich von ihm: Mit tiefem Ekel vor sich und seinem sinnlosen Treiben sah er um sich. Ein fürchterliches Gefühl der Selbstverachtung schüttelte ihn und brachte ihn zur Erkenntnis, wie weit er sich selbst verloren hatte.

Und in dieser Erkenntnis hatte er die Pistole vor sich hingelegt, um ein Ende zu machen. Er mochte nicht mehr den schalen Rest des Lebens ertragen.

Aber in dieser Stunde — dem dunklen Nichts gegenüber — kam es plötzlich wie heiße Sehnsucht nach der verlorenen Heimat über ihn. Er wollte sie abwehren, ihr nicht nachgeben. Was sollte ihm noch dieses weichliche, erschlaffende Gefühl?

Doch sie ließ ihn nicht los, diese Sehnsucht. Und schließlich sagte er sich mit bitterer, höhnischer Ironie:

»Eine Kugel kann ich mir auch dort durch den Kopf jagen, wo ich geboren bin. Und da man mich doch in der Gruft in dem verwahrlosten Schloß meiner Väter bestatten wird, so spare ich den Menschen die Mühe, mich als Leiche dorthin zu befördern.«

So hatte er sich entschlossen, die Heimat noch einmal wiederzusehen und dort zu sterben, um seinem verfehlten Leben ein Ende zu machen.

Er hatte die Pistole wieder fortgelegt und dann nach seinem Burschen gerufen, der ihm seit seiner Militärzeit treu und ergeben anhing.

»Kulitz, packen Sie meine Sachen — alles, was noch mir gehört. Und rechnen Sie mit der Wirtin ab. Ich reise nach Teklenburg. Das eine meiner Pferde, den ›Harras‹, bringen Sie heute noch zu Baron Seidlitz. Ich habe ihn verkauft. Da liegt das Geld — dreitausend Mark. Nehmen Sie davon, was Sie brauchen, um die letzten kleinen Rechnungen zu bezahlen. Mein anderes Pferd soll mit nach Teklenburg gehen.«

Henner dachte daran, daß ihn sein Lieblingspferd

Sleipner noch einmal durch die verlorenen heimatlichen Wälder tragen sollte, ehe er der Welt ade sagte.

Kulitz sah seinen Herrn mit großen, ernsten Augen an.

»Zu Befehl, gnädiger Herr.«

Henner nickte. »Und noch etwas, Kulitz — wenn Sie mir Sleipner nach Teklenburg geschafft haben, dann — dann müssen Sie sich nach einer anderen Stellung umsehen. Ich habe kein Geld mehr, einen Diener zu bezahlen. Das ist alles, was ich noch besitze — und ich habe nun gar nichts mehr zu verkaufen.«

Kulitz blickte seinen Herrn unverwandt an, und nur in seinen Augen schien Leben zu sein. Das starkknochige, derbe Gesicht mit der vorspringenden Stirn und dem breiten, energischen Kinn schien unbewegt.

»Gnädiger Herr verzeihen, aber ich bleibe immer beim gnädigen Herrn«, erwiderte er ruhig.

Henner fuhr sich mit der Hand über die Stirn.

»Mensch, es geht doch nicht, wir müssen uns trennen. Ich bleibe nur kurze Zeit in Teklenburg, dann — ja, dann trete ich eine große Reise an, wahrscheinlich über den großen Teich. Einen Diener kann ich da nicht brauchen; da werde ich mich ohne einen solchen behelfen müssen.«

Kulitz blieb ruhig wie zuvor.

»Ohne mich werden der gnädige Herr doch nicht fertig.«

»Ich werde es lernen müssen, Kulitz. Und — ich kann ja wahrscheinlich kaum für mich die Überfahrt bezahlen. Also bleiben Sie hier, ich werde Sie einem meiner Bekannten warm empfehlen.«

Kulitz schüttelte den Kopf.

»Es nutzt nichts, gnädiger Herr werden mich nicht los. Die Überfahrt kann ich für mich selbst bezahlen und behalte auch noch etwas übrig für die erste Not. Gnädiger Herr haben mich bisher so gut bezahlt.«

Henner warf sich aufatmend in einen Sessel.

»Guter Kerl — Sie dürfen mich nicht weich machen mit Ihrer treuen Anhänglichkeit, das kann ich jetzt gar nicht gebrauchen. Was denken Sie sich nur? Das geht doch nicht. Wenn diese drei braunen Lappen fort sind, gibt es nichts mehr zu holen bei mir. Was wollen Sie denn bei einem Herrn, der am Hungertuch nagt?«

»Mithungern! Das kann ich besser als der gnädige Herr. Und arbeiten kann ich auch — zur Not für zweie —, bis der gnädige Herr da drüben mal festen Fuß gefaßt hat. Gnädiger Herr dürfen mich nicht fortjagen, ich sorge mich sonst zuschanden. Und ich bitte sehr, daß ich mit nach Teklenburg und dann mit nach Amerika darf.«

Henner sah in das ernste, treuherzige Gesicht des Burschen, und in seinen Augen schimmerte es seltsam.

»Was haben Sie denn davon, wenn ich Ihnen das erlaube, Kulitz?«

»Die Freude, daß ich meinem gnädigen Herrn nützlich sein kann.«

Henner seufzte düster auf. »Das ist verdammt wenig, mein Sohn. Sie sollten sich lieber nach einer besseren Stelle umsehen.«

In Kulitz' Gesicht zuckte es. »Gnädiger Herr können mich fortjagen, aber freiwillig gehe ich nicht, solange ich noch hoffen kann, nützlich zu sein. Ohne meinen gnädigen Herrn säße ich wahrscheinlich auf Lebenszeit im Loch. Gnädiger Herr haben doch nicht vergessen — ich weiß, was ich gnädigem Herrn zu danken habe. Wenn mich mein Herr Leutnant damals nicht beim Schlafittchen gepackt hätte, als ich mich auf den Unteroffizier Harms stürzen wollte — ich hätte ihm den Schädel eingeschlagen, weil er mich so drangsaliert hatte und mich auch noch um meine Ehre und Reputation bringen wollte. Da hat mich aber mein Herr Leutnant, als ich vorstürzen wollte, beim Kragen gepackt und mich festgehalten und hat mich angeschnauzt, ganz laut: Kerl, paß doch auf, du stolperst mir ja über meine Stiefel. Hast du keine Augen im Kopf? Und leise hat mir mein Herr Leutnant zugeflüstert: Ruhig Blut, Kulitz, Sie machen sich unglücklich! Und da bin ich zu mir gekommen und der Unteroffizier Harms hat nichts sagen können.

Und mein Herr Leutnant hat dann herausgebracht, daß nicht ich, sondern ein anderer auf meiner Stube gestohlen hatte, und meinen ehrlichen Namen wiederhergestellt. Und zu alledem hat mich dann mein Herr Leutnant noch als seinen Burschen angestellt, obwohl ich damals noch ein ungeschickter Tolpatsch war, und hat mich gut gehalten und mir vertraut. Und wenn ich alle guten Zeiten bei meinem gnädigen Herrn genossen habe, so will ich nun auch die schlechten Zeiten mit ihm durchmachen, damit ich endlich meine Dankbarkeit und Ergebenheit beweisen kann.«

Henner hatten diese vor heimlicher Erregung zitternden Worte seines Burschen seltsam berührt in der Zerrissenheit seines Empfindens. Da war doch noch *ein* Mensch, der ihm mit Treue anhing. Er brachte es nicht über sich, Kulitz schroff abzuweisen. Mochte er denn mit ihm nach Teklenburg gehen und bei ihm bleiben, bis er den Schlußstrich unter sein Leben zog. So würde wenigstens eine treue Hand ihm die Augen zudrücken, wenn alles vorüber war. Er hatte Kulitz die Hand gereicht. Die höhnische Ironie war einen Augenblick aus seinem Antlitz verschwunden. Es lag eine gewisse Rührung darin ausgeprägt.

»Guter, braver Kerl! Ich habe es gewußt, daß Sie ein Mensch sind, der zu schade war, daß man ihn ins Elend taumeln ließ, deshalb hielt ich Sie damals fest. Ich wollte, mich hätte auch mal einer so festgehalten. Aber Ihre Dankbarkeit haben Sie mir schon oft bewiesen, Sie sind mir nichts schuldig. Da Sie mich aber durchaus nicht allein lassen wollen — nun, mag es sein. Ich glaube selbst, daß ich mich schlecht ohne Sie behelfen könnte.

Also — ordnen Sie alles, Kulitz, da liegt Geld. Der eine braune Lappen wird wohl hier für Miete und kleine Rechnungen aufgehen. Und dann schaffen Sie die Pferde fort; Sleipner zur Bahn, daß er nach Teklenburg verladen wird. Morgen früh will ich abreisen.«

Kulitz strahlte über das ganze Gesicht.

»Zu Befehl, gnädiger Herr, es wird alles besorgt.«

Und so war Henner am nächsten Tag nach Teklenburg gereist. Seit drei Wochen wohnte er nun hier, ohne bisher sein schlimmes Vorhaben auszuführen.

Als er heute von seinem Ausritt nach Hause kam, sah er Kulitz, wie schon während der ganzen Wochen, emsig arbeiten. Er hatte mit großem Eifer das kleine Stück Gartenland, das sich zwischen das Schloß und die verfallenen Wirtschaftsgebäude schob, bebaut. Allerlei nützliche Küchengewächse hatte er gepflanzt. Da er ein gelernter Gärtner war, ging ihm das schnell von der Hand. Jetzt stand er mit einer ziemlich verrosteten und verbeulten Gießkanne, die er irgendwo in einem Winkel gefunden hatte, und gab seinen Gewächsen Wasser.

Henner von Teklenburg hatte ihm gleich in den ersten Tagen gesagt:

»Lassen Sie doch diese unnütze Arbeit, Kulitz, es hat keinen Zweck.«

Kulitz hatte stramm gestanden. »Zu Befehl, gnädiger Herr, aber es ist so schade um die gute, fette Erde. Hier wächst beinahe alles von allein. Es macht mir Freude, und ich habe sonst hier so viel freie Zeit.«

»Na schön, dann amüsieren Sie sich damit«, hatte Henner erwidert.

Als er nun mit Sleipner vor dem Schloß hielt, kam Kulitz schnell herbei, um das Pferd in Empfang zu nehmen. Da die ehemaligen Stallungen ganz verfallen waren, hatte Kulitz für Sleipner im Schloß selbst ein großes Parterrezimmer als Stall eingerichtet.

»Sie graben ja schon wieder aus Leibeskräften in Ihrem sogenannten Garten, Kulitz«, sagte Henner spöttisch und verbissen.

Kulitz nickte mit zufriedenem Gesicht. »Gnädiger Herr wissen gar nicht, wie reich Sie noch sind. Wir brauchten gar nicht nach Amerika auszuwandern. Das Stückchen Erde, was Ihnen noch gehört, wollte ich bald zu einer Gärtnerei umwandeln. Das Parkland gäbe eine feine Baumschule, und hier würde ich gutes Gemüse ziehen und allerlei Blumen. Das könnte man in der nächsten Stadt gut zu Geld machen. Ich habe auch einen Stamm Hühner gekauft drüben auf der Waldecker Vorwerksmeierei. Die fressen alle Abfälle, und der gnädige Herr kann nun frische Eier haben.«

Kulitz hatte bisher alle Lebensmittel für seinen Herrn und sich und auch das Futter für Sleipner auf der Meierei oder im Dorf gekauft, ohne sich mit jemand in ein Gespräch einzulassen. So neugierig ihn die Menschen auch ausforschen wollten, er sprach kein Wort mehr, als nötig war.

In dem fast leerstehenden Schloß hatte Kulitz einige Zimmer ganz wohnlich für seinen Herrn eingerichtet. In allen Ecken und Winkeln war er herumgeklettert, um noch einige brauchbare Möbel aufzutreiben. Bis zum Speicher hinauf hatte er alles durchsucht. Vergessene und verstaubte Gegenstände hatte er ans Licht gezogen und tagelang geputzt und gescheuert, geleimt und genagelt, bis sie wieder gebrauchsfähig waren. Und so hatte er schließlich zu dem einfachen Schlafzimmer noch einige andere Räume für seinen Herrn eingerichtet und auch für sich ein wohnliches Kämmerchen und sogar eine Küche instand gesetzt.

Henner hatte ihn ruhig gewähren lassen. Er merkte wohl, daß ihm Kulitz die Heimat behaglich machen wollte, um ihn von dem Vorsatz, nach Amerika auszuwandern, abzubringen. Es rührte ihn immer wieder, wie unverdrossen sich Kulitz für ihn mühte.

Überhaupt — etwas wie Ruhe und Frieden war über ihn gekommen, seit er wieder Heimatluft atmete. Sein verstörtes Wesen fiel manchmal von ihm ab wie eine Krankheit, und er war oft sehr weich gestimmt. Es kam manchmal wie eine Erschlaffung über ihn und damit das Gefühl der Reue, daß er sein Leben in verbissenem Trotz gegen das Schicksal selbst zerstört hatte. Und in dieser Reaktion seiner Empfindungen hatte er bisher gezögert, seinen Vorsatz, sich zu erschießen, auszuführen. Er ließ Tag um Tag vergehen und sagte sich immer wieder: Es hat noch Zeit — morgen wirst du es tun.

Daß es geschehen mußte, stand bei ihm fest.

Jetzt hatte er Kulitz gedankenverloren zugehört. Nun richtete er sich auf. »Also, ich bin noch reich nach Ihrer Ansicht, Kulitz?«

»Jawohl, gnädiger Herr.«

»Nun, dann haben Sie sicher eine andere Ansicht von Reichtum als ich. Zählen Sie doch mal meine Reichtümer auf«, forderte er ironisch.

Kulitz streichelte Sleipners Mähne. »Da ist zuerst das Schloß, gnädiger Herr. Wenn es auch leer und nicht recht instand ist, Sie haben doch darin eine feste Wohnung. Und da ist Sleipner — ein tüchtiges Pferd, das gut ein paar tausend Mark wert ist. Dann ein Stück Gartenland. Und eine Menge gute Anzüge und feine Wäsche. Brennholz für den Winter liegt massenhaft auf dem Speicher. Und außerdem liegen in der Kasse, die der gnädige Herr mir anvertraut haben, noch bare eintausendvierhundertundachtzig Mark. Soviel Geld habe ich nie in meinem Leben besessen. Wenn das, was der gnädige Herr besitzen, mir gehörte, dann würde ich mich einen reichen Mann nennen. Und wenn der gnädige Herr nur wollten — ich schaffte noch eine Kuh und ein Schwein an und schaffte hier eine Gärtnerei, da könnten der gnädige Herr so bescheiden wie jetzt ganz in Ruhe hier weiterleben. Wer weiß, wie es in Amerika ist. Da soll es auch nicht mehr soweit her sein wie früher, wo die Leute alle mit einem großen Vermögen wieder heimkamen.«

Henner hörte zu, wie man dem unverständigen Plaudern eines Kindes lauscht, das weltfremde Ansichten hat. Wie er sich wohl selbst vorkommen würde in dem Idyll, das Kulitz ihm da vormalte?

Ein düsteres Feuer flammte plötzlich in seinen stahlblauen Augen auf, und seine Mundwinkel zogen sich herb und verächtlich herab. Jetzt wurde es Zeit, daß er ein Ende machte, sonst verlor er noch die letzte trotzige Kraft und ließ sich von Kulitz das ländliche Idyll immer verführerischer ausmalen. Nein — soweit durfte es nicht mit ihm kommen, daß er sich gewissermaßen von seinem Diener erhalten ließ.

Er wandte sich jäh ab und ging schnell durch eine schmale Seitenpforte ins Schloß. Das große Mittelportal benutzte er nie. Die hohe, weite Vorhalle war so gespenstisch leer und kalt, und er mochte sie nicht betreten. Er eilte in seine Zimmer und sah nicht den besorgten Blick, den ihm der treue Kulitz nachwarf. In seinem Zimmer angekommen, warf er sich, gleich im Reitanzug, ohne die Reitpeitsche fortzulegen, auf einen Diwan. Der war mit einer etwas verblichenen, aber sicher einst sehr kostbaren Decke verhüllt, die Kulitz aufgestöbert hatte.

Mit leeren, brennenden Augen sah sich Henner im Zimmer um. Kulitz nannte diesen Raum sein Arbeitszimmer. Henner erschien das wie ein Hohn auf sein untätiges Leben.

Höhnisch sah er auf seine vornehmen, schlanken Aristokratenhände herab. Was hatten sie bisher Großes geleistet? Ein Pferd zügeln — und Geld in alle Winde streuen. Nichtstuerhände!

Finster flog sein Blick wieder im Zimmer umher. Am Fenster stand ein alter Schreibtisch aus Eichenholz. Kulitz hatte die Platte neu mit einem Stück Tuch überzogen, das nur wenig verschossen war. Das Möbel sah noch ganz anständig aus. Davor stand ein Sessel, dessen Lehne Kulitz geleimt hatte. Mitten durch das geschnitzte Wappen der Freiherren von Teklenburg ging der Riß. Und der Sitz war mit etwas brüchigem Leder bezogen.

Neben dem Diwan stand ein Bücherschrank, an dem die Glasfenster freilich fehlten. Kulitz hatte sie durch einen Vorhang ersetzt aus gemustertem Seidenstoff, den er von einem alten Vorhang abgeschnitten und gesäubert hatte. In diesem Bücherschrank standen die wenigen Bücher, die sich noch in Henners Besitz gefunden hatten.

Mitten im Zimmer ein achteckiger Tisch aus Eichenholz, mit schwerer Platte und einem stabilen, etwas plumpen Untergestell — einige Stühle, die nicht zusammengehörten, ein kleines Rauchschränkchen und eine bankartige Truhe, auf der sogar ein Kissen lag, vervollständigten die Einrichtung dieses ziemlich großen Zimmers. Und an den Fenstern hingen verblichene Damastgardinen mit ehemals vergoldeten Holzfransen.

Mit einem höhnischen Blick maß Henner diese Einrichtung. Ähnlich wie dies Zimmer war auch sein Schlafzimmer und das sogenannte Speisezimmer ausgestattet. Beim ersten flüchtigen Blick sah alles ganz behaglich aus. Aber Henners Augen blickten kritisch darauf hin. Sausend ließ er plötzlich die Reitpeitsche durch die Luft schneiden.

»Lumpenkram!«

Dies Wort stieß er verächtlich, mit schneidender Schärfe hervor.

Und dann warf er die Reitpeitsche auf den Boden und sprang mit einem Satz empor. Seine Zähne bissen sich fest aufeinander und in den Augen flammte eine düstere Entschlossenheit.

»Machen wir ein Ende«, sagte er ruhiger und setzte sich an seinen Schreibtisch.

Ohne sich zu besinnen, ergriff er die Feder und schrieb mit seiner großen energischen Schrift auf einen Bogen Papier:

»Mein letzter Wille!

Schloß Teklenburg vermache ich dem Fiskus mit der Bitte, es als Erholungsheim für unbemittelte Kranke oder zu ähnlichen wohltätigen Zwecken zu benutzen. Alles, was sonst noch mir gehört, hinterlasse ich meinem treuen Diener Friedrich Karl Kulitz zum freien Eigentum, mit der Bestimmung, daß er mich in einem schlichten Sarge in der Gruft von Schloß Teklenburg zur ewigen Ruhe bestattet.

Teklenburg, den 15. Juni 1911.

Georg Henner, Freiherr von Teklenburg.

Einer, der sich selbst verlor.«

Dann warf er die Feder fort und zog das Mittelfach seines Schreibtisches auf. Dem entnahm er seinen eleganten Pistolenkasten, in dem zwei vollständig geladene und schußfertige Pistolen ruhten.

Ohne zu zögern, ergriff er die eine der beiden Waffen und setzte sie an die Schläfe. Er drückte ab.

Aber die Pistole versagte.

Nervös und unmutig ließ er die Hand sinken und sah die Waffe genau an. Woran lag es, daß sie nicht funktionierte? Da entdeckte er, daß sie nicht mehr geladen war.

Schnell nahm er die andere heraus und prüfte sie. Auch diese war entladen. — Betroffen und gereizt blickte er darauf nieder. Er wußte genau, daß er selbst beide Pistolen geladen und schußfertig in den Kasten gelegt hatte, gleich am Tag seiner Ankunft in Teklenburg. Seit der Zeit hatte er sie freilich nicht mehr berührt.

Mit einem jähen Ruck sprang er empor. Er besaß keine Ladung mehr, das wußte er. Im ganzen Haus war keine Kugel mehr aufzutreiben. Er war ja so sicher gewesen, daß er nicht mehr als eine Kugel jemals brauchen würde. Nur gewohnheitsmäßig hatte er jede Pistole mit sechs

Kugeln geladen. Wo aber waren diese zwölf Kugeln geblieben?

Mit blassem, von Grimm entstelltem Gesicht starrte er auf die Waffen herab. Und dann riß er plötzlich die Tür auf und rief nach Kulitz.

Wie ein wütender Aufschrei klang dieser Name von seinen Lippen.

Kulitz kam sofort herbei. Und als er eintrat, sah er seinen Herrn mit verstörtem, verzerrtem Gesicht mitten im Zimmer stehen, in jeder Hand eine der entladenen Pistolen. Sein ehrliches, gutmütiges Gesicht verfärbte sich, und seine Augen starrten mit einem seltsamen Ausdruck in das Gesicht seines Herrn.

»Gnädiger Herr befehlen!« stammelte er gewohnheitsgemäß.

»Kulitz — was ist mit meinen Pistolen geschehen? Sie waren beide geladen, ich weiß es. Und nun ist keine Kugel mehr drin. Das haben Sie getan?« stieß Henner mit heiserer Stimme in wilder Erregung hervor. Kulitz blieb unbewegt stehen, nur seine Hände zitterten ein wenig in der vorschriftsmäßig militärischen Haltung.

»Zu Befehl, gnädiger Herr — ja, das habe ich getan«, sagte er leise.

»Warum? Zu welchem Zweck?« rief Henner außer sich und so zornig, wie ihn Kulitz noch nie gesehen.

»Ich — ich habe damit wilde Kaninchen geschossen, die im Garten ihr Unwesen trieben.«

Henner lachte heiser und zornig auf. Er machte eine Bewegung, als wollte er sich in wildem Grimm auf Kulitz stürzen. Der zuckte aber mit keiner Wimper. Da hielt Henner an sich mit aller Kraft. Nur die Pistolen warf er mit einem halb unterdrückten Wutschrei auf den Boden, und dann verschwand er, sich jäh umwendend, im Nebenzimmer. Krachend flog die Tür hinter ihm zu.

Kulitz lauschte mit blassem, angstvollen Gesicht hinüber. Dann hörte er, daß drüben das Bett in allen Fugen krachte, als wenn sich jemand in wildem Zorn darauf warf. Und einzelne hervorgestoßene Zornesworte klangen noch undeutlich herüber. Kulitz atmete tief ein.

Dann hob er leise die Pistolen auf und legte sie wieder in den Kasten, der noch auf dem Schreibtisch stand. Er klappte ihn zu und stellte ihn in das Fach zurück.

Dabei gewahrte er das Schriftstück, das Henner vorhin geschrieben hatte.

Kulitz hatte noch niemals neugierig in den Briefschaften seines Herrn herumgeschnüffelt. Aber jetzt widerstand er der Versuchung nicht, zu lesen, was auf dem Briefblatt stand. Denn daß sein Herr eben erst geschrieben hatte, ehe er entdeckte, daß die Waffen entladen waren, merkte er an der achtlos hingeworfenen Feder.

Kulitz hatte die Waffen schon am Tag nach der Ankunft in Teklenburg entladen, und zwar nicht, um wilde Kaninchen zu schießen, sondern weil er ahnte, daß sein Herr mit Amerika ein anderes Land meinte, von dem es keine Wiederkehr gab. In treuer Sorge um seinen Herrn hatte er es getan, damit er sich kein Leid antun sollte.

Und als er nun die wenigen Zeilen gelesen hatte, wußte er genau, daß jetzt die dunkle Stunde über seinen Herrn gekommen war. Er wischte sich hastig mit der Hand über die Augen, die ihm feucht geworden waren.

Dann schlich er wieder zur Tür und lauschte hinüber. Er hörte tiefe, erregte Atemzüge und ab und zu noch ein halb verklingendes zorniges Wort.

Da atmete er wieder auf und fuhr sich durch das Haar.

Es würde ja später ein hagelscharfes Donnerwetter auf

ihn herniederprasseln, wenn sich der gnädige Herr erst wieder gefaßt und beruhigt hatte. Aber das wollte er gern in Kauf nehmen. Für den Augenblick war die Gefahr beseitigt. Aber was dann? Würde sein Herr nicht bei nächster Gelegenheit ausführen, was er jetzt verhindert hatte? Und diesmal würde er sicher sorgen, daß Kulitz ihn nicht hindern konnte.

Was konnte er nur tun, um seinen gnädigen Herrn von seinem schlimmen Entschluß abzulenken? Er war ja nur ein Diener, ein schlichter Mensch, der keinerlei Einfluß auf seinen Herrn hatte. Und selbst wenn er sich ein Herz fassen wollte und einmal mit ihm redete, wie er es meinte — dann würde ihm sein Herr einfach den Mund verbieten.

Kulitz sann ehrlich bekümmert nach, was er wohl tun könnte, um seinen Herrn zur Vernunft zu bringen.

Und plötzlich kam ihm ein kühner Gedanke. Er zog hastig sein dickes Notizbuch hervor und entnahm diesem den Bleistift. Mit diesem Bleistift schrieb er, sich über den Schreibtisch neigend, unter seines Herrn letztwillige Verfügung:

> »Mein gnädiger Herr hat mir am Tag, ehe wir nach Teklenburg reisten, gesagt: Ich wollte, mich hätte auch mal einer so festgehalten. Und daran hab' ich immer denken müssen. Und mein Herr Leutnant ist niemals nicht ein Feigling gewesen und wird es auch nie sein. Einmal, als ich beinah eine schwere Dummheit gemacht hätte, vor der mich mein guter Herr Leutnant behütet hat, da hat er zu mir gesagt: Ein guter Soldat nimmt es mit allen Feinden auf, auch mit sich selber. Und mein gnädiger Herr wird deshalb auch den Kampf mit

sich aufnehmen und sich nicht unterkriegen lassen. Es ist ja noch gar nicht so schlecht um meinen gnädigen Herrn bestellt, und es kommen gewiß auch wieder bessere Zeiten. Und ich bitte vielmals um Entschuldigung, weiß mir in meiner Angst um meinen gnädigen Herrn nur nicht mehr zu helfen.

Meines gnädigen Herrn
treulich ergebener Kulitz.«

Das war ein mühseliges Werk für den des Schreibens ungewohnten Mann.

Er wischte sich mit seinem buntgewürfelten Taschentuch den Schweiß ab, als er fertig war. Dann steckte er seinen Bleistift wieder zu sich und legte das Blatt Papier zu dem Pistolenkasten in das Schreibtischfach. Dann wollte er sich leise zum Gehen wenden. Aber in demselben Augenblick trat Henner hastig in das Zimmer. Er sah sehr blaß aus und hatte die Zähne fest aufeinander gebissen. In seinem Gesicht zuckte noch die Aufregung.

Scharf und forschend sah er Kulitz an.

»Wo sind die Pistolen?« fragte er schroff.

»Ich habe sie wieder in den Kasten gelegt, gnädiger Herr.«

Henner trat rasch an den Schreibtisch heran. Es war ihm eingefallen, daß er das Papier mit seinem letzten Willen offen hatte liegenlassen. Nun war es verschwunden.

»Hier lag ein beschriebener Briefbogen — wo ist der?« fragte er wieder sehr schroff.

»Bei dem Pistolenkasten, gnädiger Herr.«

Mit einem Ruck wandte sich Henner nach Kulitz um.

»Ich hoffe, Sie haben nicht gelesen, was ich aufgeschrieben hatte?« fragte er weiter, Kulitz scharf ansehend.

Dieser hielt seinem Blick ruhig stand.

»Doch, gnädiger Herr, ich habe es gelesen!«

»Kerl — was fällt Ihnen ein! Ist das eine Art, mir nachzuspüren? Gestehen Sie nur — die Pistolen haben Sie nicht auf wilde Kaninchen abgeschossen!«

Kulitz atmete tief auf.

»Gnädiger Herr haben recht, ich habe die Pistolen entladen — aus Angst, daß gnädiger Herr — ich war immer so in Sorge, daß gnädiger Herr noch weiter wollten — als nach Amerika. Und aus Angst und Sorge habe ich auch dies eine Mal etwas gelesen, was ich nicht hätte tun dürfen. Gnädiger Herr verzeihen mir — ich konnte nicht anders.«

Henner lachte ingrimmig auf. »Na — dann wissen Sie nun wenigstens, was Sie für ein Esel waren, daß Sie die Pistolen entladen haben. Sonst wären Sie nun nach Ihren Begriffen bereits ein reicher Mann«, sagte er höhnisch.

Kulitz schluckte einige Male. Dann sagte er leise: »Um solchen Preis mag ich nicht reich werden, gnädiger Herr. Ich bin auch so zufrieden, und wenn Sie mir nur gestatten wollen, daß ich hier alles weiter ein bißchen aufmuntern und in Ordnung bringen kann, dann können gnädiger Herr noch lange hier in Ruhe und Frieden leben und erst mal abwarten, ob nicht doch noch alles wieder gut werden kann.«

»Machen Sie, daß Sie hinauskommen!« rief Henner, noch immer schwer gereizt über die Vereitelung seines Vorsatzes.

Schweigend zog sich Kulitz zurück.

Henner warf sich, als er allein war, aufstöhnend in den Sessel vor dem Schreibtisch und vergrub das Gesicht in den Händen.

»So ein verwünschter Kerl! Herrgott noch mal — er

läßt mich mit seiner verdammten Anhänglichkeit nicht einmal in Frieden sterben. Nun wäre längst alles vorbei, und ich hätte meine Ruhe. Was denkt sich der dumme Kerl nur?«

Trotz seines Zornes flog ihn plötzlich die erschlaffende Weichheit wieder an, die ihn schon einige Male in der Heimat überfallen hatte. Es begann ihn wider Willen zu rühren, daß Kulitz so in Angst und Sorge um ihn war.

Dummer Kerl! Hängt sein ehrliches Herz an einen Menschen, der es ihm nicht einmal dankt. Verzichtet lieber nobel auf die allerdings schäbige Erbschaft, dachte er weiter, und sich aufrichtend, zog er das Fach des Schreibtisches auf, um nachzusehen, ob seine Pistolen bei dem zornigen Hinwerfen nicht zu Schaden gekommen waren, denn auf seine selbstmörderischen Absichten hatte er durchaus nicht verzichtet.

Da kam ihm jedoch der Briefbogen mit seinem letzten Willen in die Hand. Und er erblickte das Bleistiftgekritzel unter seinen Worten.

Erstaunt las er, was Kulitz geschrieben hatte. Und es zuckte dabei sonderbar in seinem schmalen Gesicht. Zu seiner Rührung gesellte sich eine tiefe Beschämung.

Hatte dieser schlichte Mensch nicht recht, wenn er es eine Feigheit nannte, sich aus dem Leben zu stehlen? War es nicht ehrenhafter, wenn er den Kampf mit dem Leben aufnahm und in ehrlicher Arbeit zu sühnen suchte, was er sich selbst angetan hatte? Denn nur gegen sich selbst hatte er eine Schuld zu sühnen — anderen Menschen gegenüber war sein Gewissen rein. Nichts als die Furcht vor dem Leben zwang ihm die Pistole in die Hand. Und war solch eine Furcht nicht Feigheit?

Aber wie sollte er den Kampf mit dem Leben aufnehmen? Er hatte nicht übermäßig viel gelernt — wenigstens nichts, womit er sich eine neue Existenz gründen konnte. Und so, wie sich das Kulitz dachte, hier in Teklenburg, ging es ganz bestimmt nicht auf die Dauer. Als Offizier war er auch erledigt, weil er den nötigen Zuschuß nicht mehr aufbringen konnte. Also was dann? Landwirt werden? Dazu hätte er noch die meiste Lust gehabt, denn der Landwirt steckte ihm gewissermaßen im Blut. Aber ein Landwirt ohne eigene Scholle – konnte er sich damit eine erträgliche Existenz schaffen?

Oder sollte er wahrmachen, womit er nur gespielt, sollte er nach Amerika oder in die Kolonien gehen?

Da war ihm aber, als hielt ihn plötzlich die Heimat mit tausend Banden fest. Er streckte die Arme aus.

Ach – nur noch einmal auf derselben Stelle stehen wie damals, als er zuletzt in der Heimat gewesen war, damals, als man da drüben Ernst von Waldeck in die Gruft senkte. Der hatte ihn geliebt, dem hatte er alle Sorgen und Nöte anvertrauen können wie einem Vater. Und er hatte ihm so oft gesagt, er solle den Offizier an den Nagel hängen und zu Hause tüchtig drauflos wirtschaften. Er wollte ihm sogar Geld vorstrecken, daß er Teklenburg wieder hochbringen konnte. Aber damals war er noch so jung und sorglos leichtsinnig gewesen und hatte da draußen in der Welt nach einem großen, lachenden Glück gesucht.

Das glaubte er auch gefunden zu haben, in Alice Sternfeld. Tor, der er war!

Alles war dann in ihm und um ihn her zusammengebrochen, und wie ein Unsinniger hatte er gegen sich selbst gewütet, bis er sich pekuniär völlig vernichtet hatte. Nun war er ratlos und zerschmettert und – hatte sich feig aus dem Leben stehlen wollen. Wenn Ernst von Waldeck noch am Leben wäre, er würde zu ihm gehen und ihn fragen, ob er in Waldeck als Eleve eintreten und sich zum Landwirt ausbilden dürfe, damit er vielleicht später eine Stelle als Verwalter annehmen konnte. Aber — lebte ihm nicht noch ein anderer alter Freund in der Heimat, an den er diese Frage richten konnte? War Jobst von Steinau nicht auch seines Vaters Freund und auch der seine gewesen? Hatte er nicht auch schon versucht, zu ihm zu dringen?

Ob er zu Jobst von Steinau ging?

So begann Henner zu grübeln und sich wieder, vorläufig noch wie ein Blinder, ins Leben zurückzutasten. Stundenlang saß er, mit aufgestütztem Kopf, und überlegte zum ersten Mal ernstlich, ob es noch eine Lebensmöglichkeit für ihn gab.

Zu einem Endresultat kam er heute freilich nicht. Aber Kulitz hatte ihm ja gesagt, daß er noch lange hier in Ruhe und Frieden überlegen könne. Und wenn er es recht besah, diese Ruhe, dieser Frieden taten ihm wohl — so wohl, daß er sich nur gezwungen hatte, seinen Entschluß auszuführen und seinem Leben ein Ende zu machen.

Hastig barg er schließlich den Pistolenkasten in dem Schreibtisch und steckte den beschriebenen Briefbogen ebenfalls fort. Und dann erhob er sich, streckte die Arme weit von sich, als wollte er ihre Kraft prüfen, und ging im Zimmer auf und ab. Ein wunderliches Gefühl nahm Besitz von ihm. Er fühlte sich, als sei er einer großen Gefahr glücklich entronnen.

Dann klopfte es ganz schüchtern an die Tür. Auf Henners lauten Zuruf trat Kulitz ein.

»Gnädiger Herr — das Essen ist fertig, darf ich es auftragen?« fragte er, unsicher in das Gesicht seines Herrn sehend.

Henner sah ihm voll und groß in die Augen.

»Kulitz — kommen Sie einmal her zu mir«, sagte er mit bewegter Stimme.

Der Bursche trat näher.

»Befehl, Herr Leutnant«, sagte er, in der Erregung in die Gewohnheit seiner Burschenzeit verfallend.

Henner streckte seine Hand aus.

»So, Kulitz, nun geben Sie mir mal Ihre Hand.«

Mit einem hellen Aufblick wischte Kulitz hastig seine Hand an der blauen Schürze ab, die er zum Schutz über seinem Anzug trug, und legte sie in die seines Herrn.

»Gnädiger Herr!« rief er freudig.

Henner drückte kräftig seine Hand. »So, Kulitz — nun sind wir quitt. Diesmal haben Sie mich am ›Schlafittchen‹ genommen, wie Sie so schön sagen. Es ist allerdings nur bildlich geschehen, aber es hat dieselbe Wirkung gehabt, als wenn es wirklich der Fall gewesen wäre. Und — ich danke Ihnen, Sie sind eine gute, treue Seele. Nun sollen Sie außer Sorge sein. Jetzt *will* ich den Kampf aufnehmen.«

Kulitz strahlte über das ganze Gesicht. »Gott sei Dank, gnädiger Herr! Ich wußte ja, daß es nur so ein Rumpelschuß war, der über den gnädigen Herrn gekommen war wie eine schlimme Krankheit. Nun wird schon alles wieder gut werden. Und — dann wollte ich auch bitten, daß der gnädige Herr nun essen. Ich habe ein junges Hähnchen gebraten.«

Es zuckte gerührt in Henners Gesicht.

»Na, und Sie, Kulitz? Was haben Sie denn zu essen heute mittag?«

»Gebratenen Speck und Kartoffeln — fein, gnädiger Herr.«

Henner sah ihn mit sonderbarem Ausdruck an.

»Daß Sie es für sich an nichts fehlen lassen, Kulitz! Lieber schränken Sie meinen Küchenzettel noch etwas ein. Es wäre mir schlecht gedient, wenn Sie von Kräften kommen.«

»Keine Sorge, gnädiger Herr, ich futtere schon ordentlich. Ist ja alles spottbillig hier. In der Stadt bezahlt man das alles drei- und vierfach.«

Henner ging nun in das »Speisezimmer« hinüber. Dort hatte Kulitz schon sauber den Tisch gedeckt und trug nun eifrig das von ihm bereitete Mahl auf. Dann zog er sich in die Küche zurück und machte sich mit einem Hochgefühl ohnegleichen über seine frugale Mahlzeit her. Der Speck duftete mit den Kartoffeln um die Wette.

Henner saß drinnen an dem gedeckten Tisch, und obwohl er sich mit einem Gefühl daran niedergelassen hatte, als schnüre sich ihm die Kehle zu, bemerkte er zu seinem eigenen Erstaunen, daß er nur den ersten Bissen schwer hinunterbrachte. Nachher ging es viel besser, und er bekam Hunger und Appetit. Kulitz hatte ihm zu dem Hähnchen von den guten Kartoffeln und ganz jungen, zarten Blattsalat serviert.

Kulitz entwickelte täglich neue Talente. Ganz selbstverständlich hatte er auch das Amt eines Kochs übernommen. Und alles, was er zubereitete, war schmackhaft und gut, wenn auch nicht mit den Finessen eines perfekten Kochs zubereitet.

Henner verzehrte das aufgetragene Mahl bis auf den letzten Bissen und wunderte sich, daß es ihm so gut schmeckte. Überhaupt, wenn er es sich so ruhig überlegte — das einfache, natürliche Leben, das er jetzt führte, bekam ihm außerordentlich. Er sehnte sich nicht nach dem sinnlosen, verschwenderischen Leben zurück, das er in den letzten Jahren geführt hatte. Wie von einem inneren Zwang, von einer törichten, treibenden Wahnvorstellung befreit, kam er sich heute vor, nachdem er den Entschluß gefaßt hatte, zu leben und den Kampf ums Dasein aufzunehmen.

Wie er das machen wollte, darüber kam er heute nicht zur Klarheit.

4

Gleich nach Tisch ging Henner von Teklenburg durch den abgeholzten Park zum Flußufer hinüber. Mit finsteren Blicken sah er auf die zwischen wertlosem jungen Unterholz hervorleuchtenden Baumstümpfe. Da hatten früher herrliche, uralte Buchen und Eichen gestanden, die er hatte fällen lassen, um sie zu Geld zu machen.

Wie sinnlos er in den letzten Jahren gewirtschaftet hatte — bis er ein Bettler geworden war. Und alles nur, um sich zu betäuben, um die Treulosigkeit eines Weibes und eines falschen Freundes zu vergessen.

Heute zum ersten Mal fragte er sich ernüchtert, ob es die beiden treulosen Menschen wert gewesen waren, daß er ihretwillen sein eigenes Leben so ganz zerstörte.

Der Gedanke an Alice Sternfeld hatte keine Macht mehr über ihn. Ihr Treubruch war verwunden, und er fühlte, daß er im Herzen fertig war mit ihr, für alle Zeit. Er konnte jetzt ohne Erregung daran denken, daß sie sich mit dem Freund, der ihn betrogen, vermählt hatte. Dieser Gedanke hatte ihn oft halb sinnlos gemacht. Er fühlte, daß er auch von dem Gefühl tiefster Erbitterung und quälender Eifersucht genesen war. Mochten sie glücklich sein oder nicht — für ihn sollte das keine Bedeutung mehr haben. Er strich sie aus der Reihe der Menschen, die sein Schicksal noch berühren konnten im guten und bösen.

Langsam ging er durch den geschändeten Park, der einst der Stolz der Teklenburgs gewesen war. Ein tiefes Bedauern erfaßte ihn beim Anblick der Baumstümpfe. Der Park erschien ihm wie ein Friedhof, die glatten Flächen der Baumstümpfe wie Leichensteine.

Wenn seine Eltern das hätten sehen müssen!

So kam er am Flußufer an. Er hatte mit seinem alten Boot ein Stündchen rudern wollen, um sich Bewegung zu schaffen. Aber nun ließ er sich zwischen dem Unterholz auf einen der Baumstümpfe nieder und sah gedankenverloren auf die flimmernden Sonnenstrahlen, die über das fließende Wasser huschten. Er befand sich an der Stelle, wo der Fluß ein Knie bildete, und so konnte er ihn nach beiden Seiten hin übersehen.

In Sinnen verloren, die Arme auf die Knie gestützt, saß er da und sah vor sich hin. Sein ganzes Leben zog in bunten Bildern an ihm vorbei. Und in dieses Sinnen hinein vernahm er das leise Aufschlagen von Rudern.

Aufblickend gewahrte er das Boot, das ihm neulich begegnet war. Und wie neulich saß darin Rosemarie von Waldeck.

Sie konnte ihn nicht sehen. Das Unterholz verbarg ihr seinen Anblick. Aber er konnte sie mit Muße betrachten. Halb unbewußt freute er sich an der kraftvollen, geschickten Art, wie sie die Ruder handhabte. Und er beobachtete die Sonnenstrahlen, die über ihr Haar funkelnde Lichter streuten. Nie war ihm draußen in der Welt noch einmal diese aparte, seltsame Haarfarbe begegnet. Im Schatten erschien es fast dunkelbraun, aber im Sonnenlicht leuchtete es wie flüssiges Kupfer. Schade, daß es so fest und steif in Zöpfe geflochten und um den Kopf gelegt war. Früher hatte es in einem langen, dicken Zopf über dem Rücken gehangen, und aus dem Scheitel hatten sich lose, flimmernde Löckchen gestohlen. Er hatte immer eine Vorliebe für diese aparte Schattierung gehabt und mit Vergnügen gesehen, wie es sich lose um die weiße Kinderstirn der kleinen Rosemarie geringelt hatte.

Damals hatte er geglaubt, die kleine Rosemarie würde sich zu einer Schönheit entwickeln. Sie hatte einen so leuchtenden Teint, der an den matten Glanz echter Perlen erinnerte. Der fiel auch jetzt noch in ihrem Antlitz auf. Und die roten Lippen und die großen grauen Augen leuchteten warm aus diesem Gesicht heraus.

Rosemarie von Waldeck hatte keine Ahnung, daß sie so scharf beobachtet wurde. Sie war in trübe Gedanken versunken. Tante Herta hatte ihr wieder einmal mit Sorgen und Klagen das Herz schwer gemacht, weil sie bei Tisch keinen Appetit gehabt hatte. Sie hatte das wieder als ein bedenkliches Krankheitszeichen angesehen, aber Rosemarie wußte, daß ein anderer Grund sie die Speisen verschmähen ließ. Sie mußte so viel an Henner von Teklenburgs unglückliches Gesicht denken.

Als sich nach Tisch Tante Herta mit dem Inspektor zu einer geschäftlichen Beratung zurückzog und Heinz wieder an seine Exerzitien gegangen war, sollte Rosemarie in ihre Zimmer gehen und ruhen. Aber dazu hatte sie gar keine Lust. Sie schlich sich heimlich aus dem Haus, ohne Hut und Schirm, lief durch den Park zum Fluß und löste das Boot von der Kette.

Aufatmend war sie davongerudert, bis zu der Stelle, wo der Fluß eine Biegung machte. Auch heute zog sie nun die Ruder ein und ließ das Boot langsam treiben.

Sie faltete die Hände im Schoß und sah nach Schloß Teklenburg hinüber.

Eine Weile hielt sie so dicht vor dem Platz, auf dem Henner reglos saß, um sich nicht bemerkbar zu machen. Er konnte sie genau beobachten. Sie schien in tiefes, schmerzliches Sinnen verloren.

Jetzt streifte ihr Boot das seine, das an dem verfallenen Steg festgemacht war. Sie richtete sich ein wenig auf, beugte sich vor und hielt sich an dem alten verwitterten Boote fest, als wollte sie verhindern, daß das ihre in dem treibenden Wasser weiterglitt. Wie spielend wickelte sie ein Ende des Seils, mit dem das alte Boot festgemacht war, um die Rudergabel des ihren. Und als sie nun so ihr Boot festgelegt hatte, strich sie sanft streichelnd über den Bootsrand.

Henner wußte nicht, was das bedeuten sollte. Er hielt es für gedankenlose Spielerei. Aber dabei kam ihm ein seltsamer Gedanke.

Wie, wenn er sein gestrandetes Lebensschiff von Rosemarie von Waldeck wieder in freies, offenes Fahrwasser hinausgleiten ließe?

»Wenn ich versuchte, Rosemarie von Waldecks Geschick an das meine zu fesseln? Dann wäre ich mit einem Schlag wieder in gesicherten, ja glänzenden Verhältnissen. Dann hätte ich einen Wirkungskreis, wo ich nach Herzenslust schaffen und arbeiten könnte. Und vielleicht könnte ich dann auch Schloß Teklenburg vor dem gänzlichen Verfall bewahren.«

Der Gedanke rüttelte ihn empor.

Er sprang plötzlich auf und trat dicht an das Ufer heran.

Rosemarie schrak jäh zusammen und sah zu ihm empor. Ihr Gesicht überzog sich mit dunkler Röte.

Er zog artig den Hut. »Sie sehen so aufmerksam nach

Schloß Teklenburg hinüber, mein gnädiges Fräulein. Vielleicht berechnen Sie den Zeitpunkt, wann es eine malerische Ruine geworden sein wird!« rief er ihr zu.

Sie sah mit großen, erschreckten Augen in sein Gesicht. Wie Rotkäppchen den bösen Wolf, so sieht sie mich an, dachte er.

Rosemarie nahm allen Mut zusammen. »Es ist ein herrlicher alter Bau, ringsum findet sich nicht seinesgleichen. Man hat von hier so einen schönen, freien Blick auf das Schloß. Deshalb rastete ich hier ein Weilchen«, antwortete sie.

Sein Gesicht bekam wieder einen düsteren Ausdruck, und der herbe, ironische Zug erschien um seinen Mund.

»Nicht wahr, seit der Park abgeholzt ist, liegt es frei und offen da. Man kann so recht deutlich den Verfall meines Vaterhauses beobachten. Das macht Ihnen gewiß mehr Vergnügen als mir, mein gnädiges Fräulein«, erwiderte er bitter.

Ihr Herz schlug bang. Aber doch war sie glücklich, daß er überhaupt mit ihr sprach. Es wollte ihr auch scheinen, als ob aus seinen Augen nicht mehr die wilde, trotzige Abwehr von neulich blickte.

»Was einem anderen Menschen ein Leid ist, kann mir nie ein Vergnügen sein, Herr von Teklenburg. Wenn ich Ihr Vaterhaus betrachtete, mußte ich immer bedauern, daß es so leer und verlassen stand. Mein Vater hat oft bedauert, daß es nicht so instand gehalten wurde, wie es sein mußte. Ich meine auch, es könnte gar nicht so schwer sein, es vor dem Verfall zu bewahren.«

Er lachte bitter auf. »Ihnen mag das als ein leichtes erscheinen. Aber mir fehlt dazu die lumpige Kleinigkeit von hunderttausend Mark. So viel würde es ungefähr kosten, Schloß Teklenburg zu renovieren und auszustatten.

Das haben die Architekten vor einigen Jahren genau ausgerechnet.«

Rosemarie nickte, ohne sich durch sein seltsames, durchaus nicht verbindliches Wesen abschrecken zu lassen.

»Ich weiß. Damals hieß es, Schloß Teklenburg sollte renoviert werden, weil —« Sie brach erschrocken ab und sah unsicher zu ihm auf.

Er zog die Stirn zusammen, und das herbe, höhnische Lächeln spielte wieder um seinen Mund.

»Sprechen Sie es nur ruhig aus, mein gnädiges Fräulein, ich bedarf keiner zarten Schonung. Sie meinen, weil eine neue Herrin nach Teklenburg kommen sollte. Nun — sie ist nicht gekommen. Warum, das haben hier sicher die Spatzen von den Dächern gesungen, nicht wahr?«

Sie sah ihn so voll Mitleid und Erbarmen an, daß er die Augen abwenden mußte, weil er nicht weich werden wollte.

»Ja«, sagte sie leise, »man hat davon gesprochen, daß — daß Sie betrogen worden sind. Und deshalb verzeihe ich Ihnen auch den höhnischen, bitteren Ton, den ich früher nie von Ihnen gehört habe. Ich finde ihn verständlich. Wenn man geliebten Menschen nicht mehr vertrauen darf, das muß weh tun — sehr weh. Und das muß verbittern.«

Er sah sie wieder an.

»Es ist eine sehr liebenswürdige Auffassung, mein gnädiges Fräulein, und ich müßte Ihnen dafür danken, indem ich mich schleunigst aus Ihrer Nähe entfernte. Es ist überhaupt sehr gütig von Ihnen, daß Sie mit mir sprechen, obwohl ich Ihnen neulich ziemlich ungezogen etwas von meinem Boot aus zugerufen habe.«

Ein schattenhaftes Lächeln spielte um Rosemaries

Mund. »Diese Warnung habe ich gar nicht beherzigt und werde es auch nicht tun. Und wenn Sie mir wenig liebenswürdig begegneten und nichts mehr von alter Freundschaft wissen wollen, so tut es mir leid, ohne mich zu erzürnen.«

Ein seltsamer Blick aus Henners Augen traf in ihr stilles Gesicht. »Sie scheinen nicht so empfindlich und leicht verletzt zu sein wie andere junge Damen.«

Wieder spielte das matte Lächeln um ihren Mund, das ihm so traurig und freudlos schien. Es war nicht das reizende, kindliche Lächeln, das er früher so gern in ihrem jungen Antlitz gesehen hatte. Es lag eine müde Resignation darin, die nicht in ein junges Gesicht paßte und seltsam ergreifend wirkte.

»Ich bin überhaupt in allen Dingen anders als andere junge Damen, Herr von Teklenburg. Das liegt in den Verhältnissen. Mit kleinlichem Gekränktsein und solchen Kindereien vergeudet man nur Zeit, wenn sie einem nicht kostbar erscheint.«

»Und Ihnen erscheint die Zeit so kostbar?« fragte er, wider Willen lächelnd.

Sie blieb ernst. »Ja, weil ich gewöhnt bin, jede Stunde als ein Geschenk des Himmels zu betrachten. Aber bitte — nichts mehr von mir. Ich bin ein so unerfreulicher Gesprächsstoff, mit dem man sich am besten nicht befaßt. Wir wollen lieber von Ihnen sprechen, wenn Sie noch weiter mit mir plaudern wollen.«

Er sah sie forschend an. Sie erschien ihm wirklich so ganz anders als andere junge Damen, die er kannte. Und im Gespräch mit ihr verwischte sich völlig der Eindruck von vorhin, als er sie für eine kindlich unbedeutende Landpomeranze hielt. Sie schien seltsam gereift, weit über ihre Jahre hinaus. Und in ihrem Wesen lag dabei eine so ehrliche, ungekünstelte Schlichtheit, die bei einer jungen, reichen Erbin recht auffallend war. Sie erschien ihm wirklich wie ein tief angelegter Charakter, dem alle Kleinlichkeit und Unnatur fremd war. Er schob den Hut aus der Stirn, als sei ihm zu warm.

»Ich möchte wohl gern noch ein wenig mit Ihnen plaudern, wenn Sie mir noch etwas von Ihrer kostbaren Zeit schenken wollen. Seit ich in Teklenburg bin, habe ich noch mit keinem Menschen gesprochen außer mit meinem Diener. Ich wollte es auch nicht anders. Aber heute ist etwas wie ein Hunger in mir — nach einer freundlichen Menschenstimme. Von mir wollen wir aber auch nicht reden. Ich bin ganz gewiß ein noch viel unerfreulicherer Gesprächsstoff als Sie, mein gnädiges Fräulein. Und Plattheiten und Phrasen möchte ich nicht mit Ihnen tauschen. Sie scheinen mir dafür zu klug und zu tief veranlagt zu sein.«

Sie schüttelte den Kopf.

»Ich bin gar nicht klug, nur eben — aber da spreche ich schon wieder von mir. Werden Sie jetzt in Teklenburg bleiben?«

»Einige Zeit sicher. Ich bin wie ein gescheitertes Schiff, das an den heimatlichen Strand getrieben worden ist von einer Welle — nennen wir sie Heimweh oder Sehnsucht. Und nun liege ich zertrümmert wie ein Wrack und weiß nicht, ob ich je wieder flott werde zu einer Fahrt auf das Lebensmeer.«

Wie prüfend sah sie an seiner schlanken, sehnigen Gestalt empor. Und der dringende Wunsch erwachte in ihr, ihm helfen zu können. Sie atmete tief auf.

»Sie sind ein Mann, und Sie sind gesund und haben starke Arme. Ach — Sie wissen ja nicht, wie reich Sie sind!«

Er warf seinen Hut neben sich auf den Boden und ließ sich selbst in dem hohen Gras nieder in halb liegender, halb sitzender Stellung.

»Dasselbe hat mir heute auch schon mein Diener versichert. Er hat dabei aber nicht an meine gesunden, starken Arme gedacht, sondern zählte mir andere Reichtümer auf: ein Dach über meinem Kopf mit drei kümmerlich ausgestatteten Zimmern, ein Pferd, eine Handbreit Gartenland, um Küchengemüse zu ziehen, eine noch leidlich intakte Ausstattung meines äußeren Menschen und ein Barvermögen von zirka eintausendvierhundert Mark. Das ist mein ganzer fürstlicher Reichtum.«

»Oh — trotz Ihrer Ironie —, Sie sind dennoch reich«, erwiderte Rosemarie etwas lebhafter.

»Und das sagt die reiche Herrin von Waldeck?«

Sie sah ihn ernst und groß an. »Die ist arm — so bettelarm, trotz ihres Reichtums! Wie gern würde ich sofort mit Ihnen tauschen. Aber nichts von mir. Wenn Sie nur ernstlich wollen, so werden Sie Ihr Schicksal schon meistern. Nur wollen müssen Sie.«

Er beugte sich vor. »Wissen Sie, was ich jetzt tun möchte?«

»Nun?« fragte sie erwartungsvoll.

Er atmete auf. »Ihnen die Hand drücken — wie einem guten Freund. So tröstlich klang mir das, gerade in dieser Stunde. Und ich möchte Sie bitten, daß Sie mir erlauben, zuweilen ein wenig mit Ihnen zu reden. Sie wissen gar nicht, wie wohl mir Ihre Worte tun. Darf ich Sie daran erinnern, daß ich früher wie ein Freund des Hauses in Waldeck aus- und eingehen durfte?«

Seine Worte klangen warm und in ehrlicher Herzlichkeit.

Ihre Augen leuchteten auf, und das ganze Gesicht

schien sich zu beleben. Es lag für sie plötzlich wieder etwas von dem alten Henner von Teklenburg in seinem Wesen.

»Daran brauchen Sie mich nicht zu erinnern. Ich habe es nicht vergessen, auch nicht, daß mein Vater Sie herzlich liebte, und daß Sie ihm in seinen letzten, schweren Lebensjahren so manche Stunde mit Sonne füllten durch Ihr frisches, sonniges Wesen. Er war immer so froh, wenn Sie kamen. Und selbst daran kann ich mich noch erinnern, daß meine Mutter Sie gern kommen sah. Ganz deutlich sehe ich noch vor mir, wie Sie einmal mit meinen Eltern von einem gemeinsamen Ausritt heimkehrten. Damals war mein Vater noch ein gesunder, stattlicher Mann. Und Sie lachten alle drei so herzlich.«

Henner fuhr sich über die Stirn.

»Wie Sie mir das so lebhaft in die Erinnerung rufen! War ich wirklich einmal froh und sorglos? Ja, ja, Ihr Vater war mir ein treuer, väterlicher Freund, und Ihre schöne Frau Mutter — ich habe sie sehr verehrt und jünglingshaft für sie geschwärmt. Sie war eine herrliche Frau und konnte so warm und herzlich lachen. Wir haben viele sonnige Stunden zusammen verlebt, Ihre Eltern und ich, und sind oft zusammen ausgeritten. Ihre Frau Mutter war eine kühne, exzellente Reiterin.«

Rosemarie hatte ihm die Worte vom Mund gelesen. Jetzt richtete sie sich in heimlicher Spannung straff empor.

»Haben Sie je bemerkt, daß meine Mutter sich beim Reiten überanstrengte?«

Er schüttelte verwundert den Kopf. »O nein, im Gegenteil, sie war unermüdlich und stieg so frisch vom Pferd, wie sie es bestieg.«

»Also das Reiten hat ihr nichts geschadet?«

»Nein, ganz sicher nicht. Reiten Sie auch so gern wie Ihre Frau Mutter?«

Sie schüttelte traurig den Kopf. »Nein, ich darf nicht — Tante Herta erlaubt es nicht.«

»Frau von Ribnitz? Sie reitet doch selbst, dächte ich?«

»Ja, aber ich darf es nicht.«

»Und Sie möchten es gern?«

»Ja, wie alles, was ich nicht tun darf.«

»Aber sind Sie nicht freie Herrin Ihres Willens? Was dürfen Sie außerdem nicht?«

Sie strich langsam über die Stirn, und um ihren Mund zuckte wieder das resignierte Lächeln. »Nicht laufen, nicht tanzen — nichts, gar nichts, was mir Freude macht. Ach, fragen Sie mich nicht, ich will gar nicht davon reden. Nur — ich muß Sie bitten, Tante Herta nicht zu verraten, daß Sie mich allein im Boot auf dem Fluß gesehen haben, überhaupt nicht, daß wir uns gesprochen haben. Ich darf nämlich auch nicht rudern.«

»Aber warum nur nicht?«

Mit einem wehen, traurigen Blick, der ihn seltsam ergriff, sah sie zu ihm auf.

»Ich bin kränklich und darf nur eins bis zum Überdruß tun — mich schonen.«

Er sah verwundert und ungläubig auf ihre schlanke Gestalt herab. Wie sie vorhin die Ruder so leicht und spielend regiert hatte, das sah nicht nach Kränklichkeit aus.

Ehe er jedoch etwas antworten konnte, fuhr sie hastig fort: »Also Sie kommen nun bald einmal nach Waldeck?«

»Wenn ich darf — gern.«

»Und auch nach Steinau müssen Sie gehen. Onkel Steinau sorgt sich sehr um Sie. Wissen Sie denn nicht mehr, welch ein guter, treuer Freund er Ihnen ist? Er wird Ihnen ganz sicher mit Rat und Tat beistehen, wie es auch mein Vater getan haben würde.«

»Sind Sie dessen so sicher? Und wissen Sie denn, daß ich dieser Freundschaft noch wert bin?«

Sie blickte ihn klar und offen an.

»Onkel Steinau sagte neulich zu mir: Wenn Henner von Teklenburg endlich ausgetobt hat und zur Besinnung gekommen ist, dann wird er sein wie ein guter Wein nach der Gärung. Wenn ich ihn nur mal zu Gesicht bekäme, daß ich ein vernünftiges Wort mit ihm sprechen könnte. Es ist schade um ihn. Aber der Kern bei ihm ist gut und fest, er wird sich nicht selbst verlieren.«

Henner lauschte mit seltsamen Gefühlen diesen Worten und strich sich über die Stirn. »Er hat sich schon selbst verloren«, sagte er leise, während der herbe Zug um seinen Mund sich vertiefte.

Rosemarie fuhr auf. »Nein, das ist nicht wahr!« rief sie hastig.

Er sah sie sonderbar an. »Kind — was wissen Sie von mir?«

Sie war über sich selbst erschrocken. Aber tapfer hielt sie seinen Blick aus, wenn auch leise Röte in ihr Gesicht stieg.

»Ich weiß, daß Henner von Teklenburg nie etwas Unehrenhaftes getan hat, und daß er sich auch nicht selbst verlieren kann.«

Kopfschüttelnd sah er sie noch immer mit dem seltsamen Blick an.

»Woher kommt Ihnen dieser Glaube an mich?«

Das Rot in ihrem Antlitz vertiefte sich. Aber unbeirrt fuhr sie fort:

»Von meinem Vater. Er pflegte von Ihnen zu sagen: Henner ist ein Ritter ohne Furcht und Tadel und wird es immer sein. Wenn er auch jetzt noch ein wenig leichtsinnig in das Leben hinausstürmt, er wird nie etwas tun, das schlecht und ehrlos ist.«

Er starrte eine Weile schweigend vor sich hin und dachte an das sinnlose, wüste Treiben der letzten Jahre. Da war manches geschehen, was er jetzt gern ungeschehen gemacht hätte. Er hatte ein wildes Leben geführt im wütenden Drang nach Selbstvernichtung. Aber etwas Schlechtes, Ehrloses — nein, das hatte er gottlob nicht getan. Davon konnte er sich freisprechen.

Er atmete tief auf.

»Und weil Ihr Vater eine so gute Meinung von mir hatte, deshalb glauben Sie ohne weiteres an mich?« fragte er endlich.

Sie nickte. »Ja — trotz Ihres spöttischen Tons.«

Er schüttelte heftig den Kopf. »O nein, das meinte ich gewiß nicht spöttisch. Wenn Sie nur wüßten, wie mir jetzt zumute ist. Ich glaube, ich könnte jetzt wieder beten — das hatte ich längst verlernt«, sagte er weich.

Sie löste das Seilende von ihrem Boot. »Nun muß ich aber heimfahren«, sagte sie hastig und verwirrt vor innerer Bewegung. »Bitte, versprechen Sie mir, daß Sie Onkel Steinau nicht wieder abweisen lassen, wenn er nochmals zu Ihnen kommt.«

»Ich verspreche Ihnen sogar, daß ich ihn selbst aufsuchen werde. Und wann darf ich nach Waldeck kommen?«

»Jederzeit, je eher, desto besser.«

»Und wenn man Frau von Ribnitz gesagt hat, daß ich jetzt der ›tolle Teklenburg‹ heiße — wird sie mich nicht abweisen lassen?«

»Auch dieser Beiname von Ihnen ist nach Waldeck gedrungen«, sagte sie lächelnd.

»Also! Wird mir mein schlechter Ruf nicht die Tür von Waldeck verschließen?«

Sie sah nachdenklich und betreten aus. War es nicht möglich — ja wahrscheinlich, daß Tante Herta ihn abweisen ließ? Sie war sehr wählerisch in bezug auf Besuche.

Er lachte bitter, als sie verstummte. »Sehen Sie wohl, mein gnädiges Fräulein, das erscheint Ihnen nun doch zweifelhaft.«

Sie sah schnell auf. »Oh, nur weil Tante Herta überhaupt sehr wenig Besucher in Waldeck vorläßt; sie liebt es nicht, wenn Gäste kommen — meinetwegen, weil sie fürchtet, daß jeder Verkehr mich anstrengt. Aber das ist nicht der Fall. Sie ist nur überängstlich. Auf jeden Fall ist es besser, Sie gehen erst nach Steinau. Ich werde Onkel Steinau bitten, daß er Sie mitbringt. Wenn Sie in seiner Gesellschaft kommen, dann kann Sie Tante nicht abweisen lassen.«

»Also, ich muß mich sozusagen auf Schleichpfaden einschmuggeln«, sagte er ironisch.

»Nur das erstemal«, erwiderte sie begütigend.

»Und Sie? Wünschen Sie wirklich, daß ich komme?« fragte er zögernd.

»Ja — mein Vater würde es auch wünschen.«

»Nur deshalb?«

Sie wurde wieder rot.

»Und weil ich gern wieder mit Ihnen plaudern möchte. Sie sollen nicht so allein in Teklenburg hausen und sich in Ihren Kummer vergraben.«

»Also ein Werk der Barmherzigkeit? Sie sind, scheint mir, noch immer die gute kleine Rosemarie, die ich einmal bittere Tränen weinen sah, weil sie ein totes, erfrorenes Vöglein im Park gefunden hatte!«

»Also es gilt — Sie kommen mit Onkel Steinau? Ich sehe ihn heute noch und werde mit ihm sprechen«, sagte sie hastig.

»Es gilt, ich komme.«

»Auf Wiedersehen dann.«

»Auf Wiedersehen.«

»Und bitte — verraten Sie mich nicht, sonst wird mir das Boot konfisziert.«

Er schüttelte den Kopf.

»Kein Wort spreche ich in Waldeck davon, daß wir uns schon gesehen und gesprochen haben.«

Sie setzte flink und gewandt die Ruder ein, und das Boot flog schnell davon.

Er sah ihr nach und freute sich wieder an den kräftigen, elastischen Bewegungen Rosemaries.

Sie macht so gar nicht den Eindruck, als ob sie kränklich sei. Welcher Art mag wohl ihr Leiden sein? dachte er.

Als sie seinen Blicken entschwunden war, ging er langsam ins Haus zurück. Er hatte ganz vergessen, daß er sich Rosemarie bemerkbar gemacht hatte, weil er daran dachte, ihr Schicksal an das seine zu fesseln. Aber ihm war zumute, als habe er einen guten Freund wiedergefunden, den er schon fast vergessen hatte.

Und seine Gedanken wanderten im Lauf des Tages wiederholt zu Rosemarie von Waldeck.

5

Um die Teestunde des nämlichen Tages erwartete man in Schloß Waldeck Herrn von Steinau. Rosemarie bat die Tante, daß sie dem alten Herrn ein Stück Wegs entgegengehen durfte. Das tat sie oft, und Frau von Ribnitz erlaubte es ihr ohne Bedenken.

»Aber gehe nicht zu hastig, Kind, hörst du!« rief sie Rosemarie von der Terrasse aus nach.

Sie hätte sicher ihre Erlaubnis verweigert, wenn sie geahnt hätte, daß Rosemarie kaum erst von einer Ruderpartie nach Hause gekommen war.

Die junge Dame nickte nur stumm zu dieser Ermahnung und schritt leichtfüßig dem Parktor zu, das auf ein Klingelzeichen, wie von unsichtbaren Händen geöffnet, aufsprang.

Sie ging nun die Fahrstraße entlang, die durch den Wald nach Steinau führte. Etwa zehn Minuten war sie gegangen, als sie den Steinauer Wagen sah. Als sie nahe herangekommen war, winkte sie dem Kutscher mit dem Schirm zu, daß er halten sollte, und trat an den Schlag heran.

»Guten Tag, Onkel Steinau!« rief Rosemarie dem alten Herrn zu, der sich behaglich in die Wagenecke zurückgelehnt hatte.

Er richtete sich lachend auf und zog den weichen Hut von dem graumelierten, kurzgeschnittenen Haar. »Tag, Rosmariechen. Willst mich wohl wieder mal feierlich einholen?«

»Ja, Onkel Steinau.«

»Das ist hübsch von dir. Willst du einsteigen zu mir?«

»Nein — bitte, steig aus und laß uns das Stück zu Fuß gehen.«

»Wird gemacht, Rosmariechen«, sagte der alte Herr jovial und kletterte aus dem Wagen. »Weißte, es ist mir ganz lieb, wenn ich mir die steifen Knochen ein bißchen vertreten kann. So, nun gib mir noch mal deine Patschhand. Siehst Gott sei Dank aus wie das blühende Leben. Ich denke mir immer, Tante Herta hat uns mit ihrer Angst und Sorge um deine Gesundheit nur ins Bockshorn gejagt.«

»Fahren Sie ganz langsam nach Waldeck, Friedrich!« rief Rosemarie dem Kutscher zu. Und dann hängte sie sich zutraulich in den Arm des alten Herrn, dessen frisches, gutmütiges Gesicht sehr vertrauenerweckend aussah.

»Ich fühle mich auch gar nicht krank, Onkel Steinau, und ich glaube, wenn ich mich nicht immerfort so schonen müßte, sondern mich nach Belieben austummeln dürfte, dann wäre mir noch viel wohler. Wie gerne würde ich zum Beispiel reiten. Aber Tante Herta erlaubt es natürlich nicht.«

»Nee, nee, Rosmariechen, daran ist nicht zu denken. Als ich im vorigen Sommer mal auf deinen Wunsch bei ihr deshalb antippte, hat sie mich so behandelt, als ob ich dich aus lauter Bosheit ums Leben bringen wollte. Weißte — bannig energisch ist ja Tante Herta immer, aber damals war es arg. Darauf dürfen wir gar nicht zurückkommen«, sagte Jobst von Steinau mit humoristisch kläglicher Miene.

Weder er noch Rosemarie ahnten, daß Frau von Ribnitz nur nicht die Erlaubnis gab, weil sie fürchtete, daß Rosemarie, wenn sie allein ausritt, ihrer Aufsicht entzogen wurde. Wer konnte wissen, wie weit sich solche Ritte mit der Zeit ausdehnten und was für Bekanntschaften Rosemarie dabei machen konnte.

Rosemarie nickte seufzend. »Ja, ja, Onkel Steinau, ich weiß es. Aber nicht davon wollte ich heute mit dir sprechen. Ich bin dir mit einer ganz besonderen Absicht entgegengekommen.«

»Na, was haste denn auf dem Herzen, Rosmariechen? Denn schieß mal los.«

Er war es gewöhnt, daß Rosemarie und zuweilen auch Heinz von Ribnitz sich mit allerlei kleinen Anliegen an ihn wandten, wenn sie sich damit nicht an Frau von Ribnitz heranwagten. Er mußte dann immer helfen und vermitteln. Denn auch ihrem Sohn gegenüber zeigte sich Frau Herta, trotz der zärtlichsten Liebe, zuweilen sehr streng.

»Du sollst es gleich hören, Onkel Steinau. Aber erst will ich dir noch etwas von Heinz bestellen, sonst vergesse ich das. Du sollst so gut sein, Heinz nachher, wenn du Waldeck wieder verläßt, aufzufordern, dich zu begleiten. Er möchte dir gern etwas anvertrauen, was er seiner Mutter nicht zu sagen wagt.«

Der alte Herr lachte. »Na, Kinnings, es ist nur gut, daß ihr euch mit euren Anliegen immer zu mir flüchten könnt. Ich bin doch ein bannig feiner Diplomat, der es Tante Herta immer mundgerecht serviert, was ihr nicht loszulassen wagt. Also ich will es mir merken und werde Heinz dann ins Schlepptau nehmen. So, und nun beichte du, was du auf dem Herzen hast.«

Rosemarie sah mit großen, flehenden Augen zu ihm auf. »Onkel Steinau — du mußt Henner von Teklenburg helfen!«

Überrascht sah der alte Herr ihr ins Gesicht. »Nanu, Rosmariechen! Wie kommste denn mit einem Mal auf den Henner?«

Sie atmete tief auf. »Ich habe ihn gesehen — und auch

gesprochen«, sagte sie mit verhaltener, bebender Stimme.

»Was der Tausend! War er denn in Waldeck?« rief er erstaunt.

»Nein, nicht in Waldeck.«

Interessiert sah er sie an. »Na, dann erzähl mal, Kindchen.«

Sie nickte und holte wieder tief Atem. »Ja, Onkel — aber da muß ich dir erst ein Geheimnis anvertrauen, und du mußt mir dein Wort geben, daß es unter uns bleibt.«

»Hm! Das klingt ja wie die reine Verschwörung«, lachte er. »Aber gut, du hast mein Wort. Das Grab soll eine Plaudertasche sein gegen mich.«

»Also hör zu, Onkel Steinau. Ich konnte das ewige Stillsitzen und Schonen nicht mehr aushalten. Ein wahrer Hunger hatte mich befallen, mich in der frischen Luft ordentlich auszuarbeiten. Da greife ich heimlich zum Ruder, ohne daß es jemand merkt — das tue ich nun schon seit Jahr und Tag. Wenn Tante Herta beschäftigt ist und mich auf meinem Zimmer oder im Park glaubt, dann tummle ich mich, sobald ich mich unbemerkt entfernen kann, im Ruderboot auf dem Fluß. Und es bekommt mir herrlich!«

Jobst von Steinau sah aus, als wisse er nicht, ob er zustimmen oder abreden sollte. Endlich sagte er: »Na, weißte, Rosmariechen, von meinem Standpunkt aus meine ich, daß dir das wirklich nicht schaden kann, wenn du es nicht übertreibst. Aber daß du das heimlich machst — na ja, ich weiß schon, es geht nicht anders. Und da es dir gut bekommt — ich finde wirklich, daß du sehr wohl aussiehst —, so mag es sein. Also, ich drücke als gestrenger Ex-Vormund die Augen zu und weiß von nischt. Bist du zufrieden?«

Sie drückte dankbar seinen Arm. »Guter Onkel Steinau. Und nun hör weiter.« Sie berichtete von ihren beiden Begegnungen mit Henner von Teklenburg während ihrer Ruderausflüge. Daß sie ihn auch oft von ihrem Lieblingsplätzchen in der Lindenkrone hatte vorüberreiten sehen, verschwieg sie aber. Trotzdem hörte er aus ihrem Bericht allerlei heraus, was sie ihm nicht verraten wollte.

Als sie zu Ende war, fragte er: »Hm! Also, wie du das zweitemal mit ihm zusammentrafst, schien er dir ein wenig vernünftiger zu sein?«

»Ja, er war nicht mehr so trotzig und wild. Einmal schien es, als wollte der alte Henner durchschimmern. Er wird noch immer leicht bitter und düster. Trotzdem hat er mir versprochen, daß er zu dir kommen will. Und du mußt ihm helfen, Onkel Steinau, mußt ihm gut zureden und raten, was er tun soll — und mußt ihn auch mit nach Waldeck bringen, damit ihn Tante Herta nicht etwa abweisen läßt. Das würde ihn von neuem verbittern. Und du weißt ja, wie streng Tante über ihn denkt, und daß sie überhaupt jeden neuen Verkehr abweist, weil sie fürchtet, daß es mir zu aufregend ist, viel Menschen zu sehen. Aber das ist ganz gewiß nicht der Fall. Im Gegenteil, ich bin so froh, wenn einmal ein Mensch kommt.«

»Na ja, Rosmariechen, das kann ich dir schon nachfühlen. Wirst ja bald wie in einem Kloster gehalten und hast kaum einen anderen Verkehr als deinen alten Onkel Steinau und seine beiden Töchter — allenfalls noch meinen Schwiegersohn eingerechnet. Aber Lena geht auf in ihren Hausfrauen- und Mutterpflichten, da sie mir doch schon seit Jahren die Hausfrau in Steinau ersetzen und auch an ihrer jüngeren Schwester Mutterstelle vertreten muß. Und unser Nestküken Hilde, die ist ja mit ihren vierzehn Jahren auch kein rechter Verkehr für dich.

Dazu ist sie noch zu jung. Die tollt lieber mit Heinz über Zaun und Hecken. Aber ob nun Henner von Teklenburg gerade ein sehr angenehmer und anregender Verkehr für dich ist, das scheint mir doch noch fraglich.«

»Ach, Onkel, ich habe mich heute so gut mit ihm unterhalten. Ganz anders als mit anderen Menschen, wenn er auch nicht sehr verbindlich war. Ich würde mich sehr freuen, wenn er wieder so oft wie früher nach Waldeck käme.«

Herr von Steinau sah mit forschendem, nachdenklichem Blick in ihr Gesicht. Und es fiel ihm zum ersten Male auf, daß Rosemarie sehr hübsch aussehen konnte, wenn sie so belebt und angeregt war.

»Na, also gut, Rosmariechen, ich bringe ihn mit nach Waldeck, wenn ich ihn erst erwische. Auch auf guten Rat und vernünftiges Zureden soll es mir nicht ankommen. Der törichte Mensch tut mir ja selbst herzlich leid. Aber ob ich ihm helfen kann — das ist eine schwere Frage. Sieh mal, mein Mäuschen, selbst wenn er zur Vernunft gekommen und seines wilden Lebens endlich müde ist, wie es ja den Anschein hat — so leicht ist ihm doch nicht zu helfen. Er hat sich bis auf den letzten Groschen herabgewirtschaftet, und sein leeres Schloß bringt ihm keinen Heller ein, es frißt höchstens Geld. Um ihn auf Teklenburg wieder flottzumachen, dazu gehört eine Stange Gold. Über solch ein großes Kapital verfüge ich nicht, selbst wenn ich es riskieren wollte. Ich habe mit Steinau genug zu tun, um es auf der Höhe zu halten, und habe zwei Töchter zu versorgen. Und so eine hübsche runde Million Barvermögen wie in Waldeck gibt es in Steinau nicht.«

Rosemarie sah rasch zu ihm auf. »Ich bin wohl reich, Onkel Steinau?«

Er lachte. »Na, ich denke, es genügt schon für recht unbescheidene Ansprüche. Dein stolzes Waldeck machte dich schon allein zu einem sehr reichen Mädchen, ohne die runde Million, die dir jährlich einen hübschen Batzen Zinsen bringt, die Jahr um Jahr zum Kapital geschrieben werden, da du ja bei weitem die Einkünfte von Waldeck nicht aufbrauchst.«

»Und ich kann, seit ich mündig bin, über all das Geld verfügen, wie ich will?«

Er stutzte und sah sie forschend an. »Das kannst du.«

»Ich könnte also Henner von Teklenburg helfen?«

Er blieb plötzlich stehen und sah sie mit großen Augen an. »Du willst das doch nicht etwa tun, Rosmariechen?«

Sie wurde rot. »Oh, ich würde es auf der Stelle tun — aber er würde es nicht annehmen, das weiß ich. Ich bin ja kein Mann. Mit welchem Recht dürfte ich ihm auch meine Hilfe anbieten? Ach, Onkel Steinau, wozu habe ich nun das viele Geld? Ich möchte ihm so gern helfen, wenn es nur ginge.«

Herr von Steinau stieß einen Ton aus, als sei ihm die Brust zu eng. »Guter Gott, Kindchen! Da würde wohl auch Tante Herta sehr energisch Einspruch erheben.«

Rosemarie preßte die Lippen fest zusammen. Dann sagte sie schnell: »Hätte Tante Herta ein Recht, mir das zu verbieten?«

Jobst von Steinau nahm seinen Hut ab und wischte sich die Stirn. »Alle Wetter, Rosmariechen, mir wird ganz warm. Du stellst mir heute lauter Fragen, die mich aus dem Konzept bringen. Und dann — was ist nur mit dir? Du kommst mir so — na, so revolutionär vor.«

Rosemarie ließ sich nicht irremachen. »Bitte, antworte mir: dürfte mir Tante Herta so etwas ernstlich verbieten, ich meine, von Rechts wegen?«

Er stieß die Luft zwischen den Zähnen hervor. »Na also — nein. Es hat kein Mensch mehr ein Recht, dir etwas zu verbieten. Du kannst tun und lassen, was du willst, ohne daß jemand rechtlich einen Einspruch erheben kann. Seit du mündig bist, bist du unumschränkte Herrin über dein Vermögen und über Waldeck.«

Rosemarie nickte befriedigt. »Das wollte ich nur wissen, Onkel Steinau«, sagte sie ruhig.

Er lachte schon wieder. »Hast wohl mit eins Herrschergelüste bekommen? Willst wohl selber ein bißchen den Herrn spielen?«

»Ach nein, das Herrschen versteht Tante Herta viel besser als ich.«

»Ja, ja, das soll wahr sein! Na, und so leicht ließe sie sich wohl auch die Zügel nicht aus der Hand nehmen. Sie ist ja mit allen Fasern mit Waldeck verwachsen und sie hält es bewundernswert in Schuß — das muß man sagen.«

Rosemarie nickte gleichmütig. »Ja, und das wird immer so bleiben. Mir ist es auch recht so. Nur wollte ich einmal von dir hören, wie weit ich noch abhängig bin. Es könnte doch einmal sein, daß ich selbständig über eine Summe verfügen möchte. Das kann ich also nach Belieben?«

»Jawohl, Mäuschen, ganz nach Belieben.«

Sie atmete tief auf. »Und nun nochmals zu Henner von Teklenburg, Onkel. Versprich mir, daß du ihm helfen, ihm beistehen willst. Und wenn du ihn in irgendeiner Weise dazu bringen kannst, Kapital von dir anzunehmen, so tue es. Ich gebe dir dann das Geld. Aber er darf um keinen Preis erfahren, daß es von mir kommt. Wir müssen ihm helfen! Er muß wieder in geordnete Verhältnisse kommen.«

Jobst von Steinau war nie ein großer Frauenkenner gewesen. Er pflegte auch gemütlich von sich selbst zu behaupten, daß er kein großes Licht sei. Aber er war doch ein lebenskluger Mann und merkte sehr wohl, daß die sonst sehr stille und apathische Rosemarie ein starkes, ungewöhnliches Interesse an Henner von Teklenburg nehmen mußte, da sie so erregt war. Sollte sie ihm ihr junges Herz zugewendet haben? Der alte Herr wurde sehr nachdenklich. Er hielt Rosemarie durchaus nicht für so krank, daß er für sie eine Heirat unmöglich gefunden hätte. Im Gegenteil, er war der Ansicht, daß Frau von Ribnitz überängstlich mit Rosemarie war und deren Zustand durchaus nicht besorgniserregend sei.

Sinnend streichelte er seinen Bart und sagte nach einer Weile: »Also gut, ich will mir Henner erst mal unter die Lupe nehmen, und sei ganz ruhig, was getan werden kann, wird geschehen. Vielleicht kommst du dann auch an die Reihe, Opfer zu bringen. Wenn er es, wie ich hoffe, verdient, werde ich das sogar befürworten. Du brennst ja schon drauf, Gutes zu tun, hm?«

Rosemarie nickte und sah strahlend zu ihm auf. »Ja, Onkel Steinau. Was soll ich denn mit meinem Reichtum, wenn ich damit nicht Menschen helfen kann, die — nun, die meinen Eltern lieb waren?«

»Ja, ja! Na, und du hast den Henner doch auch sehr gern, nicht wahr?«

Jobst von Steinau kam sich ungeheuer diplomatisch vor, als er das mit ganz harmloser Miene fragte.

Rosemarie dachte auch gar nicht daran, dem guten alten Onkel Steinau Komödie vorzuspielen.

»Ja — ich habe ihn sehr gern, Onkel. Er hat in meines armen Vaters letzte Leidensjahre oft so hellen, warmen

Sonnenschein gebracht! Papa strahlte immer, wenn Henner kam! Er hat ihn sehr liebgehabt.«

Jobst von Steinau wurde wieder nachdenklich. Ihm fiel plötzlich ein, daß ihm Ernst von Waldeck kurz vor seinem Tod gesagt hatte:

»Der Henner braucht nichts als eine reiche Frau. Schade, daß wir nicht eine heiratsfähige Tochter haben, mein lieber Jobst. Den Henner ließen wir uns nicht als Schwiegersohn entgehen. Er ist ein Prachtmensch voll Schneid und Frische, und er wird mal ein guter Ehemann, denn er hat das Herz auf dem rechten Fleck.«

Diese Worte gingen dem alten Herrn sehr durch den Kopf. Es wollte ihm scheinen, als sei Rosemarie gar nicht abgeneigt, Henners Frau zu werden.

Der gute Onkel Steinau hatte keine Ahnung, daß Frau von Ribnitz Rosemarie eingeredet hatte, daß sie nicht heiraten dürfe, und daß ein früher Tod ihr Los sein würde, falls sie es dennoch tue.

»Na ja, Rosmariechen, also darüber sind wir uns nun im klaren, daß Henner geholfen werden muß, vorausgesetzt, daß er wirklich vernünftig geworden ist. Also sei ganz ruhig und überlaß mir alles. Ich nehme mir den Jungen vor, sobald ich ihn erwische.«

»Und wenn er nicht zu dir kommt, dann gehst du zu ihm, ja?« bat sie dringend.

»Jawohl, und nochmal lasse ich mich nicht abweisen, das glaub mir. Hast du nun alles vom Herzen runter, Rosmariechen? Da ist das Parktor schon in Sicht.«

»Ja, Onkel Steinau. Und nun ist mir ein Stein vom Herzen. Bei dir finde ich doch immer Verständnis für alles, was mich drückt. Ich war so froh, daß du heute kamst.«

Sie schritten durch das Parktor, das eben erst der im Schritt fahrende Wagen passiert hatte.

Herta von Ribnitz begrüßte Jobst von Steinau auf der Terrasse in sehr liebenswürdiger Weise, und Heinz hängte sich gleichermaßen an seinen anderen Arm. Man ging an den einladend gedeckten Teetisch, der im warmen Sonnenschein auf der Terrasse stand.

Als man Platz genommen hatte, legte Heinz auf einen Wink seiner Mutter Rosemarie ein seidenes Tuch um die Schultern.

»Ach, Heinz, mir ist so warm«, sagte die junge Dame abwehrend.

»Kind, du bist vom Laufen erhitzt, du mußt vorsichtig sein«, sagte Frau von Ribnitz mahnend.

Da schwieg Rosemarie. Aber als das Tuch langsam von ihren Schultern glitt, hielt sie es nicht fest.

Frau von Ribnitz zeigte sich außerordentlich freundlich gegen Jobst von Steinau und plauderte charmant. Aber ein feiner Beobachter hätte merken können, daß sie sich ihm geistig überlegen fühlte. Sie war es wohl auch. Der alte Herr, ein schlichter, biederer Landedelmann, ehrenhaft und gediegen bis ins kleinste, hatte ein harmloses Gemüt. Er war klug genug, um ein tüchtiger Landwirt zu sein, aber zu arglos, um die seltsam verschlungenen, heimlichen Regungen einer komplizierten Frauenseele zu durchschauen, die noch dazu in meisterhafter Weise versteckt wurden.

Gemütlich plauderte der alte Herr am Teetisch. Zuerst erzählte er, wie jetzt immer, seit er Großvater war, Wunderdinge über seinen Enkel, den zweijährigen Sohn seiner ältesten Tochter Lena. Diese war mit einem Baron von Haller vermählt, der als jüngerer Sohn keinen Anspruch auf das Familienfideikommiß Hallersau hatte und seit seiner Verheiratung bei seinem Schwiegervater lebte, dessen Nachfolger er dereinst werden sollte.

Die junge Baronin hatte schon als junges Mädchen ihrem Vater das Haus geführt und auch Mutterstelle an ihrer Schwester Hilde vertreten müssen. Der Vater unterstützte sie hierbei nach Kräften, aber das mutterlose Nestküken wurde doch mehr verwöhnt und seinem stets überschäumenden Freiheits- und Bewegungsdrang mehr nachgegeben, als das der Fall gewesen wäre, hätte Frau von Steinau nicht allzufrüh die Augen geschlossen.

Hilde war ebensooft in Waldeck wie Heinz in Steinau, und sie hatten einander immer eine Menge wichtiger Dinge zu berichten.

Als der glückliche Großvater nun »Hansis« Heldentaten alle berichtet hatte, fragte Heinz:

»Wo ist denn Hilde heute, Onkel Steinau? Warum hast du sie nicht mitgebracht?«

Der alte Herr machte mit der Hand eine Bewegung, als wollte er sagen: Oh, rühret nicht daran. Und dann sagte er zögernd:

»Ja — das ist nun so 'ne Sache, mein lieber Heinz. Das Krott hat wieder mal Stubenarrest aufgebrummt gekriegt von Lena.«

»Was hat sie denn angestellt?« erkundigte sich Heinz lachend.

Auch Jobst von Steinau mußte lachen. »Natürlich Unfug. Sie wollte partout Ferien haben von Mademoiselle, weil du doch auch welche hättest. Mademoiselle fand aber ihre Leistungen in letzter Zeit so schwach, daß sie von Ferien nichts wissen wollte. Was tut nun das Krott? Sie gießt eine ganze Flasche Leim über sämtliche Unterrichtsbücher, so daß alle Blätter zusammenkleben und die Bücher ganz unbrauchbar sind. Nun müssen natürlich erst frische bestellt werden, und so muß notgedrungen der Unterricht ausfallen, bis die neuen Bücher eintreffen. Mademoiselle beschwerte sich natürlich bei Lena, und diese zitierte Hilde vor das Straftribunal. Auf die Frage, weshalb sie das Attentat auf die Bücher ausgeübt habe, erklärte sie forsch und schneidig, sie wolle heute mit mir nach Waldeck fahren und überhaupt Ferien haben wie Heinz. Aber das gab es nicht. Lena war sehr ärgerlich, und Hilde bekam Stubenarrest — bei nachtischloser Kost oder, wie Hilde sich jammernd ausdrückte: bei Wasser und Brot.«

Heinz rückte unruhig auf seinem Stuhl. »Ach, Onkel Steinau, du hättest sie losbitten sollen!« rief er mitleidig.

Der alte Herr schüttelte lachend den Kopf. »Nee, nee, mein Jungchen, das geht nicht! Das Krott stellt uns ganz Steinau auf den Kopf und denkt, sie kann alles ungestraft tun. Sie muß schon zuweilen einen Wischer bekommen. Und ich darf Lena da nicht hineinreden, sonst mache ich es ihr zu schwer, den Wildfang zu zähmen.«

Frau von Ribnitz stimmte ihm bei. Hilde habe Strafe verdient, und es sei nur staunenswert, wie sie es immer wieder verstehe, ihren Willen durchzusetzen.

»Ja — Energie hat sie für zehn Mann«, lachte Herr von Steinau, und es lag doch eine ganze Dosis väterlicher Stolz in seinen Worten.

Als der alte Herr sich verabschiedete, um nach Steinau zurückzukehren, sagte er wie beiläufig zu Heinz: »Höre mal, mein Jungchen — du könntest mit nach Steinau hinüberkommen. Vielleicht gelingt es dir, Hilde vom Stubenarrest loszubitten. Liebe gnädige Frau, Sie gestatten doch, daß mich Heinz begleitet?«

Herta Ribnitz lächelte fein und ein wenig spöttisch. »Eigentlich sollte ich nein sagen. Hilde würde ein beschaulicher Tag in der Stille ihres Zimmers sehr guttun. Aber meinem Heinz brennt der Tatendurst aus den Augen. Er will, scheint mir, gar zu gern eine Lanze brechen als Ritter seiner kleinen Freundin. Also, nehmen Sie ihn immerhin mit nach Steinau.«

Herr von Steinau küßte ihr mit etwas altmodischer Grandezza die Hand. »Vielen Dank für Ihre Güte, verehrte Freundin. Wann sehen wir Sie und Rosemarie wieder in Steinau?«

»Bald, lieber Freund, vielleicht morgen schon, jedenfalls sobald ich freie Zeit habe. Bitte grüßen Sie Ihre Töchter und Baron Haller. Ich traf ihn heute auf den Feldern.«

»Ja, er erzählte es uns bei Tisch. Adieu, gnädige Frau. Adieu, Rosmariechen, auf Wiedersehen!«

Er drückte Rosemarie die Hand und blinzelte ihr dabei verstohlen zu. Sie lächelte und erwiderte den Druck seiner Hand vielsagend und kräftig.

Inzwischen hatte Heinz sich schnell fertig gemacht. Der Wagen fuhr vor, und die beiden Damen begleiteten ihren Besuch plaudernd bis zur Freitreppe.

Jobst von Steinau und Heinz fuhren eine Weile schweigend nebeneinander dahin. Erst als sie draußen auf der offenen Fahrstraße waren, sagte der alte Herr gemütlich:

»Na, Jungchen, habe ich dich nicht fein losgeeist? Riesig diplomatisch, was?«

Heinz nickte mit außergewöhnlich ernstem Gesicht. »Ja, Onkel Steinau. Ich danke dir auch vielmals.«

Der alte Herr sah ihn von der Seite an. »Bist ja so höllisch ernsthaft, mein Bengelchen? Nun schieß mal los, wo hapert es denn?«

»Ach, lieber Onkel Steinau, ich suchte schon lange nach einer Gelegenheit zu einer ernsten Unterredung mit dir. Ich brauche so notwendig deine Hilfe.«

»Na, na, Bengelchen! Das klingt ja so feierlich. Du hast doch keine Dummheiten auf der Schule gemacht?«

»Nein, nein, da brauchst du keine Sorge zu haben. Ich tue meine Pflicht, und gern, schon aus eigenem Antrieb, und dann auch, um Mama Freude zu machen. Ich weiß, sie liebt mich sehr und will nur mein Bestes, aber gerade darum wird es mir so schwer, ihr zu sagen, was ich auf dem Herzen habe. Also sieh, Onkel Steinau, Mama will durchaus, daß ich Landwirt werden soll — aber ich habe gar keine Lust dazu.«

Der alte Herr stieß einige unbestimmte Töne aus.

»Hm! Also das ist's? Hast keine Lust zum Landwirt? Was möchtest du denn werden?«

»Offizier, Onkel Steinau«, stieß Heinz erregt aus.

Jobst von Steinau drückte beruhigend seinen Arm. »Na, wenn es nichts Schlimmeres ist, Heinz, dieser Wunsch ist doch wohl erfüllbar. Schließlich kann es deiner Mutter doch gleich sein, ob du Soldat oder Landwirt wirst. Als Landwirt ohne Vermögen und eigene Scholle blüht dir auch nicht gerade ein glänzendes Los. Ich begreife überhaupt nicht, daß dich deine Mutter gerade für diesen Beruf bestimmte. Bisher dachte ich, es sei dein eigener Wunsch.«

»O nein. Ich habe es Mama schon vor zwei Jahren gesagt, daß ich Offizier werden möchte. Aber da ist sie gleich sehr heftig geworden und hat mir gesagt, ich müsse unbedingt Landwirt werden. Ich soll mich dann unter ihrer Leitung in die Bewirtschaftung von Waldeck einarbeiten, damit ich später die Verwaltung übernehmen kann. Rosemarie soll nicht auf fremde Menschen angewiesen sein. Aber so gern ich Rosemarie auch habe und so gern ich ihr etwas zuliebe tue, daß ich mir einen verhaßten Beruf aufzwingen soll, wird sie sicher selbst nicht wollen.«

»Bewahre Gott, dazu ist Rosemarie gar nicht die Person. Und wie soll es denn werden, wenn Rosemarie sich eines Tages verheiratet und ihr Mann dann selbst die Verwaltung von Waldeck übernimmt? Was bleibt dir denn da übrig? Dann mußt du dir möglicherweise eine Stellung auf einem anderen Gut suchen. Das ist doch auch nicht gerade ein erstrebenswertes Ziel.«

Heinz schüttelte den Kopf. »Das wird nie der Fall sein, Rosemarie heiratet doch niemals«, sagte er, als sei das ganz bestimmt und selbstverständlich.

»Oho — das ist doch noch gar nicht so sicher!« rief Herr von Steinau protestierend.

»Doch, es ist sicher«, beharrte Heinz seufzend, »Rosemarie darf nicht heiraten, weil sie sonst jung sterben muß. Und deshalb will ja Mama, daß ich mich Rosemarie zur Verfügung stelle. Aber sag selbst, ist ihr mit einem Verwalter gedient, der seinen Beruf nur widerwillig ausübt? Ich werde nie ein tüchtiger Landwirt, dazu muß man Lust haben, wie zu jedem Beruf. Deshalb komme ich zu dir mit meiner Sorge. Ich bitte dich herzlich, daß du einmal bei Gelegenheit mit Mama darüber sprichst. Ich wage es nicht wieder. Und auf mich hört Mama auch nicht. Ich habe es hinausgeschoben, aber nun wird es Zeit, daß ich entscheidende Schritte tue. Ostern nächstes Jahr sollen meine landwirtschaftlichen Studien beginnen, und es hat doch keinen Zweck, wenn ich erst damit anfange.«

Nachdenklich hatte Herr von Steinau zugehört. Er schwieg auch jetzt noch eine Weile. Dann sagte er ernst: »Na ja, mein Jungchen, das will ich wohl gern mit deiner Mutter besprechen. Es ist nicht leicht, sie von einem gefaßten Entschluß abzubringen. Deine liebe Mutter hat einen sehr festen, zähen Willen, das habe ich schon oft erprobt. Aber sie wird dich sicher nicht in einen ungeliebten Beruf hineinzwingen wollen, dazu hat sie dich zu lieb. Das ist ja ein Unglück für jeden Mann. Und außerdem ist es doch, wie ich schon sagte, noch nicht ausgemacht, daß Rosemarie nicht heiratet.«

»Leider doch, Onkel Steinau. Ich wäre ja so froh, wenn sie heiraten würde, daß ihr Mann dann selbst Waldeck verwalten könnte. Aber Mama sagt, es ist ganz gewiß. Rosemarie ist zu leidend dazu.«

»Ach, das ist so eine übertriebene Ängstlichkeit von deiner Mutter. Sieh dir doch Rosemarie an. Sie sieht doch jetzt gottlob so gesund und frisch aus, wie man es nur verlangen kann.«

»Ja — aber Rosemaries Mutter war doch auch krank.«

»Na, davon habe ich nie etwas gemerkt. Sie war immer eine frische, lebenslustige Frau, und ohne das Unglück hätte sie vergnügt alt und grau werden können, obwohl sie verheiratet war. Und Rosemarie würde eine Heirat auch nichts schaden.«

Heinz seufzte. »Ja, ich sage es ja auch oft, daß Rosemarie gar nicht mehr krank aussieht, wenn sie auch still und ernst ist. Mama meint aber, sie kann nur am Leben bleiben, wenn sie ganz still und vorsichtig lebt.«

»Das kann sie auch als Frau. Na — es wird sich alles finden, mein Jungchen. Ich denke, das wird alles in die Reihe kommen, ich habe da schon mein Plänchen. Diplomatisch muß ich aber damit vorgehen, verstehst du? Ich denke, ich passe einen günstigen Zeitpunkt ab, um deine Sache zu führen. Am besten geschieht das, wenn du nicht zu Hause bist. Ich hoffe, bis du zu den großen Sommerferien nach Hause kommst, ist alles im rechten Fahrwasser. Ist dir doch recht so?«

Heinz drückte ihm fest die Hand und atmete tief auf. »Ja, Onkel Steinau. Und ich danke dir von ganzem Herzen.«

»Schon gut, mein Bengelchen. Und nun sei wieder vergnügt und froh. Es wird schon alles gut werden.«

6

Das Steinauer Herrenhaus war ein geräumiges Gebäude mit einer schlichten, grauen Fassade, hinter dem sich ein riesiger Obstgarten ausdehnte. Seitwärts lagen die Wirtschaftsgebäude. Vor der Vorderfront befand sich ein großer Rasenplatz, an den der Park grenzte. Dieser Park war wenig kultiviert, es war einfach ein abgegrenztes Stück Waldland, aber gerade darum fand ihn das Jungvolk herrlich. Man brauchte da nicht fein geschorenen englischen Rasen und sorgsam gepflegte Kieswege zu respektieren wie in Waldeck.

Das Herrenhaus hätte ein wenig unerfreulich und nüchtern ausgesehen ohne die sich über die ganze Front breitende Veranda, die mit einem üppigen Blumenflor geschmückt war.

Auf der einen Seite war die Veranda mit hübschen, modernen Korbmöbeln versehen. Und dort stand, als der Wagen hielt, eine hübsche, blonde Frau von etwa fünfundzwanzig Jahren. Sie hielt einen kleinen jauchzenden Buben auf den Armen, der mit aller Kraft seiner Stimme: »Ohpapa — Ohpapa!« rief. Der glückliche Großvater konnte gar nicht schnell genug aus dem Wagen klettern und die Verandastufen herauflaufen. Ohne sich vorläufig noch um seinen jungen Gast zu kümmern, nahm er seiner Tochter das jauchzende Büblein ab und hielt es hoch empor. Während zwischen Großvater und Enkel eine Begrüßungsszene stattfand, die für andere Sterbliche vielleicht in chinesischer Sprache ebenso verständlich gewesen wäre, begrüßte die Baronin Haller Heinz mit lachender Herzlichkeit.

»Guten Tag, lieber Heinz! Sie sehen, Papa vergißt über die Begrüßung mit Hansi alle Pflichten der Gastfreundschaft. Ich freue mich, Sie zu sehen. Sie waren seit Tagen nicht in Steinau.«

»War ich nicht erst vorgestern hier, Frau Baronin?« fragte Heinz, ihre Hand küssend.

»Nun ja — so auf fünf Minuten, als Sie Hilde heimbegleitet hatten. Aber das gilt nicht als Besuch. Und wenn Hilde heute mit in Waldeck gewesen wäre, hätten wir Sie wieder nicht zu sehen bekommen.«

Heinz lachte. »Vielleicht nicht. Offenes Geständnis mildert die Strafe.«

Lächelnd und wohlgefällig maß sie seine schlanke Gestalt. Aus Heinz Ribnitz und unserer Hilde wird noch einmal ein Paar, hatte sie erst heute zu ihrem Gatten gesagt.

Der Baron hatte seine Frau ausgelacht. »Aber Lena, die beiden Kindsköpfe verbindet doch nur das einträchtige Bestreben, möglichst viele tolle Streiche auszuhecken«, hatte er geantwortet.

Lena lächelte aber, wie Frauen lächeln, wenn sie ihrer Sache sicher sind. »Trotzdem! Die Zukunft wird zeigen, ob ich recht habe.«

Daran mußte sie jetzt denken. Und ein weiches, mütterliches Lächeln glitt über ihr Gesicht.

»Also jedenfalls freue ich mich, daß Papa Sie mitgebracht hat. Und heute wird Sie uns Hilde wenigstens nicht entführen, so profitieren wir doch auch einmal von Ihrer Anwesenheit. Sie wissen doch sicher von Papa, daß Hilde Zimmerarrest hat?« fragte sie, ihn zum Sitzen einladend.

Heinz faßte schnell nach ihrer Hand. »Liebe, beste Frau Baronin — ich bin eigentlich hauptsächlich deshalb mitgekommen, weil ich Hilde losbitten möchte.«

»Nein, nein, daraus kann nichts werden. Hilde wird zu übermütig. Man kann den Unband kaum noch zügeln. Wissen Sie denn, was sie getan hat?«

»Ja, sie hat sich Ferien verschafft.«

»Das finden Sie wohl nicht einmal verwerflich?«

»Nein, aber forsch und schneidig. Hilde ist ein Genie. Sie weiß sich immer zu helfen.«

»Na, ich danke! Hörst du, was Heinz sagt, Papa?«

Der alte Herr trat mit dem vor Vergnügen zappelnden Hansi heran. »Ja, ja, Lena, ich habe es gehört. Du siehst also, es gibt geteilte Meinungen über Hildes Vergehen.«

»Und du würdest dich am liebsten diesem Teil der Meinungen anschließen, nicht wahr?« neckte sie den Vater.

»Du in deines Herzens Grunde vielleicht auch, trotz der Strafpredigt, die du Hilde mit ernster Miene gehalten hast. Aber ich sage kein Wort und enthalte mich jeder Einmischung in deine Bestimmungen, wenn es mir auch leid tut, daß das Krott bei dem schönen Wetter brummen muß.«

»Aber eigentlich hat Hilde ihre Strafe schon weg, Frau Baronin, da sie nicht mit nach Waldeck durfte und nun schon eine Ewigkeit in ihrem Zimmer steckt. Bitte, erlassen Sie ihr doch in Gnaden den Rest der Strafe«, bettelte Heinz.

Lena wollte sich nicht erweichen lassen, obwohl es sie

selbst immer hart ankam, wenn sie Hilde strafen mußte. »Es soll einmal ein Exempel statuiert werden, Heinz. Hilde wird heute ihr Zimmer nicht mehr verlassen.«

Heinz sprang auf und nahm Hansi auf seinen Arm. »Hansi — sag mal schnell zu Mama: Bitte, bitte, Mama, laß Hilde raus«, instruierte er das Büblein.

Hansi krähte vergnügt wie auf ein Stichwort. Er schlug die Händchen bittend zusammen. »Hilde jaus, Hilde soll tommen! Hansi will mit Hilde dollen«, bettelte der kleine Mann, der mit Inbrunst an Hilde hing.

»Können Sie noch streng sein, Frau Baronin? Seien Sie nicht so hart. Hilde ist ja schon bestraft worden.«

»Hilde jaus, liebe Mami, Hilde jaus!« rief Hansi wieder.

Die Baronin sah mit einem abgrundtiefen Seufzer ihren Vater an. »Was soll man tun? Diese beiden jungen Ritter treten ja in einer Weise für den Wildfang ein, daß man von Stein sein müßte, um fest zu bleiben. Wollen wir also noch einmal Gnade für Recht ergehen lassen, Papa?«

Herr von Steinau schmunzelte. »Ich sage kein Wort, Lena, sonst servierst du mir wieder wochenlang den ›schwachen Vater‹ auf jedem Butterbrot.«

Sie lachte herzlich. »Nun also, dann will ich die Verantwortung auf mich nehmen — und den Spott meines Mannes obendrein.«

»Und nun darf ich Hilde wohl aus ihrem Zimmer holen, Frau Baronin?« drängte Heinz bittend.

Lena ergab sich seufzend. »Meinetwegen denn! Einem Gast darf man ja eigentlich eine Bitte nicht abschlagen. Also, erlösen Sie den Wildfang, lieber Heinz. Hier ist der Schlüssel zu Hildes Zimmertür, sie ist abgeschlossen.«

Vergnügt nahm Heinz den Schlüssel in die Hand und küßte dankbar die Hand der Baronin.

Dann eilte er ins Haus. Er wußte hier genau Bescheid.

Mit großen Sätzen sprang er die Treppe hoch. Hildes Zimmer lag in der ersten Etage, die Fenster gingen hinten heraus nach dem Obstgarten.

Zur Einleitung und als Anmeldung trommelte Heinz mit beiden Fäusten einen Marsch an die Tür. Dann erst steckte er den Schlüssel ins Schloß und öffnete.

»Holla – der Freiheit eine Gasse!« rief er vergnügt und trat ein. Aber verdutzt sah er sich um: das Zimmer war leer.

»Hilde!« rief er fassungslos und trat erschrocken an das weitgeöffnete Fenster.

Mit großen Augen sah er hinunter, und auf seinen Zügen malte sich eine komische Bestürzung. Sollte Hilde gar da hinuntergesprungen sein?

Aber da scholl ihm plötzlich aus den Zweigen eines großen Apfelbaumes ein helles, frisches Lachen entgegen. Er blickte auf und entdeckte nun einen blonden Wuschelkopf, ein lachendes Gesicht mit großen blauen Augen und ein paar schlanke Beine in schwarzen Strümpfen und Halbschuhen, die zwischen den Ästen des dicht vor dem Fenster stehenden Baumes hin und her baumelten.

»Ach, Heinz – du machst ein Gesicht wie die Katze, wenn's donnert!«

»Hilde – aber Hilde«, stammelte er erschrocken.

»Tag, Heinz. Was suchtest du denn mit so tragischer Miene da unten?«

»Ich dachte wahrhaftig, du wärst hinabgesprungen.«

»I wo! Was denkst du denn? So 'nen Unsinn werde ich doch nicht loslassen. Ich will mir doch nicht Arm und Bein brechen. Was nicht geht, geht nicht. Mit Unmöglichkeiten gibt sich ein Praktikus wie ich nicht ab.«

»Ja aber, wie bist du denn auf den Apfelbaum gekommen? Du kannst doch unmöglich vom Fenster aus da hinübergesprungen sein? Die dünnen Zweige, die bis an das Fenster reichen, tragen dich doch nicht.«

Sie lachte hell auf.

»Natürlich nicht, so 'ne Feder bin ich nicht, obwohl ich in meinem Burgverlies schon halb verhungert war. Ich werde dir gleich mal vordemonstrieren, wie ich hier herübergekommen bin. Aber erst schwöre feierlichst, daß du es als Geheimnis hüten willst. Es darf niemand wissen, wo du mich gefunden hast. Ich werde diesen Weg ins Freie vermutlich noch öfter brauchen. Denn bei solch herrlichem Wetter im Zimmer sitzen, das halte ich einfach nicht aus. Zum Glück verpflichtet mich Lena nicht auf Ehrenwort, das Zimmer zu hüten, sonst müßte ich natürlich wirklich brummen. Sie verläßt sich lieber auf den Schlüssel — na, und da ist sie verlassen genug. Also schwöre!«

»Ich schwöre«, versicherte Heinz amüsiert in Grabeston. »Übrigens bin ich gekommen, dich aus deinem Burgverlies zu befreien. Das hatte ich mir allerdings dramatischer gedacht.«

»Hm! Also Lena hat endlich eingesehen, daß sie mich ungerecht eingekerkert hat?«

»Nein, das nicht. Aber Hansi und ich, wir haben dich losgebeten.«

»Ach, der goldige Bubi! Wenn ich ihn nachher erwische, küsse ich ihn tot.«

»Na — und ich? Daß ich dich auch losgebeten habe, ignorierst du vollständig. Mich nennst du deshalb nicht ›goldig‹ wie Hansi«, sagte Heinz beleidigt.

»I wo! Erstens wär das lächerlich und gilt nur für kleine Bubis. Und du hast doch schon den ganz leisen Schatten eines Bartes auf der Oberlippe. Oder hast du dich um die

Gegend bloß lange nicht gewaschen, um mir zu imponieren?«

Heinz tastete nach seinem geschmähten Bartanflug.

»Du, wenn du noch solch ein Wort sagst, schließe ich dich wieder ein.«

»Bitte! Dann rutsch ich am Baumstamm hinunter, ist mir auch schnuppe. Aber du hast mich nicht ausreden lassen. Also zweitens war es einfach deine Pflicht und Schuldigkeit, mich aus den Kerkermauern zu befreien, weil wir doch gute Freunde sind. Ach du — Mademoiselles Gesicht hättest du sehen sollen, als sie merkte, daß die Bücher alle zusammenklebten. Es war ein Drama in fünf Akten. Sie hat eine ganze Flasche Kölnisch Wasser verbraucht, um wieder zu sich zu kommen. Aber Ferien habe ich nun doch, mindestens auf drei Tage. So lange dauert es immerhin, bis neue Bücher hier sind. Übrigens stammten sie noch von Lena und waren durchaus nicht mehr sehr schön. War das nicht ein famoser Einfall von mir?«

»Hm! Schneidig hast du das gemacht.«

»Und für solch einen genialen Einfall kriegt man in Steinau Stubenarrest.«

»Ja, es ist schauerlich. Aber nun komm endlich von dem Apfelbaum runter.«

»Jawohl. Geh mal ein Stück zurück, damit ich dich nicht stoße«, sagte Hilde, und schob ein langes Brett langsam aus den Zweigen des Apfelbaumes herüber zum Fensterbrett. Es war ein ausrangiertes Plättbrett, das sich Hilde schon vor langer Zeit in weiser Voraussicht in ihr Zimmer geschmuggelt hatte. Nun lag es kunstgerecht auf einem dicken, festen Ast und dem Fensterbrett und vermittelte den Übergang.

Hilde voltigierte geschickt wie ein Seiltänzer auf der

etwas schwankenden Brücke hinüber und sprang in ihr Zimmer, ohne die stützende Hand ihres Freundes zu fassen.

»Siehst du wohl, das ist meine Zugbrücke. Ich hab' sie schon oft benützt. Sitze ich drüben im Apfelbaum, dann ziehe ich das Brett hinüber und lege es über zwei Äste. Dann ist die Zugbrücke aufgezogen und kein Mensch ahnt, wie ich da hinüberkomme. Jetzt ziehe ich sie aber von dieser Seite hoch — siehst du — und lasse sie hinter meinem Kleiderschrank verschwinden, bis ich sie wieder brauche. So nützliche Sachen muß man immer in Bereitschaft haben. Hier hab' ich auch noch eine alte Wäscheleine. An der habe ich mich auch schon mal hinuntergelassen, als ich das Bügelbrett noch nicht hatte. Aber das kneift so eklig an den Händen und tut furchtbar weh.«

Während Hilde das erklärte, räumte sie das Plättbrett und die Leine fort.

»Aber wenn du nun einmal mit dem Brett abrutschst?« fragte Heinz besorgt.

»Ach Unsinn, Heinz, ich bin schon vorsichtig und halte mich immer noch extra an den Zweigen fest. Komm ich doch mal ins Rutschen, dann schwebe ich mit den Zweigen sanft hernieder in das irdische Jammertal. So, aber nun komm! Erst küsse ich jetzt meinen goldigen Hansi halbtot und dann hole ich mir aus der Speisekammer was zu futtern, denn bis zum Abendessen dauert es mir zu lange. Und dann tollen wir noch ein Weilchen herum.«

Dieses Programm wurde prompt erledigt. Hilde küßte aber nicht nur Hansi »halbtot«, sondern auch ihre Schwester und den Vater. Und Heinz stand dabei und fand es recht schade, daß er, wie die Jungfrau von Orleans, nicht teilnehmen konnte »am allgemeinen Glück«. Denn Hilde sah sehr reizend aus im stürmischen Drang ihrer Zärtlichkeit, so reizend, daß Heinz ganz wunderlich zumute wurde.

Gleich darauf kam Baron Haller nach Hause. Er lachte laut auf, als ihm Hilde auf den Verandastufen entgegensprang, und rief seiner Gattin zu:

»Was habe ich gesagt, Lena? Noch ist nicht Abendbrotzeit, und das Füllen ist schon wieder in Freiheit!«

Hilde hängte sich in seinen Arm. »Fritz, wenn du Lena gegen mich aufwiegelst, rede ich vier Wochen kein freundliches Wort mit dir.«

Baron Haller, ein hübscher, stattlicher Mann mit einem flotten, kurzgeschnittenen Lippenbart, sah sie mit gutgespieltem Entsetzen an.

»Um Gottes willen, Hilde! Diese fürchterliche Drohung wirst du doch nicht ausführen!«

»Prompt – wenn du Lena nicht gleich einen Belobigungskuß dafür gibst, daß sie mich aus meiner Haft entlassen hat.«

In übertriebener Eile stürzte der Baron auf seine Gattin zu und küßte sie. »Ist es recht so, Hilde?« fragte er dann. Sie nickte lachend.

»Mußt Lena nur noch sagen, wofür sie den Kuß bekommen hat«, verlangte sie.

Der Baron flüsterte seiner Gattin etwas zu, und Lena wurde rot.

»Du hast gemogelt, Fritz, hast Lena ganz was anderes gesagt!« rief Hilde. Das junge Ehepaar lachte.

»Es ist schon gut, Hilde, ich weiß Bescheid«, sagte Lena ablenkend.

Der Baron hob nun sein Söhnchen empor, das seine Beine jauchzend umschlungen hatte. Zwischen Vater und Sohn fand eine ähnliche Begrüßung statt wie vorher zwischen Großvater und Enkel. Lena machte ihr lachend ein Ende.

»Fritz, siehst du denn gar nicht, daß wir einen Gast haben?« mahnte sie. Erst jetzt erblickte der Baron Heinz. Er begrüßte ihn herzlich. »Sie müssen verzeihen, lieber Heinz, ehe ich mich mit meiner Begrüßung durch die ganze Familie durchgearbeitet habe, vergeht eine lange Zeit.«

»Heinz ist übrigens schuld, daß Hilde aus ihrer Haft entlassen ist«, bemerkte Lena.

Der Baron schüttelte Heinz kräftig die Hand.

»So, so! Da bin ich Ihnen sehr zu Dank verpflichtet, lieber Heinz«, sagte er im Brustton der Überzeugung.

»Oha, Fritz! Lag dir so viel an meiner Freiheit?« fragte Hilde erstaunt.

Der Baron sah sie neckend an. »Nein, du Unband – es herrscht eine himmlische Ruhe in Steinau, wenn du mal hinter Schloß und Riegel sitzt. Aber Lena und Papa hocken dann so trübselig herum wie die sagenhaften betrübten Lohgerber, und Hansi ruft unermüdlich in den zärtlichsten Tönen: ›Hilde soll tommen!‹ Da wird man schließlich nervös und wird selbst von einer schrankenlosen Sehnsucht nach deinem Anblick erfaßt. Ich werde den Augenblick segnen, wo du freiwillig auf alle Unarten verzichtest – denn mit Zwang ist dir ohnehin nicht beizukommen. Es müßte dir Ehrensache sein, die personifizierte Vortrefflichkeit zu werden.«

Hilde sah ihn erst lachend, dann nachdenklich an. »Soll ich mich mal mit guten Vorsätzen ausrüsten, Fritz?«

»Hm! Das würde mir an dir kolossal imponieren«, versicherte der Baron ernsthaft. Er wußte Hilde immer an einer schwachen Stelle zu fassen, und seine diplomatischen Worte hatten schon oft Erfolg bei ihr gehabt.

»Na also — vielleicht erlebst du nächstens etwas. Da drüben taucht übrigens Mademoiselle auf. Sie hat wahrscheinlich einen Beruhigungsspaziergang gemacht. Ich muß mal einige Worte mit ihr reden.«

Damit eilte Hilde in großen Sprüngen auf ihre Lehrerin zu. »Oh, oh! Was ist das? Du bist hier im Freien, Hilde. Hast du gebrochen deine Arrest?« fragte diese noch sehr böse.

»Nein, Mademoiselle, Heinz Ribnitz und Hansi haben mich losgebeten. Nun dürfen Sie mir auch nicht mehr böse sein. Eigentlich war mein Vergehen doch ein gutes Werk.«

»O nein, war keine gute Werk, war sehr eine schlechte Werk.«

»Ach, Mademoiselle, Sie hatten doch ohnehin Kopfweh, und es tut Ihnen doch auch gut, daß Sie ein paar Tage Ruhe haben. Seien Sie bitte wieder gut. Wo alles liebt, kann Mademoiselle allein nicht hassen. Es ist mir ein ganz gräßliches Gefühl, wenn mir jemand böse ist. Seien Sie kein Unmensch, liebste Mademoiselle. Ich gebe Ihnen auch freiwillig ein ganz festes Versprechen.«

»Nun — welche Versprechen?«

»Daß ich von jetzt an wirklich und wahrhaftig sehr fleißig sein will. Ich will allen damit imponieren. Sie sollen sehen, alles hole ich nach, was ich versäumt habe, damit Sie mir immer freiwillig Ferien geben, wenn Heinz welche hat.«

»Du mußt aber auch halten deine Versprechen.«

»Ehrenwort! Und nun lachen Sie mal, ja?«

Was wollte Mademoiselle tun? Sie mußte lachen und Verzeihung gewähren.

Nun war Hilde zufrieden, und sie rief Heinz. Sie wollten zusammen in die Ställe gehen.

Da wußte Hilde überall genau Bescheid. Und während Hilde dann im Pferdestall auf der Futterkiste saß und mit den Füßen baumelte, erzählte ihr Heinz unter dem Siegel der Verschwiegenheit, daß er Offizier werden wollte. Besorgt krauste er die Stirn.

»Wenn Mama mir keinen Zuschuß gibt, dann kann ich nicht Offizier werden. Und ich weiß nicht einmal, ob sie ihn mir überhaupt geben kann.«

Hilde tippte gegen seine Stirn. »Aber Heinz — dann bittest du eben Rosemarie darum, die gibt dir den Zuschuß ganz gewiß.«

»Meinst du?«

»Natürlich. Sie ist doch so unmenschlich reich. Und gut ist sie auch.«

»Ja, das wohl. Aber es wird mir sehr schwer werden, sie darum zu bitten.«

»Na, versuch's nur. Am besten ist es, wenn du schon mit ihr sprichst, ehe deine Mutter davon weiß. Wenn du es nicht tun willst — dann werde ich einfach mit Rosemarie sprechen. Eine Liebe ist der anderen wert. Du hast mich heute vom Arrest losgebeten, ich haue dich dafür aus deinen Zuschußnöten. Auf alle Fälle aber ziehe Rosemarie schon jetzt ins Vertrauen. Du mußt Hilfstruppen werben, wo du kannst. Das nennt man, glaube ich, Strategie.«

Heinz mußte lachen. »Du bist ein famoser Kerl, Hilde. Mit dir kann man über alles sprechen«, sagte er dann, wieder ernst werdend.

Sie sprang mit einem Satz von der Futterkiste herab und nickte würdevoll. »Natürlich — wer mich ernst nimmt, den nehme ich auch ernst.«

»Aber nun muß ich nach Hause, sonst bin ich bis zum Abendessen nicht zurück, und ich will Mama bei guter Laune erhalten.«

»Ja, ja, das ist nötig. Ich begleite dich bis zum Kreuzweg. Während du dich drinnen verabschiedest, hole ich meinen Hut herunter.«

Sie gingen ins Haus zurück, ein bißchen ernster und ruhiger als sonst.

Heinz verabschiedete sich. Lena wollte ihn zum Abendessen zurückhalten, aber er dankte. Er nahm auch den Wagen nicht an, den man ihm zur Verfügung stellen wollte.

»Ich laufe durch den Wald, da bin ich fast so schnell zu Hause wie mit dem Wagen«, erklärte er.

Herzlich verabschiedeten ihn die Steinauer, und der alte Herr sagte noch heimlich zu ihm:

»Also, Kopf hoch, mein Bengelchen, es wird schon alles gutgehen.«

7

Henner von Teklenburg war, seit er mit Rosemarie gesprochen hatte, in einer seltsamen Stimmung. Er wurde zwischen widerstreitenden Empfindungen hin und her gerissen.

Einmal war er fest entschlossen, Jobst von Steinau aufzusuchen und sich ihm anzuvertrauen. Das andere Mal versicherte er sich selbst, in seinen trotzigen Grimm zurückfallend, es habe keinen Zweck, und es sei besser, er schnüre sein Bündel und gehe nach Amerika, wo er untertauchen konnte, ohne daß ihn jemand kenne. Manchmal grollte er auch wieder, daß Kulitz ihn gehindert hatte, ein Ende zu machen. Aber er dachte doch nicht mehr daran, den Versuch zu wiederholen.

Er war zur Erkenntnis gekommen, daß es eine Feigheit war, zu sterben durch eigene Hand, nur um dem Kampf ums Dasein auszuweichen.

In diesen Gedankengang hinein hatte dann die Unterredung mit Rosemarie von Waldeck noch schärfere Lichter geworfen. Es war von ihrem ruhigen, stillen Wesen, das so schlicht und ungekünstelt war, ein wohliges Gefühl auf ihn übergegangen.

Es hatte ihm in seiner Zerrissenheit so gut getan, daß sie ohne weiteres an seine Ehrenhaftigkeit glaubte, obwohl sie sicher manches Schlimme über ihn gehört haben mußte. Ohne daß er sich das zugestehen wollte, hatte Rosemarie einen tiefen Eindruck auf ihn gemacht, und er mußte viel über ihre Worte nachdenken. Aber dann kamen wieder Stunden, in denen er sich ärgerte, daß er ihren Worten so viel Gewicht beilegte. Dann versuchte er zu spotten über »das kleine dumme Mädel«, das wohl einmal in einem Roman gelesen hatte, was sie nachplapperte.

Aber wenn er sich so eine Weile selbst verspottet hatte, wurde es ihm warm im Herzen, als gedenke er eines lieben, guten Freundes.

In der Nacht schlief er wenig, und schon im Morgengrauen erhob er sich und ging ins Freie — durch den traurig verstümmelten Park. Der Frühnebel lag darüber und füllte ihn mit gespenstischen Schattenbildern.

Als er nach einem Frühbad im Fluß in seine Wohnung zurückkehrte, empfing ihn ein aromatischer Duft. Kulitz hatte bereits Kaffee gekocht, und der Frühstückstisch war sauber und einladend im Speisezimmer gedeckt. Neben frischer Butter und Brot stand eine Schinkenschnitte und zwei frische, weichgekochte Eier auf dem Tisch, und an einem Kännchen guter Sahne fehlte es auch nicht.

Henner frühstückte mit gutem Appetit.

Kulitz bediente ihn mit einer schier liebevollen Sorgfalt.

Als er fertig war, legte Henner seinem Diener die Hand auf die Schulter.

»Guter Kerl — Sie sind der reinste Tausendkünstler! Wenn sich mein Schicksal wider alles Erwarten doch noch mal zum Guten wenden sollte, dann — aber es ist billig, Versprechungen zu machen, wenn noch keinerlei Aussicht auf Erfüllung ist«, sagte er.

»Wenn gnädiger Herr nur mit mir zufrieden sind«, antwortete Kulitz froh.

Und als Kulitz dann nach dem Frühstück fleißig im Garten schaffte, gesellte sich Henner plötzlich zu ihm und griff mit zu. Er zeigte Interesse für das, was Kulitz schon geschaffen hatte, und wunderte sich selbst, daß ihm diese Arbeit Vergnügen machte.

Später unternahm Henner seinen Morgenritt. Damit sich Kulitz nicht von seiner Arbeit losreißen mußte, sattelte er sein Pferd selbst. Er ritt heute einen anderen Weg als sonst, nicht den stillen, abgelegenen Pfad an den Waldecker Parkmauern vorüber. Dort erwartete ihn Rosemarie heute vergeblich. Er schlug eine andere Richtung ein.

Als er in einen Dammweg zwischen Waldecker und Steinauer Gebiet einbog, kam ihm plötzlich Jobst von Steinau auf seinem hochbeinigen, kräftig gebauten Gaul entgegengeritten. Unwillkürlich hielten sie beide ihre Pferde einen Moment zurück. Aber dann kam Herr von Steinau in einem eifrigen Trab auf Henner losgestürmt, als habe er Sorge, daß dieser ihm wieder entwischen könnte.

Henner hielt reglos auf seinem Pferd, bis Steinau herankam und mit kräftiger Hand seinem Pferd in die Zügel faßte.

»So, jetzt versuchen Sie es mal, mir wieder auszureißen! Guten Morgen, mein lieber Henner!« rief er behaglich.

»Guten Morgen, Herr von Steinau! Ich habe nicht die Absicht, auszureißen. Sie dürfen Sleipner ruhig loslassen«, erwiderte der junge Mann ein wenig verlegen.

»Schön — um so besser. Aber bisher sind Sie mir immer durchgegangen, wenn ich Sie mal von weitem auftauchen sah. Und Ihr Pferd ist flinker auf den Füßen als meins. Na, und Ihr Bursche — der hat mich glatt vor die Tür gesetzt, als ich versuchte, Sie in Ihrem Fuchsbau zu überfallen.«

»Ein Fuchsbau ist eben leider nicht für Besucher eingerichtet, Herr von Steinau. Und Teklenburg ist jetzt wirklich nicht viel mehr als ein Fuchsbau.«

»Hm! Wo Sie hausen, da wird wohl auch noch ein alter Freund von Ihnen ein halbes Stündchen Platz haben. Im übrigen hätten Sie mich doch auch in Steinau aufsuchen können, um mir und den Meinen nach so langer Abwesenheit guten Tag zu sagen.«

Henners Gesicht überflog ein Schatten. »Ich konnte doch nicht wissen, ob man mich in Steinau annehmen würde.«

»Na, warum denn nicht? Sie waren doch früher oft genug unser Gast.«

Henner schob die Reitmütze zurück, als würde ihm zu heiß. »Ja früher — da war manches anders — und auch ich war ein anderer, Herr von Steinau«, sagte er gepreßt.

»Ach so, Sie meinen, weil Sie es draußen in der Welt ein bißchen toll getrieben haben in den letzten Jahren? Na ja, es ist auch bis zu uns gedrungen, daß man Sie den tollen Teklenburg nannte. So geht's, wenn einer die Zügel verloren hat, dann geht's über Stock und Stein — manchmal auch über Wertvolleres. Aber nun haben Sie ja wohl glücklicherweise die Zügel wieder in den Händen?«

»Nein, Herr von Steinau. Um bei Ihrem Bild zu bleiben — der Renner hat mich abgeworfen, und ich liege zerschunden und zerschlagen am Grabenrand und weiß nicht, ob ich je wieder auf die Beine komme«, sagte Henner und biß die Zähne fest zusammen.

Jobst von Steinau sah ihn eine Weile scharf und prüfend an.

»Wenn nur das Herz noch intakt ist, lieber Henner! Ich meine, die Ehre, die ist doch heil und ganz geblieben? Ein Teklenburg vergißt doch nicht, was er sich und seinem Namen schuldig ist«, sagte er ernst.

Henner atmete auf.

»Ich habe alles verloren, Herr von Steinau — nur die Ehre nicht. Ich bin so weit gekommen, daß ich mich vor mir selbst schämen muß — aber vor einem anderen Menschen brauche ich die Augen nicht niederzuschlagen.«

Der alte Herr nickte mit ganz vergnügtem Gesicht.

»Na also — das wußte ich doch. Und nun geben Sie mir mal Ihre Hand, mein lieber Henner. Die Torheiten, die liegen nun doch hinter Ihnen und sind überwunden, nicht wahr?«

Henner legte seine Hand in die des alten Herrn. »Ja, Herr von Steinau, sie liegen hinter mir. Es würde aber auch für mich keine Möglichkeit geben, noch mehr solche Torheiten zu machen, denn ich bin ein Bettler.«

»Nun, nun, für einen Bettler machen Sie noch einen recht eleganten Eindruck. Und Ihr Gaul ist manchen

Dreier mehr wert als der meine«, sagte Jobst von Steinau gemütlich.

»Die schönen Reste meines einstigen Besitzes«, erwiderte Henner seufzend.

»Ja, ja! Sie haben ja Teklenburg schon unter sehr schwierigen Verhältnissen übernommen und hätten sich auch bei weiser Sparsamkeit kaum halten können, wenn Sie nicht eine vermögende Frau heimgeführt hätten. Ach so, da tippe ich an einen wunden Punkt! Na — nun machen Sie nicht gleich ein finsteres Gesicht, lieber Henner. Ich bin ein ungeschickter Mensch. Aber mein lieber Junge — früher durfte ich Sie so nennen, als Sohn meines alten Freundes, und nehme mir glattweg auch jetzt die Erlaubnis dazu —, also mein lieber Junge, ich wollte nur sagen, viel schlimmer als vor Ihrer Sturm- und Drangperiode sind Sie jetzt auch nicht dran. Teklenburg hätten Sie nur halten können, wenn Sie auf irgendeine Weise zu Vermögen gekommen wären. Nun sind Sie freilich ein bißchen schneller damit fertig geworden, aber das läßt sich nicht ungeschehen machen. Soldat sind Sie auch nicht mehr, wie ich hörte.«

»Nein, ich habe meinen Abschied genommen — ohne Zulage kann ich ja auch nicht Offizier bleiben.«

»Richtig! Und was soll nun werden? Haben Sie schon mal darüber nachgedacht?«

»Das wohl, aber zu einem annehmbaren Resultat bin ich noch nicht gekommen. Auf einige Monate kann ich mich bei bescheidenen Ansprüchen in meinem Fuchsbau noch halten. Inzwischen muß ich einen neuen Lebensweg ausfindig gemacht haben.«

»Na, das wird schon wieder in die Reihe kommen. Darüber müssen wir in aller Ruhe sprechen. Jetzt muß ich aufs Feld, eine neue Maschine erproben. Mein

Schwiegersohn ist schon dort. Aber ich erwarte Sie in Steinau sobald wie möglich. Geben Sie mir Ihr Wort, daß Sie kommen — gleich morgen. Dann lasse ich Sie jetzt los.«

In Henners Gesicht zuckte es.

»Darf ich wirklich kommen?«

»Na, so eine törichte Frage! Natürlich dürfen Sie. Ich erwarte Sie bestimmt — sagen wir morgen vormittag gegen elf Uhr. Und meine Lena läßt Sie natürlich vor Tisch nicht fort. Sie ist Ihnen ein bißchen böse, weil Sie Ihr noch nicht guten Tag gesagt und ihren Buben bewundert haben. Eine Dusche bekommen Sie sicher wegen dieser Saumseligkeit, aber lange hält Lenas Zorn nicht vor.«

»Ich traf die Frau Baronin vor einigen Jahren in Berlin, auf der Rückkehr von der Hochzeitsreise, und lernte damals auch Baron Haller kennen.«

»Ja, das hat mir die Lena erzählt. Und nun hat sie schon einen zweijährigen Stammhalter. Das ist ein Prachtbengel, lieber Henner. Wissen Sie was — aber nein, darüber sprechen wir morgen. Also zwischen elf und zwölf Uhr sind Sie in Steinau. Gilt es?«

»Ich komme, Herr von Steinau. Und ich danke Ihnen, daß Sie es mir erlauben.«

»Unsinn! Seien Sie so gut! Was heißt erlauben? Man freut sich doch auf dem Land über jeden lieben Gast. Also auf Wiedersehen!«

»Auf Wiedersehen, Herr von Steinau — bitte empfehlen Sie mich zu Hause.«

»Wird besorgt!«

Sie schüttelten sich die Hände und trennten sich.

Jobst von Steinau ritt in gemütlichem Zuckeltrab auf seine Felder, und Henner lenkte sein Pferd langsam, in Gedanken verloren, Schloß Teklenburg zu. Und er atmete zuweilen tief auf, als müsse er eine schwere Last von sich abwälzen.

Am nächsten Tag, Punkt halb zwölf Uhr, traf Henner in Steinau ein. Er kam zu Fuß, aber in tadellosem Besuchsanzug. Vorsichtig hatte er den Straßenstaub vermieden, damit er sich auch Damenaugen präsentieren konnte, ohne eine abfällige Kritik fürchten zu müssen.

Er ließ sich Herrn von Steinau melden. Dieser empfing ihn in seinem Arbeitszimmer.

»Alle Wetter nochmal, mein lieber Henner, Sie kommen ja im feierlichen Besuchsdreß! Da hätte ich Ihnen doch einen Wagen schicken sollen. Na — das nächste Mal kommen Sie ruhig im Reitanzug und zu Pferd, wie es früher auch üblich war.«

Mit diesen Worten schüttelte ihm der alte Herr kräftig die Hand.

Henner lächelte ein wenig beklommen. »Ich durfte doch nicht gleich das erstemal so formlos hereingeschneit kommen.«

»In Zukunft lassen wir die Umstände beiseite und nehmen unsere alten, freundnachbarlichen Gewohnheiten wieder auf. Sie sind für uns Hinterwäldler auch in Ihrem Reitanzug eine überwältigend elegante Erscheinung. So, und nun nehmen Sie Platz — hier in dem Ledersessel. Wir wollen es uns bequem machen. Erst stecken wir uns gemütlich eine Friedenspfeife an und reden dann ein vernünftiges Wort zusammen. Lena und Hilde sind nämlich jetzt beschäftigt, den kleinen Hans zu baden. Das ist jedesmal ein Aufstand und ein Vergnügen für ganz Steinau. Gewöhnlich sind wir, mein Schwiegersohn und ich, auch dabei, wenn wir gerade zu Hause sind. Aber heute muß es ohne uns gehen. Mein Schwiegersohn ist in die Stadt gefahren, geschäftlich, und muß vor Tisch noch zurückkommen. Vorläufig sind wir also ganz ungestört. Hilde wird es uns melden, wenn Hans zur Ruhe gebracht und Lena für uns zu sprechen ist. Da sind Zigarren und Zigaretten, hier ein Feuerzeug. Bitte, bedienen Sie sich — ich tue das gleiche.«

Jobst von Steinau zündete sich eine Zigarre an, Henner nahm eine Zigarette. Er war ein wenig nervös. Sein Gesicht zuckte wie von unterdrückter Erregung.

Hier in Steinau schien alles Ruhe, Frieden und Behaglichkeit zu atmen. Er wußte von früher, daß die Familie des Herrn von Steinau in schönster Harmonie zusammen lebte. Und er fühlte, daß ihn hier der Zauber einer behaglich geordneten Häuslichkeit umfing.

»So, mein lieber Henner, nun wollen wir mal ohne Umschweife auf den Kernpunkt der Sache losgehen. Ich will Ihnen da gleich verraten, daß mir Rosemarie von Waldeck, mein ehemaliges Mündel, unter Diskretion von ihrem Zusammentreffen mit Ihnen berichtet hat. Sie hat mir auch Ihre Besitztümer aufgezählt, und ich weiß nun ganz genau Bescheid über Ihre gegenwärtige Lage. Rosemarie hat mich übrigens flehentlich gebeten, daß ich Ihnen helfen soll«, sagte Herr von Steinau in seiner jovialen und doch bestimmten Art.

Henner richtete sich rasch empor. »Fräulein von Waldeck hat Ihnen gesagt, daß wir zusammen gesprochen haben?«

»Ja. Warum sollte sie nicht?«

»Oh, ich glaubte — sie bat mich, nicht darüber zu sprechen.«

»Ganz recht — in Waldeck nicht. Frau von Ribnitz soll nichts von ihren Ausflügen wissen. Aber mir beichtet sie alles. Und das Kind war so erregt, wie ich es noch nie gesehen. Sie beschwor mich, Ihnen um jeden Preis zu helfen. Am liebsten würde Sie es selbst tun — aber sie fürchtet, daß Sie eine pekuniäre Hilfe nicht von ihr annehmen würden.«

Jobst von Steinau beobachtete Henner bei diesen Worten sehr scharf und sah, daß seine Stirn sich jäh rötete.

»Fräulein von Waldeck ist sehr, sehr gütig. Ich — ich weiß nicht, womit ich das verdient habe.«

Der alte Herr zuckte die Achseln. »Sympathien werden meist ohne Verdienst verschenkt und empfangen, das wissen Sie doch. Und Rosemarie ist ein so liebes, gutes Kind, sie kann keine Katze leiden sehen, viel weniger einen Menschen. Na, und nun hat sie doch gehört — ich muß da noch mal eine Wunde berühren —, daß Sie in Ihr wildes Leben durch den Treubruch einer Frau und eines falschen Freundes hineingetrieben worden sind. Da regt sich in jedem echten Frauenherzen sogleich die wärmste Teilnahme. Meine Lena hat auch um Sie gejammert. Na, und außerdem — Sie waren ja früher in Waldeck beinahe wie das Kind vom Haus. Kurz und gut, ich möchte Ihnen helfen, Henner, und nicht nur, weil mich Rosemarie darum gebeten hat, sondern weil es mich selbst dazu drängt. Nun sagen Sie mir erst mal ganz offen, wie Sie sich Ihre Zukunft eigentlich gedacht haben. Seien Sie ganz offen zu mir — so, als wäre ich Ihr Vater.«

Henner strich über seine Stirn und legte die Zigarette fort, die ihm plötzlich bitter schmeckte. Er atmete tief auf.

»Sie sind so gütig zu mir, Herr von Steinau. Ich weiß nicht, wie ich Ihnen dafür danken soll. Also, wie ich Ihnen gestern schon sagte, einige Monate kann ich mich in Teklenburg noch halten, hauptsächlich durch die eminente Tüchtigkeit und Treue meines Burschen. Er arbeitet unermüdlich von früh bis spät, um mir ein erträgliches Leben zu schaffen, und wirtschaftet mit meinem letzten, knappen Barbestand wie die tüchtigste, sparsamste Hausfrau. Wie er das fertigbringt, sich, mich und das Pferd mit wenigen Groschen zu beköstigen, ist mir selbst ein Rätsel. Ich weiß nur, daß mir auf diese Weise einige Monate der Ruhe gewährt sind, damit ich noch etwas suchen kann, was mir weiterhilft. Ganz offen, Herr von Steinau, ich habe so unsinnig drauflosgelebt mit der Absicht, zum Schluß das Fazit mit der Kugel zu ziehen. Ich habe die Kugel nicht abgeschossen – und werde es auch nicht tun. Warum ich davon abkam – darüber will ich nicht sprechen. Ich habe den Entschluß gefaßt, ein anderes Leben zu beginnen, ein Leben der Arbeit. Ich will den Kampf ums Dasein aufnehmen, so oder so. Viel Auswahl bleibt mir nicht. Ich könnte nach Amerika oder nach unseren Kolonien auswandern und da untertauchen. Aber das widersteht mir. Ich hänge mehr an dem Heimatboden, als ich je gedacht habe. Meine Kenntnisse und Fähigkeiten weisen mich nur auf zwei Felder – Soldat oder Landwirt. Als Soldat bin ich erledigt. So käme nur noch der Landwirt in Frage. Wirklich Tüchtiges könnte ich als Gestütsverwalter leisten. Sonst müßte ich zu einem brauchbaren Landwirt noch allerlei hinzulernen. Wenn ich noch einige Zeit auf einem Gut als Eleve tätig sein könnte, würde ich mich bald einarbeiten und könnte dann später wohl eine Stellung als Verwalter annehmen, am liebsten auf einem großen Gut, wo auch Pferdezucht getrieben wird. Meinen Sie, daß ich solch einen Posten später mit gutem Willen ausfüllen könnte?«

Jobst von Steinau hatte aufmerksam zugehört. Nun sah er Henner mit warmem Ausdruck an. »Es freut mich, mein lieber Junge, daß Sie so vernünftig reden. Ich glaube, daß ein gesunder Mann mit festem Willen alles kann. Und den Landwirt haben Sie ja sozusagen schon als Hosenmatz mit der Luft eingesogen. Es gehört nur ein bißchen ernstes Training dazu, um firm zu werden. Das ließe sich erreichen mit Ernst und gutem Willen. Nee, wirklich — es freut mich, lieber Henner, daß Sie so solide Absichten haben. Ein anderer an Ihrer Stelle hätte zuerst an eine reiche Frau gedacht.«

Henner schüttelte den Kopf. »Was hätte ich einer reichen Frau als Äquivalent für ihren Reichtum zu bieten? Früher hätte ich wenigstens einen, wenn auch heruntergewirtschafteten Besitz in die Waagschale werfen können. Aber jetzt! Nein, nein! Und außerdem, meiner Veranlagung nach wäre es mir ganz unmöglich, um eine Frau zu werben, die mir nicht wenigstens sehr sympathisch wäre. Es gibt aber nicht viele reiche Frauen, die mir gefallen würden, und diese warten natürlich nicht darauf, einen heruntergewirtschafteten Edelmann mit ihrer Hand und ihrem Reichtum zu beglücken, der ihnen nichts zu bieten hat als ein verfallenes Schloß und ein verpfuschtes Leben.«

»Na, na — und außerdem doch immerhin noch einen Menschen, der gesund ist und sich nun wieder auf sein besseres Selbst besonnen hat.«

Henner lächelte herb und spöttisch. »Würden Sie, Herr von Steinau, mich zum Beispiel daraufhin als Schwiegersohn akzeptieren, wenn Sie eine heiratsfähige Tochter hätten?« fragte er mit bitterer Ironie.

»Hm!« machte der alte Herr, nachdenklich seinen Bart streichend. »Es käme darauf an. Wenn ich reich genug wäre, um mir einen armen Schwiegersohn zu leisten, und wenn meine Tochter Sie liebhätte und Sie heiraten wollte — ich glaube nicht, daß ich dann etwas gegen Sie einzuwenden hätte.«

»Wirklich nicht? Obwohl Sie wissen, wie sinnlos ich die letzten Jahre gelebt habe?«

»Trotzdem. Sie haben ja diese Krankheit jetzt gottlob hinter sich und sind zur Vernunft gekommen. Der beste Wein ist, der kräftig geschäumt und gegärt hat.«

Henner lachte kurz auf. »Gut, daß ich Sie nicht beim Wort nehmen kann, Herr von Steinau.«

»Sie würden mich nicht wortbrüchig finden. Sie werden sicher ein guter, vernünftiger Ehemann werden, wenn Sie eine passende Frau finden. Ich kam da auf einen Gedanken, der mich nicht wieder losgelassen hat. Wie gefällt Ihnen Rosemarie von Waldeck?«

Henner sah ihn betroffen an. In seine Stirne stieg unter Jobst von Steinaus forschendem Blick helle Röte. »Rosemarie von Waldeck?« fragte er zögernd.

»Ja. Ist sie Ihnen sympathisch?«

»Unbedingt. Ich habe sie schon als Kind sehr gut leiden mögen, und nun ich sie wiedergesehen und gesprochen habe, glaube ich, daß sie ein wertvoller und liebenswerter Mensch geworden ist.«

Der alte Herr nickte. »Ist sie auch. Ein warmherziges, gutes Geschöpf mit schlichtem Sinn, das nichts von einer verwöhnten reichen Erbin an sich hat.«

»Sie scheint nicht sehr glücklich zu sein und nannte sich trotz ihres Reichtums arm. Auch sprach sie davon, daß sie kränklich sei, was man ihr freilich nicht ansieht. Sie wollte aber nicht davon sprechen. Ist sie wirklich leidend?«

Herr von Steinau zuckte die Achseln. »Frau von Ribnitz redet sich selbst und dem Kind ein, daß es geschont werden muß. Diese Schonung der überängstlichen Tante verbittert Rosemarie die ganze Jugend. Alles, was sonst das Leben eines jungen Mädchens verschönt, ist Rosemarie verboten. Sie kommt mit keinem Menschen zusammen als mit uns und lebt in Waldeck fast wie in einem Kloster.«

»Aber warum? Fräulein von Waldeck sieht durchaus nicht schonungsbedürftig aus, und ich sah sie die Ruder mit einer Kraft und Elastizität führen, wie das sonst nur bei gesunden Menschen der Fall ist.«

»Ja, ja — auch den Rudersport darf sie nur heimlich, ohne Wissen ihrer Tante, ausüben. Ein berühmter Berliner Arzt, dem sie vor zwei Jahren Rosemarie zur Untersuchung vorführte, will leichte Anzeichen gefunden haben, daß Rosemarie das traurige Erbe ihrer Mutter antreten wird.«

Henner sah erstaunt und betroffen aus. »Von welchem traurigen Erbe sprechen Sie, Herr von Steinau?«

»Ach so, davon wissen Sie nichts. Also Rosemaries Mutter war lungenkrank.«

Henner fuhr empor. »Unmöglich!«

»Ja, das haben wir alle auch gesagt, und ich war am ungläubigsten. Aber Frau von Ribnitz hat auch mich überzeugt. Frau von Waldeck hat diese Krankheit, die Folge einer Lungenentzündung, schon mit in die Ehe gebracht, aber sie hat es vor aller Welt ängstlich verheimlicht, wie mir Frau von Ribnitz sagte. Ihr tragisches Ende hat ein langsames Dahinsiechen verhindert.«

Henner schüttelte ungläubig den Kopf. »Nein, nein — das ist nicht möglich. Frau von Waldeck — und eine solche Krankheit? Das geht nicht in meinem Kopf zusammen. Erinnern Sie sich doch, Herr von Steinau, wieviel Frische und Lebenslust in dieser Frau steckte, wie sie unermüdlich und ausdauernd war bei jedem Sport, wie sie tanzte und ritt.«

»Jawohl — das habe ich alles auch gesagt, bis mir Frau von Ribnitz eine Bescheinigung des Arztes vorlegte, der ihre Schwester behandelt hat. Unser alter Dorfarzt behauptet freilich, Rosemarie sei gesund, aber der Berliner Arzt hat doch größte Vorsicht zur Bedingung gemacht.«

Henner vermochte noch immer nicht zu fassen, was er gehört hatte. »Sie sehen mich äußerst bestürzt, Herr von Steinau. Und ich kann trotz Ihrer Versicherung noch immer nicht glauben, daß Frau von Waldeck krank war, so wenig wie mir ihre Tochter krank erscheint.«

»Ja, ich verstehe Ihren Zweifel. Und was Rosemarie betrifft, so scheint mir diese Besorgnis ihrer Tante auch stark übertrieben zu sein. Sie sollte sich nur mehr austummeln dürfen und vor allem nicht so zurückgezogen leben. Das Kind lernt ja kein bißchen Jugendlust kennen.«

Henner wußte sich darauf keine Antwort. Aber ohne daß er es wollte, erwachte in seiner Seele ein ganz unbestimmter Argwohn.

»Also, Rosemarie von Waldeck hat keine glückliche Jugend gehabt?« sagte er nachdenklich.

»Nein, wahrhaftig nicht. Aber wir waren von unserem Gespräch abgekommen. Die junge Dame ist Ihnen sympathisch, lieber Henner, das haben Sie mir versichert. Und sie ist eine reiche Erbin. Sehen Sie mich nicht so verwundert an!«

Henner von Teklenburg wurde vor Erregung bleich. »Herr von Steinau — diese Worte berühren mich eigenartig. Sind Sie sich auch bewußt, daß ich ihnen eine besondere Deutung unterlegen könnte?«

»Jawohl, mein lieber Junge, ich will sogar noch deutlicher werden. Als Sie mir vorhin Ihren Arbeitseifer klarlegten, dachte ich: Waldeck könnte vielleicht eines Tages so einen Verwalter brauchen, wie Henner einer werden will. Denn Frau von Ribnitz kommt nun auch langsam in die Jahre, wo sie sich etwas mehr Ruhe gönnen dürfte. Und außerdem — ich glaube, es müßte für Rosemarie gut sein, wenn sie sich verheiratete.«

»Warum will Frau von Ribnitz das nicht?« fragte Henner erregt.

»Weil sie fürchtet, die Ehe könne das Leben ihrer Nichte gefährden.«

In Henners Innern regte sich wieder das unbestimmte, unbehagliche Gefühl gegen Frau von Ribnitz, das sich jetzt schon zu einem kleinen Mißtrauen verdichtete. Er wußte, daß Rosemarie keine Verwandten besaß als Herta von Ribnitz und ihren Sohn. Wenn also Rosemarie unverheiratet und ohne Leibeserben blieb, dann —

Er dachte nicht zu Ende. Aber es fiel ihm etwas ein, was er allein vor Ernst von Waldecks Tod beobachtet hatte: daß Herta von Ribnitz damals darauf hinarbeitete, die Nachfolgerin ihrer Schwester zu werden. Er hatte als unfreiwilliger Zeuge eine kleine Szene belauscht, die ihm das bewies. Damals hatte er nicht viel Gewicht darauf gelegt, aber diese Szene war ihm doch im Gedächtnis haften geblieben und hatte ihn schon damals mit einigen Zweifeln an der Uneigennützigkeit Hertas erfüllt.

»Ja, ja«, fuhr Jobst von Steinau fort, »deshalb hält sie Rosemarie auch allem fern, was ihre Herzensruhe gefährden könnte. Sie nimmt es mit ihren Pflichten zu streng und geht darin so weit, daß sie ihren Jungen in einen ihm verhaßten Beruf hineindrängen will. Er wünscht, Offizier zu werden, aber sie will durchaus einen Landwirt aus ihm machen, damit er später einmal an Stelle seiner Mutter Waldeck verwalten kann.«

»Vielleicht denkt sie daran, er könnte eines Tages Herr

auf Waldeck sein — falls Rosemarie ohne nähere Erben stürbe.«

»Möglich. Aber ich glaube nicht, daß sie es tut. Sie sagte mir, der Gedanke sei ihr tröstlich, daß Rosemarie in Heinz jemanden habe, der ihr immer treu zur Seite stehen und sie nie verlassen wird.«

»Aber daß sie ihn in einen verhaßten Beruf hineinzwingen will, nur, damit er später der Verwalter seiner Kusine werden soll — das wäre doch eine Ungerechtigkeit gegen den Sohn.«

»Ja, ja — und ein Unsinn ist es außerdem«, stimmte Jobst von Steinau arglos zu. »Ausgeschlossen ist es doch keineswegs, daß Rosemarie heiratet. Na — und dann wird ja wohl ihr künftiger Gatte Waldeck selbst verwalten. Es wäre auch für Heinz das beste, wenn Rosemarie heiratete. Dann würde seine Mutter nichts mehr dagegen einzuwenden haben, daß er Offizier wird. Wie ich Rosemarie kenne, wird sie ihm gern die nötige Zulage geben, zumal seine Mutter Waldeck bisher in großartigster und uneigennütziger Weise verwaltet hat.

Also — mein lieber Henner, um wieder auf des Pudels Kern zu kommen, mich gelüstet es, ein bißchen Vorsehung zu spielen. Und deshalb fragte ich Sie, ob Ihnen Rosemarie sympathisch ist. Wie wäre es — hätten Sie nicht Lust, sich um die Hand der jungen Dame zu bewerben?«

Henner atmete tief auf und fuhr sich über die Stirn. »Warum fragen Sie mich das? Halten Sie mich für würdig, Fräulein von Waldecks Gatte zu werden?« fragte er mit verhaltener Stimme.

»Wenn ich Sie nicht für würdig hielt, hätte ich Ihnen solche Worte nicht gesagt, mein lieber Junge. Und mir ist, als spräche ich im Sinne meines alten Freundes Waldeck. Ich kann leider nicht voraussehen, ob sich alles zum

Guten lenkt. Vielleicht hätte sich auch alles ohne mein Dazutun so gefügt. Jedenfalls muß ich mir an dem Bewußtsein genug sein lassen, daß ich ehrlichen Herzens das Gute gewollt habe. Selbst den schlimmsten Fall angenommen, daß Rosemaries Leben durch eine Heirat um einige Jahre gekürzt würde, so hat sie doch wenigstens gelebt, hat etwas von ihrem Leben gehabt und muß nicht für immer in dieser stumpfen Abgeschiedenheit vegetieren. Bewerben Sie sich ohne langes Zögern um ihre Hand. Ich glaube nicht, daß Sie sich einen Korb holen. Und wenn wider Erwarten doch nichts aus dieser Verbindung würde, dann sprechen wir weiter über Ihre Zukunft, dann helfe ich Ihnen anderweitig wieder in den Sattel.

Sie sollen mir heute keine Antwort geben. Überlegen Sie in Ruhe, was ich Ihnen gesagt habe. Jedenfalls komme ich morgen vormittag bei Ihnen vorbei, so um diese Zeit, und hole Sie ab. Wir fahren dann beide zusammen nach Waldeck. Ich führe Sie dort ein, daß Frau von Ribnitz gar nicht anders kann, als Sie anzunehmen und zum Wiederkommen aufzufordern. Das Weitere ist dann Ihre Sache. Also — halten Sie sich morgen nach elf Uhr bereit im feierlichen Besuchsdreß, denn der ist in Waldeck unerläßlich. Ich nehme Sie in meinem Wagen mit.«

Aufatmend schwieg Jobst von Steinau nach dieser langen Rede und sah Henner forschend an.

Dieser reichte ihm impulsiv die Hand. »Wie ich mich auch entscheiden werde, Herr von Steinau, und wie sich Rosemarie von Waldeck auch zu mir stellen wird, ich danke Ihnen jedenfalls aus tiefstem Herzen für das Vertrauen, das Sie mir mit alledem erwiesen haben, obwohl ich nichts getan habe, es zu verdienen.«

Die beiden Herren hatten einander noch viel zu sagen

nach dem jahrelangen Auseinanderleben. Noch waren sie nicht mit ihren Berichten herüber und hinüber zu Ende, als plötzlich Hilde ins Zimmer wirbelte.

Sie machte vor Henner einen Knicks und sah ihn mit ihren blauen Augen lachend an.

»Papa, du sollst nun mit Herrn von Teklenburg hinüberkommen, jetzt wollen wir auch was von ihm haben. Hansi ist gebadet und zum Mittagsschläfchen niedergelegt worden.«

»Jawohl, Hilde, wir kommen sofort. Aber nun gib mal Herrn von Teklenburg eine Patschhand. Ihr seid schon ganz alte Bekannte.«

Lachend legte Hilde ihre Hand in die seine. Dann ging man hinüber in Lenas Salon. Die Begrüßung seitens des Hallerschen Ehepaares war sehr herzlich. Man bat Henner zu Tisch in Steinau.

Es war ihm eigen dabei zumute. Der warme, frische Ton, der in Steinau zwischen allen Familiengliedern herrschte und der selbst Hildes backfischartige Ruppigkeit durchdrang, berührte ihn wie eine alte, liebe Melodie. Sein Herz war erfüllt von einer leisen Wehmut, daß er so allein im Leben stand. Eine brennende Sehnsucht erwachte in ihm nach Menschen, die zu ihm gehörten. Noch nie war ihm so sehr zum Bewußtsein gekommen, wie einsam er war in all den Jahren, am einsamsten in dem sinnlosen Treiben der letzten Zeit.

Als dann nach Tisch Hansi, gut ausgeschlafen und gnädig gestimmt, auf dem Arm seiner Wärterin erschien, machte er lachend Bekanntschaft mit dem kleinen Mann.

Hansi erkor ihn sogleich zu seinem neuen Freund, und Henner ließ ihn auf seinen Knien reiten. Hansi fand das herrlich und umarmte ihn zum Dank. Als Henner das warme, dralle Kinderkörperchen umfaßte, war ihm plötzlich so töricht und weich zumute, daß er ganz beklommen war, und seine Augen einen feuchten Schein bekamen.

Lena bemerkte seine innere Erregung. Zartfühlend nahm sie ihm Hansi ab und schickte ihn wieder mit der Wärterin hinaus.

Bald darauf verabschiedete sich Henner. Er lehnte dankend den Wagen ab, den man ihm zur Verfügung stellen wollte. Zu Fuß, wie er gekommen, trat er den Heimweg an.

8

Am Nachmittag desselben Tages kam Frau von Ribnitz mit Rosemarie und Heinz zum Tee nach Steinau. Sobald er eingenommen war, ging Frau von Ribnitz mit dem Baron zum Wirtschaftshof hinüber, um sich eine neue Maschine vorführen zu lassen. Kaum waren sie verschwunden, als Lena abgerufen wurde. So blieb Rosemarie mit Jobst von Steinau allein zurück.

Der alte Herr beugte sich lächelnd vor. »Weißte, wer heute mittag unser Gast war, Rosmariechen?«

»Henner von Teklenburg?« fragte sie atemlos. Und das Blut schoß ihr jäh ins Gesicht.

Er nickte. »Ja, er war da. Ich traf ihn gestern und nahm ihm gleich das Versprechen ab, heute nach Steinau zu kommen.«

»Nun — und? Hast du mit ihm gesprochen über seine Lage, hast du ihm Hilfe angeboten?«

»Habe ich, Rosmariechen, habe ich! Wir haben allerlei besprochen. Und was mich am meisten freut — sein tolles Treiben da draußen hat sein braves Herz nicht verändert. Es ist schon so, wie wir beide dachten; er hat sich nur betäuben wollen. Aber das liegt gottlob hinter ihm. Er will nun das Leben wieder fest anfassen und in ehrlicher Arbeit Vergessen suchen.«

Rosemarie atmete auf. Ein befreites Lächeln lag auf ihrem Gesicht.

»Wie mich das freut, Onkel Steinau!« stieß sie erregt hervor.

»Mich auch, Rosmariechen. Nun fehlt ihm nur noch eine gute, verständige Frau, die ihn das Leben wieder liebgewinnen läßt, das er schon von sich werfen wollte«, sagte der alte Herr diplomatisch.

Rosemarie zuckte leise zusammen und wurde blaß. Unwillkürlich faßte sie nach dem Herzen. Dort fühlte sie einen brennenden Schmerz. Nicht nur darüber, daß Henner von Teklenburg daran gedacht hatte, das Leben von sich zu werfen. Es überkam sie auch plötzlich ein Jammer, daß sie ausgeschlossen sein sollte von allem, was das Leben erst lebenswert macht.

»Er müßte eine reiche Frau haben, Onkel Steinau, die ihm auch sonst helfen könnte«, sagte sie nach einer Weile.

»Ja, Rosmariechen, die müßte er wohl haben, denn eine arme Frau kann er nicht heiraten. Ich sprach auch darüber mit ihm. Aber er sagte mir, daß er nicht imstande sei, eine Frau zu heiraten, bloß weil sie reich sei, sie müsse ihm auch sympathisch sein.«

»Etwas Ähnliches hat er auch mal zu meinem Vater gesagt.«

»Und das weißt du noch?«

»Ja, ich habe es mir gemerkt.«

»Hm! Ich habe ihm übrigens gesagt, daß du mir von eurer Begegnung erzählt hast.«

Sie blickte gespannt in sein Gesicht. »Hat er etwas über mich gesagt?«

Jobst von Steinau machte ein nachdenkliches Gesicht.

»Hm! Na, warte mal, laß mich nachdenken, was hat er denn gleich gesagt? Ach ja — jetzt weiß ich's wieder. Er sagte mir, daß er dich schon als kleines Mädchen immer hat gut leiden mögen, und daß er glaubt, du seiest jetzt ein sehr wertvoller, liebenswürdiger Mensch geworden. Aber du sähest gar nicht glücklich aus. Auch von deiner Mutter sprachen wir. Es wollte ihm, sowenig wie anderen Leuten, in den Kopf, daß deine Mutter krank gewesen sein soll. So unermüdlich und frisch wie sie war.«

Rosemarie strich sich über die Stirn. »Ach, Onkel Steinau, ich meine auch, ich könnte so leicht meine Kraft nicht erschöpfen. Aber Tante Herta erlaubt nicht, daß ich sie rege. Dieser Zwang wird mir immer unerträglicher.«

»Dann revoltiere doch mal, Rosmariechen.«

Sie schüttelte den Kopf und seufzte. »Schließlich fehlt es mir dazu immer wieder an Mut.«

Eine Weile sah sie der alte Herr forschend an. Dann sagte er ernst und mit großer Eindringlichkeit:

»Du müßtest heiraten, Rosemarie, dann würde alles anders.«

Dunkle Röte schoß in ihr Gesicht, und sie senkte das Köpfchen in tiefer Resignation.

»Ich darf ja nicht heiraten, Onkel Steinau. Tante Herta sagte mir, daß ich jung sterben müsse, wenn ich heirate.«

Erschrocken starrte der alte Herr sie an. »Das — das hat dir Tante Herta gesagt?« fragte er ungläubig.

Rosemarie nickte stumm.

Herr von Steinau war außer sich vor Empörung. Wie konnte Frau von Ribnitz dem armen, jungen Geschöpf so etwas sagen! Das war selbst für den harmlosen, friedlichen Mann ein wenig stark. Wieder nahm er Rosemaries Hand und drückte sie zärtlich.

»Deine Tante Herta ist — ich muß mal despektierlich werden — nicht recht gescheit. Sie wird sich selbst und dich noch vor lauter Angst und Sorge närrisch machen. Glaub doch nicht solchen Unsinn, Rosmariechen.«

»Aber der Berliner Arzt hat es doch Tante auch gesagt«, seufzte diese.

»Ich sage aber, es ist Unsinn! Da sollte man mit einem Donnerwetter dreinfahren. Entweder sie hat den Arzt falsch verstanden oder er hat sich verkehrt ausgedrückt. Frag unseren alten Dorfarzt. Der ist kein Stümper, trotz seines unberühmten Namens. Unbedingt könntest du heiraten, sagt der! Weiß Gott, es wird mir zu toll mit Tante Hertas Schwarzseherei, und ich blase in deinem Interesse ganz energisch zur Rebellion. Weißte, Rosmariechen, kehre dich einmal gar nicht mehr an Tante Hertas Vorschriften. Übernimm dich nicht gerade, aber tu sonst alles, wozu du Lust hast. Und so Gott will, tanzen wir bald auf deiner Hochzeit.«

Ein leises Lächeln umspielte Rosemaries Lippen. »Lieber guter Onkel Steinau — mir ist, wie lange nicht, so hoffnungsfroh zu Sinn. Schon die Aussicht, diesen unerträglichen Zwang eines Tages loszuwerden, macht mich froh. Aber über meine Person sind wir ganz von Henner von Teklenburg abgekommen, Onkel Steinau. Hast du schon mit ihm besprochen, wie ihm zu helfen ist?«

»Ja, Kindchen, dies und das. Er will Landwirt werden und dann irgendwo eine Verwalterstelle annehmen.«

»Oh — kann man ihm nicht anders helfen, lieber Onkel?«

»Das müssen wir erst mal in Ruhe überlegen. Vorläufig

bleibt er ja noch in Teklenburg. Na, ich lasse ihn nicht mehr aus den Augen. Und ehe ich's vergesse — morgen vormittag bringe ich ihn nach Waldeck. Verrate aber Tante Herta nichts davon. Sonst läßt sie uns nicht vor. Sei du nur zur Stelle, wenn wir kommen. So gegen zwölf Uhr sind wir in Waldeck. Aber still jetzt — ich höre die anderen.«

Er begann sofort ein belangloses Gespräch. Gleich darauf trat der Baron mit Frau von Ribnitz ein. Sie zogen Jobst von Steinau in ein Gespräch über die Vorzüge und die Nachteile der neuen Maschine, und Rosemarie schlüpfte aus dem Zimmer, weil sie sich sehnte, einige Minuten allein zu sein. Ihr Herz war so voll und schwer, und es schlug so laut und stark, als fordere es gebieterisch sein Recht.

Am nächsten Morgen war Jobst von Steinau pünktlich zur Stelle, um Henner zur Fahrt nach Waldeck abzuholen. Er stand schon bereit, zu dem alten Herrn in den Wagen zu steigen. Aber dieser erhob sich und stieg aus.

»Nicht so eilig, mein lieber Henner. Ich bin ein Viertelstündchen früher gekommen, weil es mich gelüstet, meine Nase erst mal in Ihren Fuchsbau zu stecken«, sagte er vergnügt.

Henner trat zurück. »Sie werden sehr enttäuscht sein, Herr von Steinau. Aber da Sie es wünschen, freut es mich doch, daß Sie bei mir eintreten wollen.«

Kulitz stand, mit einer sauberen Schürze über seinem Anzug, stramm neben der Tür.

»Aha — da ist ja auch Ihr Zerberus, Henner, der mich neulich so glatt vor die Tür gesetzt hat«, sagte der alte Herr lachend.

Kulitz verzog keine Miene und sah nur nach dem Gesicht seines Herrn. »Kulitz ist mein treuer, ergebener Diener, Herr von Steinau, und ich halte große Stücke auf ihn«, erklärte Henner mit einem freundlichen Blick auf seinen Burschen.

»Na, das ehrt Herrn und Diener zugleich. Also Kulitz, jetzt führen Sie mich mal in die Gemächer Ihres Herrn. Er erlaubt es heute«, scherzte Herr von Steinau gemütlich.

Kulitz tat, wie ihm geheißen. Er öffnete die Türen zu den verschiedenen Zimmern und meldete dabei stolz:

»Das Speisezimmer! Das Schlafzimmer! Das Arbeitszimmer!«

Henner mußte lachen. »Kulitz hat ein Recht, auf diese Räume stolz zu sein, denn er hat sie sozusagen aus dem Nichts geschaffen. Nun zeigen Sie nur Herrn von Steinau auch noch Ihre famose Küche und den Pferdestall, Kulitz.«

Auch diese beiden Räume besichtigte der alte Herr. Er sah Henner mit einer gewissen Rührung an.

»Sie sind außerordentlich bescheiden geworden in Ihren Ansprüchen, mein lieber Junge.«

Um Henners Mund zuckte es wieder wie Selbstironie. »Man macht aus der Not eine Tugend, Herr von Steinau.«

»Ja, ja. Aber dies wunderschöne, alte Schloß darf nicht verfallen. Hier muß bald etwas geschehen. Wenn ich länger Zeit habe, müssen wir mal den ganzen Bau besichtigen. Wie ist es denn, Henner, haben Sie vielleicht die Pläne und Entwürfe noch von damals, als Teklenburg renoviert werden sollte?«

»Ja — die besitze ich noch. Ich weiß nur im Augenblick nicht, wo ich sie verwahre.«

»Gnädiger Herr verzeihen — sie liegen in der Truhe im Arbeitszimmer«, sagte Kulitz.

Henner nickte ihm zu. »Sie wissen ja in allem besser Bescheid als ich, Kulitz.«

»Na also, die Pläne müssen Sie herauskramen. Wir werden sie mal gemeinsam betrachten. Aber nun wollen wir uns auf den Weg nach Waldeck machen.«

Die beiden Herren stiegen ein, und der Wagen rollte von dannen.

»Hören Sie nur, Henner«, platzte der alte Herr nach einer Weile heraus, »welche Blüten die Schwarzseherei der Frau von Ribnitz treibt. Sie ist so töricht gewesen, Rosemarie zu sagen, sie müsse jung sterben, wenn sie heirate. So ein heilloser Unsinn! Ich bin fuchsteufelswild und werde bei nächster Gelegenheit der Alten mal gehörig meine Meinung sagen.«

Aufmerksam hatte Henner zugehört, und sein Verdacht gegen Frau von Ribnitz verstärkte sich. Diese scheinbare Torheit der sonst so klugen Frau ließ doch zu deutlich eine bestimmte Absicht durchschimmern.

»Da Frau von Ribnitz Fräulein von Waldeck schon diese niederdrückende Mitteilung gemacht hat, ist leider daran nichts mehr zu ändern, auch mit Vorwürfen nicht. Ich glaube, es ist nötiger und wirksamer, wenn man die junge Dame dahin beeinflußt, den ängstlichen Worten ihrer Tante kein Gewicht mehr beizulegen. Man müßte ihr gewissermaßen neuen Lebensmut suggerieren und die Wirkung dieser allerdings unverzeihlichen Äußerung abschwächen mit allen zu Gebote stehenden Mitteln.«

»Richtig! Damit habe ich gestern schon angefangen. Es wird jetzt mein Hauptbestreben sein, dem Einfluß Tante Hertas möglichst entgegenzuarbeiten. Zu lange schon habe ich untätig zugesehen und die Dinge laufen lassen. Und Sie müssen mithelfen, Henner. Ich erhoffe viel von

Ihrem Verkehr in Waldeck. Übrigens weiß Rosemarie, daß wir kommen, und sie freut sich sehr darüber.

Hallo, da hält der Wagen ja schon vor der verschlossenen Pforte zum Dornröschenschloß. Das Parktor von Waldeck ist nämlich stets geschlossen, und nicht jeder darf es passieren. Na, den Steinauer Wagen läßt der Pförtner unbesehen durch. Der wird nicht auf Konterbande untersucht. Sonst herrscht hier eine strenge Kontrolle.«

Inzwischen wurde das Parktor geöffnet, und nun fuhr der Wagen weiter. Die Räder knirschten auf dem kiesbestreuten Weg, der direkt bis zur Freitreppe des Herrenhauses führte. Als der Wagen hielt, kam eilig ein Diener herbei und öffnete den Schlag.

Der Diener wußte, daß Herr von Steinau stets angenommen wurde.

»Sind die Herrschaften zu Hause?« fragte der alte Herr. »Ja? Dann melden Sie mich der gnädigen Frau und dem gnädigen Fräulein und sagen Sie, daß ich einen alten Freund mitbringe.«

Herta von Ribnitz saß mit Rosemarie und Heinz in einem behaglich eingerichteten Zimmer, in dem man sich viel aufhielt.

Als der Diener seine Meldung vorbrachte, horchte sie wohl etwas erstaunt auf, als von dem »alten Freund« die Rede war. Hätte sie geahnt, daß dieser »alte Freund« ein junger und noch dazu Henner von Teklenburg war, so hätte sie sicher nicht so freundlich gesagt: »Wir lassen bitten. Führen Sie die Herren hierher.«

Rosemaries Gesicht überzog sich mit zarter Röte, als der Diener eintrat. Sie hatte den Wagen vorfahren hören, da sie doch voll Spannung wartete. Es brauste ihr in den Ohren, und sie umklammerte die Lehne ihres Sessels, weil ein Schwindel sie zu befallen drohte.

Noch ehe sie sich wieder in der Gewalt hatte, trat Herr von Steinau mit Henner ein.

Etwas weitschweifig, und um dadurch seine Verlegenheit etwas zu bemänteln, stellte er Henner Frau von Ribnitz vor, die ihn mit seltsamen, fast drohenden Blicken ansah. Sie preßte die Lippen fest aufeinander, und auch Henner bemerkte sehr wohl, daß er ungelegen kam. Sie gab sich gar keine Mühe, ihm zu verbergen, daß sein Besuch durchaus nicht angenehm war.

Unter anderen Umständen hätten Henner diese Anzeichen genügt, ihn ein für allemal von Waldeck zu verscheuchen. Aber nach allem Vorausgegangenen reizte ihn ihre Abwehr erst recht, festen Fuß zu fassen.

Er verbeugte sich tief vor Frau von Ribnitz. »Gnädigste Frau, hoffentlich komme ich Ihnen nicht ungelegen. Ihrer Güte wird es anheimgestellt sein, mir zuweilen ein bescheidenes Plätzchen in Waldeck einzuräumen, mit dem mich so viel liebe, alte Erinnerungen verknüpfen.«

Herta reichte ihm kühl die Fingerspitzen, die er an seine Lippen zog. Aber ohne auf seine Worte zu antworten, sagte sie mit einem sehr schwachen Versuch eines Lächelns:

»Sie sind der Heimat lange fern gewesen und uns allen ein Fremder geworden, Herr von Teklenburg.«

Henner trat schnell, ohne auf ihre deutlich abwinkenden Worte zu antworten, zu Rosemarie.

»Mein gnädiges Fräulein, ich hoffe sehr, daß ich nicht auch Ihnen ein Fremder geworden bin. Vielleicht erinnern Sie sich noch der Tage, als es mir vergönnt war, in Waldeck ein- und auszugehen.«

Rosemarie sah ein wenig scheu an seiner schlanken, eleganten Erscheinung empor. Aber sie reichte ihm impulsiv und herzlich die Hand. Er fühlte, daß diese Hand leise zitterte, und umschloß sie warm und fest mit der seinen.

»O nein, Herr von Teklenburg, Sie sind mir nicht fremd geworden und können es nie werden. Mein Vater hatte Sie herzlich lieb. Ich freue mich sehr, Sie nach so langer Zeit wieder in Waldeck begrüßen zu dürfen.«

Frau von Ribnitz warf Rosemarie einen warnenden, bedeutsamen Blick zu, der deutlich sagte: Nicht zu freundlich mit diesem herabgekommenen Freiherrn.

Aber Rosemarie ignorierte diesen Blick, obwohl sie ihn verstand, und sprach mutig weiter: »Meines Vetters erinnern Sie sich wohl auch noch, Herr von Teklenburg? Heinz hat Sie jedenfalls nicht vergessen. Wir beide haben uns früher oft von Ihrer glänzenden Uniform blenden lassen.«

Lächelnd wandte sich Henner dem Jüngling zu, der ihn mit klaren Augen ansah. Er reichte ihm die Hand. »Schade, daß ich Ihnen nun nicht mehr mit meiner Uniform imponieren kann.«

»Ach — sind Sie wirklich nicht mehr Offizier, Herr von Teklenburg?« fragte Heinz erregt.

»Nein, Herr von Ribnitz — schon längere Zeit nicht mehr.«

»O wie schade.«

»Bitte, lassen Sie es mich nicht entgelten, daß ich jetzt als schlichter Zivilmensch vor Ihnen stehe«, scherzte Henner.

Aber seine Augen blickten dabei ernst in die Rosemaries, in denen ein weicher Schimmer lag.

Herta von Ribnitz war ärgerlich, daß Rosemarie und Heinz so herzlich mit Henner sprachen. Sie riß jetzt das Gespräch etwas gewaltsam an sich und manövrierte so, daß Henner und Rosemarie nur noch flüchtige Worte tauschen konnten. Sie war sichtlich nervös und unruhig, und um ihren Mund und in ihren Augen lag abweisende Kälte.

Nach der üblichen Anstandsfrist erhoben sich die beiden Herren, um sich zu verabschieden. Rosemarie wartete voll Unruhe, daß Tante Herta Henner zum Wiederkommen auffordern sollte. Aber nichts dergleichen erfolgte.

Da nahm Rosemarie allen Mut zusammen. Ihrer Stimme Festigkeit gebend, sagte sie, so ruhig sie konnte: »Sie werden uns nun wieder recht oft besuchen, Herr von Teklenburg? Wir haben sonst wenig Verkehr, und große Festlichkeiten werden in Waldeck nicht veranstaltet. Aber um so mehr freuen wir uns, wenn uns die wenigen guten Freunde, die wir haben, ganz zwanglos besuchen. Zur Teestunde finden Sie uns meist daheim. Da sind auch zuweilen unsere Steinauer Freunde hier. Montags und donnerstags sogar bestimmt bei uns. Da soll es uns freuen, wenn Sie unseren kleinen Kreis vervollständigen. Natürlich sind Sie uns auch zu jeder anderen Zeit angenehm, nicht wahr, Tante Herta?«

Frau von Ribnitz starrte Rosemarie wie entgeistert an und preßte die Lippen fest aufeinander. Nur mit Mühe entrang sie sich endlich einige Worte:

»Gewiß — wenn es Ihnen nicht zu langweilig in Waldeck ist, Herr von Teklenburg. Sie sind natürlich andere Amüsements gewöhnt.«

Das letztere klang scharf und schneidend, es sollte Henner wie ein Stich treffen. Er merkte die Absicht, aber er war entschlossen, sich durch nichts abschrecken zu lassen, seinen Besuch in Waldeck zu wiederholen.

»Ich werde mir erlauben, von Ihrer gütigen Aufforderung Gebrauch zu machen und danke Ihnen sehr dafür.

Mein Leben ist jetzt ein so einsames, daß ich für jede Abwechslung dankbar bin.«

»Oh, wie bescheiden Sie geworden sind«, erwiderte Frau von Ribnitz hart und mit leisem Hohne.

Und obwohl ihm Frau von Ribnitz fast den Weg vertrat, ging er an ihr vorüber auf Rosemarie zu, ergriff ihre Hand wieder mit festem, warmem Druck, sah ihr fest in die Augen und sagte mit besonderer Betonung: »Ich danke Ihnen, mein verehrtes, gnädiges Fräulein.«

Sie lächelte verwirrt. Es war nicht das reizende, frohe Lächeln, das er früher an ihr so hübsch gefunden hatte, aber auch nicht das traurige Lächeln, das er draußen auf dem Fluß an ihr bemerkt hatte. Durch dieses verwirrte Lächeln huschte es wie ein leises, erwachtes Hoffen und wie das gläubige Vertrauen eines Kindes. Es rührte ihn, und er mußte auf dem Heimweg immer wieder daran denken.

Henner saß eine ganze Weile stumm und gedankenverloren Herrn von Steinau im Wagen gegenüber. Dieser brach endlich das Schweigen.

»Na? Was sagen Sie zu diesem Erfolg unseres Überfalles, lieber Henner?« fragte er.

»Wenn es nach Frau von Ribnitz' Wunsch gegangen wäre, hätte ich heute das erste- und letztemal Besuch in Waldeck gemacht.«

»Herrgott — Sie wollen sich doch nicht etwa in die Flucht schlagen lassen?«

»Nein! Obwohl Frau von Ribnitz mir deutlich genug zeigte, daß ich ihr kein gern gesehener Gast sein werde, so will ich mich doch an die warme, herzliche Aufforderung von Rosemarie von Waldeck halten. Da sie allein die Herrin von Waldeck ist, soll mir nur ihr Wunsch in dieser Angelegenheit maßgebend sein.«

»Famos! Das ist die richtige Ansicht. Es freut mich für

das Kind. Sie war heute schon ein ganz anderer Mensch. Sonst sitzt sie still und apathisch und beteiligt sich kaum am Gespräch. Heute war sie viel lebhafter und ergriff zu meiner Freude sogar ganz energisch die Initiative. Ich hoffe, daß sie sich mit der Zeit aufrappeln wird und auch einmal lernt, ihren Willen geltend zu machen. Und dabei wollen wir ihr nach Kräften helfen, auch wenn uns Frau von Ribnitz ein Weilchen darüber gram ist, nicht wahr, mein lieber Junge?«

»Ja, das wollen wir gewiß«, bestätigte Henner energisch.

Er überlegte, ob er dem harmlosen Herrn von Steinau eine Andeutung von seinem Verdacht machen sollte. Aber er zog es doch vor zu schweigen. Der alte Herr verlor nur seine Unbefangenheit, ohne vorläufig etwas ändern zu können.

»Und wie steht es nun mit Ihrem Entschluß, Henner? Wollen Sie sich um Rosemarie bewerben?« fragte dieser dringend.

Henner sah ihn ernst und entschlossen an. »Ja, Herr von Steinau, ich will versuchen, mir Fräulein von Waldecks Vertrauen und ihre Hand zu erringen. Und, weiß Gott, ich tue es nicht nur aus eigennützigen Motiven — ich möchte Rosemarie von Waldeck aus dem Schatten in den warmen, belebenden Sonnenschein verpflanzen.«

»Dann viel Glück dazu, mein lieber Henner. Ich weiß, Sie werden dem armen Kind ein treuer Lebensgefährte sein und versuchen, sie wieder lebensfroh zu machen.«

»Mit allen Kräften, Herr von Steinau. Wenn Rosemarie von Waldeck ihre Hand in die meine legen will, soll ihr Glück und Frieden meine vornehmste Sorge sein. Das bin ich schon dem Andenken ihres Vaters schuldig.«

Schweigend fuhren sie weiter.

9

Als die beiden Herren Waldeck verlassen hatten, wandte sich Frau von Ribnitz erregt an Rosemarie.

»Ich begreife dich nicht, Kind, wie konntest du nur Herrn von Teklenburg auffordern, wiederzukommen?«

Rosemarie war in ihren Sessel zurückgesunken und bemühte sich, ruhig zu erscheinen. Sie brachte es auch mit großer Anstrengung fertig, scheinbar ganz unbefangen zu antworten:

»Da du es unterließest, mußte ich es wohl tun.«

»Ich unterließ es aber doch mit Absicht, hast du denn das nicht begriffen?«

»Nein«, antwortete die junge Dame zögernd und nicht ganz wahrheitsgemäß, denn sie hatte die Absichtlichkeit im Wesen ihrer Tante wohl bemerkt. »Herr von Teklenburg hatte doch als alter Freund unseres Hauses ein Anrecht auf diese Aufforderung.«

Frau von Ribnitz zog die Stirn zusammen und machte eine hastig abwehrende Bewegung.

»Dieses Anrecht hat er sich gründlich verscherzt, mein liebes Kind. Ich bin außer mir, daß du mir vorgegriffen hast. Du ahnst ja in deiner Unschuld nicht, welch einen Ruf sich Herr von Teklenburg erworben hat durch sein wildes, zügelloses Leben. Das ist kein Verkehr für uns. Du hättest es ruhig mir überlassen sollen, ob ich ihn aufforderte oder nicht. Ich begreife Herrn von Steinau nicht, daß er uns diesen Menschen ins Haus bringt.«

Wenn Herta von Ribnitz dachte, daß Rosemarie sich nun, wie gewöhnlich, still unter ihren Willen beugen würde, so irrte sie sich. Die junge Dame richtete sich ein wenig empor und antwortete mit fester Stimme:

»Gerade, daß ihn Onkel Steinau zu uns brachte, ist

mir eine Garantie für Herrn von Teklenburg. Es beweist, daß er nichts getan haben kann, was ihn unserer Gesellschaft unwert machte. Sonst hätte ihn Onkel Steinau weder hierhergebracht noch in sein Haus aufgenommen.«

Herta von Ribnitz regte sich an dem Widerstand ihrer Nichte, der ihr ganz neu war, noch mehr auf. Sie machte eine etwas wegwerfende Bewegung.

»Liebes Kind — Onkel Steinau in Ehren, aber er ist harmlos wie ein Kind und durchaus kein Menschenkenner. Er hat sich in seiner gutmütigen Schwäche verleiten lassen, den jungen Mann in Gnaden aufzunehmen, und hat sich nicht überlegt, daß er ihn Damen nicht zuführen darf. Mit solch einem heruntergekommenen Menschen soll man überhaupt nicht verkehren. Männer unter sich mögen ja darin weniger fein empfinden. Aber Damen müssen sich solch fragwürdige Elemente unbedingt fernhalten.«

Rosemarie sprang erregt auf. »Du irrst dich, Tante Herta! Henner von Teklenburg ist zwar verarmt, und er hat wild und unsinnig gelebt. Aber auf seiner Ehre haftet nicht der kleinste Makel, dafür verbürge ich mich. Er ist unglücklich, aber nicht schlecht.«

Frau von Ribnitz sah sie erschrocken an. So erregt hatte sie Rosemarie noch nicht gesehen. Und ihr ganzes Verhalten verriet ihr, daß sie Henner von Teklenburg ein besonderes Interesse entgegenbrachte. Sie fühlte, daß ihrem Plan Gefahr drohte. In ihrem Kopf kreuzten unruhige Gedanken, wie diese Gefahr abzuwenden war. Sich mit aller Kraft zur Ruhe zwingend, legte sie ihren Arm um Rosemarie und sagte zärtlich besorgt:

»Mein armes, liebes Kind, wie hast du dich erregt. Sei doch ruhig, du schadest dir. Jeder neue Verkehr bringt eine Gefahr für dich, weil er deine Ruhe und damit deine Gesundheit gefährdet. Schon dieser Grund allein genügte mir zu wünschen, daß Herr von Teklenburg nicht wiederkommt. Und was sollen wir auch hier in Waldeck mit einem Menschen, der im Verkehr mit wüsten Gesinnungsgenossen jedes feinere Gefühl verloren hat? Sonst hätte er verstehen müssen, daß er uns ungelegen kam und seine Gesellschaft für alleinstehende Damen unpassend ist. Heinz kann uns ja noch kein Beschützer sein, zumal er jetzt nur selten in Waldeck ist.

Du siehst mich ganz fassungslos vor Unruhe um dich, mein teures Kind. Ganz heiße Wangen hast du bekommen, und deine Augen glänzen fieberhaft. Nein, nein — ich dulde nicht, daß dieser Mensch wiederkommt. Ich werde Herrn von Steinau bitten, daß er ihm unumwunden sagt, seine weiteren Besuche seien uns nicht angenehm.«

Aber diesmal hatten ihre Worte nicht die gewünschte Wirkung. Rosemarie fiel nicht in die fügsame Apathie zurück, die sonst stets eine Folge von Tante Hertas Zureden war. Sie machte sich fast unwillig los aus den umschlingenden Armen der Tante und sagte mit ungeahnter Energie:

»Das wirst du nicht tun, Tante Herta! Ich werde es nicht dulden, daß du Herrn von Teklenburg so unerhört kränkst. Es wäre wenig im Sinn meines Vaters gehandelt, wenn man Herrn von Teklenburg eine solche Beleidigung antun wollte.«

Herta von Ribnitz erblaßte vor Rosemaries Heftigkeit. Sie sah ein, daß sie den Bogen nicht zu straff spannen durfte. Aber sie mußte auf der Hut sein und diplomatisch auf ihre Nichte einwirken.

»Mein liebes Kind, dein Vater wäre sicher meiner Meinung gewesen, wüßte er, was Herr von Teklenburg inzwischen für eine Wandlung durchgemacht hat. Du bist zu jung und zu weltfremd, um das zu verstehen. Aber ich will dich um Gottes willen nicht aufregen. Und wider mein besseres Wissen füge ich mich. Mag er denn nach Waldeck kommen, wenn du es durchaus willst. Es muß dann meine Pflicht und meine Sorge sein, doppelt über dich zu wachen, um zu verhüten, daß er dich in Gefahr bringt.«

Rosemarie strich sich über die Stirn. »Aber wie soll er mir Gefahr bringen, Tante Herta?«

»Wie er dir Gefahr bringen kann? Nun, Kind, ich glaube wirklich, es ist besser, ich öffne dir die Augen. Dann bist du gewarnt und wirst vorsichtig sein. Was Herrn von Teklenburg nach Waldeck treibt, durchschaue ich nur zu gut. Er weiß, daß du eine reiche Erbin bist, und es gelüstet ihn natürlich danach, deinen Reichtum an sich zu bringen, damit er sein zügelloses Leben fortsetzen kann. Aus seiner jetzigen, verzweifelten Lage kann ihn nur eine reiche Frau retten, das ist klar. Ich müßte mich sehr täuschen, wenn er nicht mit der festen Absicht nach Waldeck gekommen wäre, Jagd auf den Goldfisch zu machen. An deiner Person liegt ihm natürlich nichts, sondern nur an deinem Geld. Aber er soll sich verrechnet haben, nicht wahr, mein armer Liebling? Ich werde es ihm schnell begreiflich machen, daß er seine Netze hier umsonst auswirft. Du sollst nicht einem Mitgiftjäger zum Opfer fallen, der sich in kalter Berechnung an dich heranschleicht.«

Rosemaries Mund zog sich herab in Schmerz und Bitterkeit. »Du hast wohl ganz vergessen, daß ich nicht heiraten darf, Tante Herta?« fragte sie müde.

Frau von Ribnitz wollte es nun scheinen, als habe sie in

ihrer Angst zuviel gesagt. »Nein, nein Rosemarie, ich habe das nicht vergessen, aber — Herr von Teklenburg weiß das doch nicht.«

»Nun, dann brauchst du es ihm ja nur zu sagen. Du kannst ganz ruhig sein, er denkt nicht daran, sich um mich zu bewerben. Und wenn er daran gedacht hätte, so würde er schnell davon abkommen, wenn er hört, daß mir von meiner Mutter ein trauriges Erbe hinterlassen worden ist und ich von einer schlimmen Krankheit bedroht bin«, erwiderte Rosemarie, in ihre Resignation zurückfallend.

Mit einem harten Ausdruck im Gesicht beugte sich Frau von Ribnitz vor. »Vielleicht würde ihn das gerade reizen. Du ahnst ja nicht, wie schlecht die Menschen sind. Vielleicht lockt ihn der Gedanke besonders, daß du ihn früh zum Witwer machen könntest und zugleich zum Erben deines Reichtums«, sagte sie mit unruhig flimmernden Augen.

Rosemarie sah sie mit einem gequälten Blick an. »Warum denkst du so schlecht von einem Menschen, der dir nie etwas zuleide getan hat?« fragte sie gepreßt.

»Ach, Kind, in meiner Sorge sehe ich überall für dich Gefahr. Aber ich brauche mich nicht zu sorgen, nicht wahr? Du wirst nicht vergessen, was für ein Schicksal auf dich wartet, wenn du dich verheiraten würdest?«

Mit einem bitteren Lächeln schüttelte Rosemarie den Kopf. »Nein, wie sollte ich vergessen, was du mir so oft ins Gedächtnis rufst. Und du kannst auch ganz ruhig sein, nach einem so kränklichen und häßlichen Mädchen, wie ich bin, wird nie ein Mann verlangend seine Arme ausstrecken, am wenigsten Henner von Teklenburg.«

Herta von Ribnitz faßte ihre Hand und streichelte sie

zärtlich. »Sei nicht traurig darüber, mein Liebling. Glaube mir, eine Ehe ist für uns Frauen nur eine Quelle von Schmerzen und Bitterkeit. Dir bleibt so viel Schönes und Gutes, und du wirst in Ruhe und Behagen leben in deinem schönen Waldeck«, sagte sie, ihre Befriedigung über Rosemaries Worte verbergend.

Die junge Dame vermochte aber Tante Hertas Trostworten keinen Geschmack abzugewinnen. Sie sehnte sich nach der Einsamkeit ihres Zimmers oder nach einem Gang durch den Park und erhob sich schnell.

»Ich habe Kopfweh — du gestattest, daß ich mich zurückziehe, Tante Herta«, stieß sie hastig hervor und verließ rasch das Zimmer.

Draußen kam ihr Heinz entgegen, der die beiden Herren zum Wagen begleitet und ihnen eine Weile nachgesehen hatte.

»Du, Rosemarie, Herr von Teklenburg ist ein famoser Mensch! Ich freue mich, daß er nun wieder oft nach Waldeck kommt. Magst du ihn auch so gern leiden?«

»Ja, Heinz, sehr gern.«

»Natürlich, das muß man auch. Nur schade, daß er nicht mehr Offizier ist.«

»Die Hauptsache ist doch der Mensch, Heinz.«

»Natürlich. Aber in einer schneidigen Uniform ein schneidiger Mensch — das ist das Höchste. Wohin willst du denn, Rosemarie?«

»Auf mein Zimmer.«

»Ach, schade.«

»Warum?«

»Ich möchte mit dir in den Park gehen. Ich hätte etwas mit dir zu besprechen — ohne Zeugen.«

Rosemarie strich mit einem matten Lächeln über seinen Kopf. »Das klingt ja so wichtig.«

»Ist es auch.«

»Na also — dann gehe ich mit dir in den Park.«

»Das ist lieb von dir.«

»Sag aber deiner Mutter erst Bescheid, damit sie nicht auf dich wartet.«

»Ja, das will ich tun.«

Heinz lief schnell in das Zimmer, wo seine Mutter noch mit zusammengezogener Stirn und fest aufeinandergepreßten Lippen im Sessel saß und vor sich hin starrte.

Als Heinz eintrat, glättete sich ihr Gesicht schnell. Er meldete ihr, daß er mit Rosemarie in den Park gehen wollte.

Sie zog ihn in leidenschaftlicher Zärtlichkeit in ihre Arme und küßte ihn. »Mein Heinz — mein ein und alles«, stieß sie inbrünstig hervor.

Er sah sie ein wenig beklommen an. Selten zeigte sie ihm ihre Liebe so unverhüllt. Heinz fühlte sich auch schon zu sehr als Mann, als daß er sich gern hätte liebkosen lassen. Aber manchmal packte es ihn doch noch, und auch heute machte es einen tiefen Eindruck auf ihn, als ihre Zärtlichkeit so unbeherrscht hervorbrach. Er umarmte die Mutter und küßte ihr dann, sich schnell wieder losreißend, beide Hände.

»Meine teure, liebe Mama«, sagte er leise und ein wenig bedrückt von dem Bewußtsein, daß sich in seiner Seele Wünsche breitmachten, die dem Willen der Mutter entgegenliefen.

Seine Mutter faßte sich schnell wieder. »Nun geh, Heinz — und versuche, Rosemarie ein wenig zu zerstreuen und abzulenken. Heitere sie auf, hörst du?«

»Was ist mit Rosemarie, Mama?« fragte er.

»Nichts, nichts — du weißt ja, sie ist oft traurig. Wir

müssen alles tun, ihr das Leben leicht zu machen. Geh, mein Heinz, laß sie nicht warten.«

Da ging Heinz mit zögernden Schritten hinaus. Schweigend schritt er neben Rosemarie zum Park hinüber. Auch sie war still und in sich gekehrt. So kamen sie zu einem kleinen Pavillon, der wie ein offenes Tempelchen mitten im Park auf einer Wiese lag. Weiß lackierte, zierliche Holzmöbel standen darin, die zum Sitzen einluden.

Hier nahmen sie in schweigender Übereinkunft Platz.

»Wolltest du nicht etwas mit mir besprechen, Heinz?« fragte Rosemarie.

»Ja, das wollte ich. Aber ich weiß nun doch nicht, ob ich dich damit behelligen darf. Mama sagte, ich sollte dich aufheitern oder zerstreuen — und was ich dir zu sagen habe, ist sehr, sehr ernst.«

Sie wurde aufmerksam und sah nun, daß es in dem frischen Jünglingsgesicht unruhig zuckte. »Du kannst es mir trotzdem sagen, Heinz. Tu mir die Liebe an und nimm du wenigstens nicht immerfort Rücksicht auf mich. Das ist mir schrecklich.«

Er holte tief Atem. »Oh, du wirst vielleicht finden, daß ich sehr rücksichtslos gegen dich sein will, wenn ich dir alles sage.«

»So sprich ganz offen — ich glaube, es wird mir eine Wohltat sein.«

»Aber bitte, versprich mir erst, daß du Mama nichts von dem sagen willst, was ich dir jetzt anvertraue.«

»Gut, ich verspreche es dir.«

Er legte beide Arme vor sich auf den Tisch und atmete tief auf. »Also hör zu, Rosemarie, ich mag nicht Landwirt werden, wie es Mama bestimmt hat. Offizier will ich werden, wie Herr von Teklenburg einer war.«

»Das brauchst du doch nur deiner Mutter zu sagen, Heinz.«

Er schüttelte den Kopf und erklärte ihr alles, was er Herrn von Steinau schon gesagt hatte. Sie hörte ihm aufmerksam zu.

Als er zu Ende war, fragte er erregt: »Würdest du mir helfen, Mamas Widerstand zu besiegen? Es wäre freilich sehr edel von dir, weil ich dir doch als Offizier später in Waldeck nicht zur Seite stehen könnte.«

Die junge Dame lächelte matt. »Deswegen mach dir keine Sorge, ich denke, dann findet sich schon ein anderer Verwalter. Ich wäre die letzte, die ein solches Opfer von dir fordern würde.«

Er faßte über den Tisch ihre Hand. »Du mußt aber nicht denken, daß ich dich deshalb weniger liebhabe, und darfst mir nicht böse sein.«

»Ich bin gewiß nicht böse, Heinz. Und was in meinen Kräften steht, dir zu helfen, will ich gern tun. Soll ich bei deiner Mutter ein gutes Wort für dich einlegen?«

»Ja, aber jetzt noch nicht. Erst soll Onkel Steinau mit ihr sprechen. Er will es tun, wenn ich wieder auf dem Gymnasium bin. Onkel Steinau kann dir dann sagen, wann es Zeit ist, für mich einzutreten.«

»Gut, Heinz. Und ich will deiner Mutter dann sagen, daß es meine Sorge sein wird, dir den nötigen Zuschuß zu geben. Vielleicht mag sie nur deinen Wunsch nicht erfüllen, weil sie selbst dir diesen Zuschuß nicht geben kann. Und ohne einen solchen kannst du doch, wie du weißt, nicht Offizier werden. Also darum sorge dich nicht mehr.«

Er sah sie dankbar an. »Du bist so gut, Rosemarie! Denk dir, Hilde wußte gleich, daß du so großmütig sein würdest. Ich wagte es nicht, dich um diesen Zuschuß zu bitten, da wollte es Hilde für mich tun. Sie ist ein famoser Mensch, die Hilde.«

»Ja, das ist sie. Aber — wenn du Soldat werden willst, dann darf es ein ›Ich wage es nicht‹ keinesfalls mehr geben«, sagte Rosemarie scherzend.

Er seufzte auf. »Ach, weißt du, in diesen Dingen gilt das nicht. Eine solche Bitte an dich wäre mir mehr unverschämt als mutig erschienen. Daß du mir nun selbst ein solches Angebot machst, ist furchtbar edel von dir. Ich danke dir von ganzem Herzen, liebe, gute Rosemarie.«

Sie nickte ihm freundlich zu. »Da gibt es nichts zu danken, Heinz. Ich bin froh, wenn ich mal etwas Gutes tun kann. Wozu habe ich sonst das viele Geld? Also sei versichert, Onkel Steinau wird deine Sache schon führen, und ich will auch das Meine tun.«

Heinz sprang auf und preßte ihre Hände fest zwischen den seinen.

»Liebe, gute Rosemarie! Nun ist mir viel leichter zumute, und ich reise beruhigt ab, wenn meine Ferien zu Ende sind. Und heute nachmittag reite ich nach Steinau und erzähle Hilde, wie gut du bist.«

Hilde hatte in ihrem Freiheits- und Tatendrang mit bei der Heuernte geholfen. Von einer der Mägde hatte sie sich ein sauberes, buntes Kattuntuch ausgebeten und es sich zum Schutz gegen die Sonne um Kopf und Nacken gebunden, wie es die Mägde taten.

Nun war sie müde geworden und ruhte wohlig auf ihren Lorbeeren, in Gestalt eines Heuhaufens, aus. Da sah sie Heinz von Ribnitz auf seinem Pferd vorbeikommen.

Sie richtete sich halb empor und stieß den schrillen Signalruf aus, der zwischen ihr und Heinz als Alarm- und Erkennungszeichen diente.

Er hielt sein Pferd zurück und spähte zu ihr hinüber. Er sah nur Hildes Kopf emporragen. Ohne den nochmaligen Signalruf hätte er sie mit dem Kopftuch für eine der Mägde gehalten, die nicht weit von Hilde entfernt noch bei der Arbeit waren.

Nun erwiderte er das Signal und sprang vom Pferd. Schnell band er es mit dem Zügel an einen der Pflaumenbäume, die den Weg begrenzten, und eilte zu ihr hinüber. Mit einem kühnen Satz saß er neben ihr im Heuhaufen. »Tag, Hilde! Was tust du denn hier?«

»Ich ruhe mich aus von schwerer Arbeit. Jawohl, ich habe beim Heuen geholfen, ganz freiwillig. Sieh dir mal an, diesen Heuhaufen habe ich ganz allein aufgeschichtet. Da — ich habe von der Harke Blasen an den Händen bekommen.«

Heinz betrachtete mit der nötigen Ehrfurcht und Bewunderung die Spuren der harten Arbeit. »Kolossal! Das ist ein famos weiches Lager, so ein Heuhaufen!«

»Na, weißt du, dazu ist er nun eigentlich nicht bestimmt«, bemerkte sie gewichtig. »Im Grunde ist es sündhaft, daß wir auf dem frischen Heu herumturnen. Sitz mal gefälligst still, sonst wühlst du alles auseinander.«

»Ach du! Eigentlich muß doch frisches Heu auseinandergebreitet werden, damit es trocknet«, sagte Heinz mit der Miene eines Sachverständigen.

Hilde tippte bezeichnend an die Stirn. »Natürlich, wenn ich meine Siesta gehalten habe, breite ich es wieder aus. Kannst mir dabei helfen.«

»Leider habe ich nicht viel Zeit, Hilde, ich muß gleich wieder heim. Ich wollte dir nur was Wichtiges erzählen.«

Hilde setzte sich gerade empor. »Na, denn los!«

Er berichtete ihr von seiner Unterredung mit Rosemarie. Hilde klatschte erfreut in die Hände.

»Hab ich's nicht gleich gesagt? Rosemarie ist ein prima Kerl.«

»Ja, das ist sie. Aber nun muß ich auch gleich wieder fort. Ich soll Rosemarie heute nicht lange allein lassen und sie aufheitern. Kannst du nicht nach Waldeck hinüberkommen, Hilde? Über dich muß Rosemarie immer lachen.«

»Hm!« machte Hilde nachdenklich. »Ich will mal sehen, ob ich mich loseisen kann. Mademoiselle hat nämlich vorhin, Gott sei's geklagt, ein Paket vom Buchhändler bekommen. Mir ahnt, daß die neuen Unterrichtsbücher da sind. Noch mal kann ich sie doch nicht mit Leim begießen. Aber vielleicht läßt sie mich heute noch frei. Sicher ist das aber nicht. Am besten mache ich mich heimlich aus dem Staub, ehe sie mich wieder zu Gesicht kriegt. Vielleicht könnte ich gleich mit dir entwischen? Warte mal — laß mich überlegen! Lena ist mit Fritz in Kreuscha zum Diner eingeladen, und Hansi schläft sicher noch. Papa wird auch sein Nickerchen halten. Hm! Weißt du was — du gehst einfach in den Stall und sattelst mein Pony.«

Heinz sprang lachend auf. »Wird gemacht, Hilde. Ich pirsche mich auf Schleichpfaden in den Stall und entführe dich dann. Aber kannst du denn so mitreiten? Du hast keinen Hut und keine Mütze, und dein Kleid eignet sich doch auch nicht recht.«

Sie sah an ihrem weißen Waschkleidchen herab, das sehr an Frische eingebüßt hatte, und strich es glatt.

»Ach, so was geniert große Geister nicht. Ich behalte das Kopftuch auf, das schützt fein gegen die Sonne, und das Kleid ist noch ganz sauber. Deine gestrenge Frau

Mama wird allerdings die Nase rümpfen über meinen Anzug und ihn ›unglaublich‹ finden. Aber das tut nichts. Es ist nicht das erstemal, und ich bringe sie einfach zum Lachen, dann ist alles wieder gut. Also mach schnell! Ich freu mich schon auf den gemeinsamen Ritt.«

Heinz eilte davon und kam nach kurzer Zeit auf Hildes Pony zurück. Er saß nach Damenart in dem zierlichen Sattel und machte graziöse Verbeugungen wie eine Kunstreiterin, als er vor Hilde hielt.

Sie lachte laut auf.

»Ach du, sieht das komisch aus, wenn ein Herr im Damensattel reitet! Aber nun vorwärts! Es ist doch alles gutgegangen?«

»Klar, kein Mensch, außer dem Stallknecht und dem alten Heinrich, hat mich gesehen. Dem letzteren habe ich die Bestellung für deinen Vater übergeben.«

»Das ist gut. Heinrich ist mir sehr ergeben, der wird schon Papa die Nachricht mundgerecht servieren, daß ich über alle Berge bin.«

Heinz half ihr in den Sattel und bestieg dann selbst sein Pferd.

Dann stürmten sie dahin. Unter Lachen und Scherzen ging es vorwärts. In seelenvergnügter Stimmung langten sie in Waldeck an.

Frau von Ribnitz befand sich in ihrem Arbeitszimmer. Auf der Terrasse saß Rosemarie im Sonnenschein. Sie hielt ein Buch in den Händen, in dem sie aber nicht las. Ihr Blick schweifte träumend darüber hinweg ins Weite.

Als sie Heinz und Hilde hörte, stand sie auf und ging ihnen bis zur Freitreppe entgegen. Lächelnd betrachtete sie Hilde.

»Willkommen, Wildfang! Wie siehst du denn aus?«

Hilde sprang lachend vom Pferd.

»Schauerlich, was? Ich komme direkt von der Heuernte, Rosemarie, wo ich mich kolossal nützlich gemacht habe. Außerdem — aber dies bleibt entre nous — bin ich durchgebrannt. Das darfst du Tante Herta aber nicht verraten, sonst schickt sie mich postwendend zurück zu den heimischen Gefilden.«

»Ich verrate nichts, Hilde — aber ich bewundere deinen Mut.«

Hilde umarmte Rosemarie herzlich.

»Ja, du armes Herz, den könntest du recht gut gebrauchen. Weißt du, Rosemarie, eigentlich bin ich nur gekommen, um dir einen herzhaften Kuß zu geben: da hast du ihn.«

Heinz fand, daß Hilde immer alle Welt küßte, nur ihn nicht. Und ich bin doch eigentlich der Nächste dazu, dachte er neidisch.

»Und wofür bekam ich diesen Kuß?« fragte Rosemarie lächelnd.

»Heinz hat mir erzählt, daß du ihm eine Zulage zugesichert hast und ihm helfen willst. Das ist riesig nett von dir. Ich hab's übrigens im voraus gewußt.«

»Es freut mich, daß du eine so gute Meinung von mir hast.«

»Du allerbeste, liebste Rosemarie. Wo ist denn Tante Herta?«

»Sie ist noch beschäftigt.«

»Oh, fein, dann können wir noch ein bißchen ulken und Unsinn treiben, ehe sie kommt. Und vielleicht kannst du mir zu einer anständigen Zopfschleife verhelfen. Ich habe sie beim Reiten verloren. Da, sieh mal, wenn das Tante Herta sieht, gibt's einen Wischer.«

Sie hielt das mit Bindfaden umwickelte Zopfende vor Rosemaries Augen. Die mußte lachen.

»Oh, schlimm! Wie sieht das aus? Komm schnell mit in mein Zimmer. Ich flechte dir den Zopf frisch und binde dir ein Haarband ein.«

»Ich sag' es ja, du bist ein feiner Mensch, Rosemarie. Nachher gibt es doch was zu essen? Ich habe grauenhaften Hunger. Bitte, laß ein bißchen was Positives zum Tee kommen.«

Rosemarie wandte sich zu ihrem Vetter.

»Heinz, das kannst du inzwischen in der Küche bestellen, belegte Schnitten und Hildes Lieblingskuchen!«

»Hm! Fein! Und nicht zu wenig, Heinz!« ermahnte Hilde vergnügt.

»Ja, ja, aber bleibt nicht zu lange oben«, erwiderte Heinz.

»Nein, wir beeilen uns.«

Zehn Minuten später saß Hilde mit Rosemarie und Heinz auf der Terrasse. Ihr Zopf war frisch geflochten und mit einer prächtigen Schleife verziert. Hilde sorgte für heiterste Stimmung, und als nach einer halben Stunde Frau von Ribnitz erschien, scholl ihr ein frisches Lachtrio entgegen.

»Dacht' ich's doch, daß der Steinauer Wildfang diese Heiterkeit ausgelöst hat. Guten Tag, Hilde. Und o Wunder! Ein glatt geflochtener Zopf. Das ist ja ein seltener und erfreulicher Anblick«, neckte sie liebenswürdig und zufrieden, daß Rosemarie heiter war.

Hilde war aufgesprungen und machte einen artigen Knicks.

»Ach, Tante Herta, du tust, als käme das nur alle hundert Jahre einmal vor. Nun bin ich aber froh, daß du kommst, wir haben mit dem Tee auf dich gewartet.«

»So, so! Dann will ich nur gleich Anordnung geben, daß er serviert wird.«

Hildes Plappermäulchen ging wie ein Mühlenrad, und sie war in ihrer unbekümmerten Frische so drollig, daß selbst Frau von Ribnitz über sie lachen mußte.

Und dabei schmauste sie mit Behagen von den guten Sachen, die Heinz für sie in der Küche bestellt hatte.

Heinz selbst aß wenig und war ein wenig ernster als sonst. Er dachte an die Kämpfe, die ihm bevorstanden, und an das, was an der Waldecker Brücke geschehen war. Er kam sich ganz richtig heimlich verlobt vor und wie ein mit Würde und Bürde beladener Mann, der ernsthaft in die Zukunft blicken mußte.

10

Rosemarie war in einer seltsam unruhigen und erwartungsvollen Stimmung, seit Henner von Teklenburg in Waldeck gewesen war. Sie mußte immerfort an ihn denken. Und zugleich dachte sie an das, was Tante Herta ihr gesagt hatte. Es war ein drängendes, treibendes Gefühl in ihr, als müsse sie sich jetzt um jeden Preis freimachen von dem Zwang, den Tante Herta bisher stets auf sie ausgeübt hatte.

Daß die Tante sehr ärgerlich war, weil sie Henner so eigenmächtig zum Wiederkommen aufgefordert hatte, merkte sie wohl. Aber zum ersten Mal regte sich bei ihr ein leises Trotzgefühl. Schließlich bin ich doch die Herrin von Waldeck und habe darüber zu bestimmen, wen ich in meinem Hause sehen will, dachte sie.

Bisher war ihr niemals eingefallen, darauf zu pochen. Wie selbstverständlich hatte sie Tante Herta als Herrin in ihrem Reich schalten und walten lassen. Aber nun kam eine Art Herrschergelüst über sie und erfüllte sie mit Auflehnung.

Wenn sie eine Ahnung gehabt hätte, wie es in Tante Herta aussah nach Henners Besuch!

In Frau von Ribnitz' Seele empörte sich alles gegen den jungen Freiherrn. Sie war außer sich vor Zorn über die Unklugheit Herrn von Steinaus, ihr diesen »Abenteurer« ins Haus gebracht zu haben.

Am übernächsten Tag nach Henners Besuch traf Frau von Ribnitz mit Herrn von Steinau auf dem Feld zusammen. Sie machte ihm gegenüber ihrem Zorn Luft und überhäufte ihn gereizt mit Vorwürfen.

Jobst von Steinau hatte ruhig alles über sich ergehen lassen. Jetzt aber fuhr er auf.

»Oho, meine verehrte Freundin. Sie sind zu hart und zu schroff. Herr von Teklenburg ist ein durchaus ehrenhafter Mann, wenn er auch in den letzten Jahren ein bißchen über die Schnur gehauen hat. Das machen wir alle einmal durch, der eine früher, der andere später. Und wer fühlt sich so ohne Schuld, daß er hier einen Stein aufheben möchte? Wir sind allzumal Sünder, und so ein junges Blut hat sich nicht so in der Gewalt wie reife, abgeklärte Menschen. Und wenn er nun wirklich, was Ihre schlimmste Befürchtung ist, sich um Rosemaries Hand bewerben wollte — das wäre doch kein Malheur.«

Sie wurde vor Zorn und Erregung ganz bleich.

»Sie wissen doch, daß Rosemarie nicht heiraten darf«, stieß sie heiser hervor.

»Ach, Unsinn! Bitte, verzeihen Sie dieses harte Wort, verehrte gnädige Frau, aber es ist ein Unsinn. Sie verbeißen sich in Ihre Angst und Sorge um das Kind so vollständig, daß Sie all Ihre sonstige Klarheit und Ruhe verlieren. Ich bin, wie alle außer Ihnen, fest überzeugt, daß

Rosemarie ruhig heiraten kann, wenn sie ihr Herz dazu treibt. Verstehen Sie denn nicht, was es für eine Grausamkeit ist, das arme Kind auf eine vage Befürchtung hin von allen Lebensfreuden abzuschließen? Ich kann Ihnen den Vorwurf nicht ersparen, daß Sie Rosemarie in Angst und Unruhe versetzt haben, weil Sie ihr sagten, daß sie jung sterben müsse, wenn sie heiratet. Ich war zu Tode erschrocken, als mir das Rosemarie neulich anvertraute. Wie konnten Sie es nur übers Herz bringen, dem armen Kind eine so trostlose Eröffnung zu machen? Ich verstehe Sie wirklich nicht, verehrte Freundin, und ich muß mir das von der Seele sprechen.«

Der alte Herr sagte das, ganz in Harnisch gebracht.

Herta von Ribnitz biß die Zähne fest zusammen. Einesteils erschrak sie vor diesem ziemlich schroffen Protest des sonst so gemütlichen alten Herrn, und andernteils ärgerte sie sich darüber. Sie hatte Mühe, ihre Selbstbeherrschung nicht zu verlieren.

»Das mußte Rosemarie wissen. Es war meine Pflicht und Schuldigkeit, sie auf die ihr drohende Gefahr hinzuweisen. Es ist doch besser, sie weiß es von vornherein. So kann sie auf der Hut sein und weiß, woran sie ist«, sagte sie trotz ihrer Aufregung mit großer Entschiedenheit.

»Ach so — Sie meinen, das Herz fragt in solch einem Fall, ob es lieben darf oder nicht? Aber — das wissen wir doch beide besser. Gegen Liebe ist kein Kraut gewachsen.«

»Was wissen Sie, wie ich mich um das geliebte Kind bange! Und nur um sie vor einer Herzenskrise zu bewahren, deshalb bin ich so vorsichtig im Verkehr mit anderen Menschen, deshalb halte ich sie von allem zurück, was ihr schaden könnte. Und nun sehen Sie wohl ein, lieber Freund, daß es eine Torheit von Ihnen war, Henner von Teklenburg nach Waldeck zu bringen. Er ist ein hübscher und interessanter Mensch, und was hinter ihm liegt, gibt ihm in den Augen eines unerfahrenen jungen Mädchens einen gefährlichen Nimbus. Es ist nicht auszudenken, was daraus entstehen kann, und ich bin außer mir vor Sorge und bitte Sie dringend, dem jungen Mann wenigstens begreiflich zu machen, daß es ein Verbrechen wäre, Rosemaries Herzensruhe zu gefährden.«

Herr von Steinau sah ein wenig unbehaglich in das erregte, zornige Gesicht der sonst so ruhigen und beherrschten Frau. Wenn sie eine Ahnung hätte, wie er zu der ganzen Angelegenheit stand!

Er sagte sich jedoch, daß es zwecklos sei, über diesen Punkt mit ihr zu streiten. Sie hatte sich — so meinte er — nun einmal in die Idee verrannt, daß eine Ehe Rosemarie in Gefahr bringen würde. Er war anderer Ansicht und fand es grausam, die junge Dame von einer Verheiratung gewissermaßen durch Absperrung zurückzuhalten. Nun, er hatte das Seine getan, und der liebe Gott würde weiterhelfen.

In seiner Gutmütigkeit suchte er Frau von Ribnitz zu beruhigen. Er hatte seinem Zorn über ihre scheinbare Unvernunft Luft gemacht, und dieser war nun schon wieder verflogen. So sagte er zuredend:

»Nun machen Sie sich nur nicht unnötige Unruhe, verehrte Freundin. Lassen Sie den lieben Gott auch ein bißchen sorgen. Er wird wissen, was für Rosemarie gut ist. Sie machen nur sich und ihr das Leben schwer mit Ihrer Angst.«

Frau von Ribnitz preßte den Mund herb zusammen. »Gut, lassen wir das Thema fallen. Ich sehe, wir verstehen uns nicht mehr in diesem Punkt. Bisher fühlte ich mich eins mit Ihnen in meiner Sorge um das geliebte

Kind. Es ist ja aber schließlich auch nicht von Ihnen zu verlangen, daß Ihnen Rosemarie so ans Herz gewachsen ist wie mir.«

»Oho. Auf eine gewisse Gleichgültigkeit gegen Rosemaries Geschick, die Sie mir mit Ihren Worten unterlegen, dürfen Sie bei mir vergeblich fahnden. Ich habe das Kind auch von Herzen lieb, und ihr Wohl ist mir wichtig, wie das meiner eigenen Kinder, das weiß Gott. Der Unterschied zwischen uns beiden ist nur der, daß Sie Rosemarie vor allen Erregungen behüten wollen — auch vor der eines Herzensglücks —, und daß ich gerade in einer glücklichen Neigung einen großen Heilfaktor der Natur sehe, wenn ein solcher überhaupt nötig ist. Sie sagen freilich, der Berliner Arzt will den leisen Beginn eines schlimmen Leidens konstatiert haben, und daß dieser Arzt eine Verheiratung für gefährlich hält. Aber haben sich nicht schon die besten Ärzte aller Zeiten geirrt? Sie sind doch auch nur Menschen.«

Ungeduldig zuckte Frau von Ribnitz mit den Schultern, und ein fast verächtlicher Zug lag um ihren Mund. »Da urteilen Sie von Ihrem Standpunkt als Mann aus. Für uns Frauen ist die Ehe durchaus nicht das helle, sonnige Glück, als das man sie uns immer hinstellt in rosenroter Beleuchtung. Ich weiß aus Erfahrung, was von diesem rosenroten Glück übrigbleibt, wenn wir alle Enttäuschungen hinter uns haben, die uns nicht erspart bleiben.«

Das war wirklich Frau von Ribnitz' Überzeugung.

Jobst von Steinau wußte, daß Herta eine unglückliche Ehe geführt hatte, und rechnete ihr in diesem Punkt viel zugute.

»Na ja, verehrte Freundin. Sie urteilen von Ihrem Standpunkt aus, und ich verteidige den meinen. Ich habe in meiner leider nur zu kurzen Ehe ein volles Glück gefunden und sehe ein solches Glück auch bei meiner Tochter täglich vor Augen. Sie aber haben traurige Erfahrungen gesammelt. Deshalb muß es aber Rosemarie nicht auch so schlimm ergehen. Und gesetzt den Fall, sie würde ihr Herz an Henner von Teklenburg verlieren, so glaube ich sicher, daß dieser ihr keine schlimmen Erfahrungen bereiten würde, denn er hat ausgetobt, sieht das Leben jetzt mit ernsten Augen an und wäre ein solider Ehemann. Ich sähe wirklich kein Unglück darin, wenn aus ihm und Rosemarie ein Paar würde.«

»Aber ich — ein großes Unglück! Und auf Ihr Haupt die Folgen, Herr von Steinau, wenn Sie eine solche Verbindung gutheißen und unterstützen«, rief sie in leidenschaftlicher Heftigkeit.

Jobst von Steinau hob begütigend die Hand. »Nun, nun, erregen Sie sich nicht schon vorher. Wer weiß denn, wie alles kommt. Sie haben das Ihre getan in großer Pflichttreue, das muß Ihnen auf jeden Fall eine Beruhigung sein. Und nun denke ich, wir wechseln dies aufregende Thema und sprechen gemütlich von anderen Dingen. Wir erhitzen uns vorläufig ohne Grund.«

Sie seufzte tief auf. »Leider sind wir geteilter Ansicht. Bisher hatte ich in Ihnen immer einen treuen Freund und Helfer«, sagte sie mit einem Appell an seine Ritterlichkeit.

Er lachte gemütlich.

»Na, den sollen Sie auch in Zukunft an mir haben, Sie und Rosemarie, wenn ich Sie auch mal ein bißchen gegen Ihren Willen von einem Sorgenpäckchen befreien möchte. Und außerdem sollte es Ihnen doch wohl guttun, wenn eines Tages wieder ein tatkräftiger Mann an der Spitze von Waldeck stehen und Sie entlasten würde.«

Herta von Ribnitz preßte die Lippen zusammen. Am liebsten hätte sie dem ahnungslosen Mann ein wütendes »Idiot« entgegengeschrien. Aber sie bezähmte sich. Er durfte ja nicht ahnen, daß sie sich um keinen Preis das Zepter von Waldeck aus den Händen winden lassen wollte, um es für ihren Sohn zu verwahren.

Henner von Teklenburg war wiederholt in Waldeck und in Steinau gewesen. In Steinau wurde er stets auf das wärmste und herzlichste empfangen. Baron Haller hatte Freundschaft mit ihm geschlossen, seine Gattin bemutterte Henner ein wenig in ihrer fraulich gütigen Weise. Hilde stand auf einem schneidigen Neckton mit ihm und schwärmte ein wenig für ihn, obwohl sie doch »heimlich mit Heinz versprochen« war. Und Jobst von Steinau hatte Henner unter seine liebsten Menschen gereiht und kam ihm in väterlicher Herzlichkeit und Freundschaft entgegen.

Bei alledem war Henner ganz eigen zumute. Die bittere, hauptsächlich gegen sich selbst gerichtete feindliche Stimmung wollte in Steinau nicht standhalten. Da verlor sie sich in einem weichen, sehnsüchtigen Gefühl nach einem friedlichen Glück, wie er es hier vor sich sah.

Ob ihm Rosemarie von Waldeck solch ein Glück bereiten konnte? Das fragte er sich oft. Er liebte sie nicht. Die Liebe, der er in früheren Jahren wohl als Ideal nachgestrebt und die er auch einst für Alice von Sternfeld empfunden hatte, glaubte er nie mehr fühlen zu können. Rosemarie konnte solch ein Gefühl schon deshalb nicht auslösen in seiner Brust, weil ihr Äußeres so wenig seinem Geschmack entsprach. Aber trotzdem waren ihm ihre weiche, sanfte Art und ihre seelische Reife und Tiefe sehr sympathisch. Er hätte gern öfter mit ihr geplaudert. Aber dazu kam es nur selten. Wenn er in Waldeck war, wich Herta von Ribnitz nicht von ihrer Seite. Und ihn behandelte sie so kühl abweisend, fast verletzend, daß er allen Trotz nötig hatte, sich nicht vertreiben zu lassen.

Zuweilen aber traf er mit Rosemarie in Steinau zusammen. Und da konnte er einige Male ein kurzes Alleinsein mit ihr herbeiführen und eingehender mit ihr plaudern. Sie war dann sehr lieb und herzlich zu ihm und fand immer die rechten Worte, ihn aufzumuntern. Dabei mußte er wieder und wieder ihre schlichte, anspruchslose Art und ihre große Herzensgüte bewundern. Zugleich weckte die stille Resignation ihres Wesens immer wieder sein wärmstes Mitleid und den Wunsch, ihr helfen zu können. Wie treue, gute Freunde verkehrten sie zusammen. Und bald fand er heraus, daß sie lebhafter und angeregter war, wenn er mit ihr sprach, als sonst.

Sobald freilich Frau von Ribnitz in der Nähe war, erlosch der Glanz in ihren schönen, grauen Augen, und sie wurde still und zurückhaltend.

Als Frau von Ribnitz merkte, daß die Steinauer den Verkehr Rosemaries mit dem jungen Freiherrn begünstigten, schränkte sie ihre Besuche in Steinau mehr und mehr ein. Und sie ließ die junge Dame nie mehr allein nach Steinau fahren. Klug wußte sie es einzurichten, daß Rosemarie zu verschiedenen Tageszeiten nach Steinau fuhr, so daß Henner nicht wissen konnte, wann er sie dort traf. Und in Waldeck konnte er kein Wort mit Rosemarie sprechen, was Herta nicht gehört hätte.

Henner merkte nur zu gut das Bestreben, ihn von Rosemarie zurückzuhalten — aber gerade das reizte ihn mehr, als es ein großes Entgegenkommen getan hätte. Zuweilen empfing ihn Frau von Ribnitz in Waldeck allein und ließ ihre Nichte gar nicht von seiner Anwesenheit benachrichtigen.

Kam Rosemarie einmal zufällig dazu, dann betonte Frau von Ribnitz immer, daß sie sehr leidend aussähe und sich schonen müsse. Sie umgab Rosemarie mit scheinbar ängstlicher Fürsorge und trieb mit versteckten und deutlichen Winken Henner förmlich aus dem Haus.

Das führte Henner jedoch nur schneller zu einer Entscheidung.

Da er schließlich kein Wort mehr mit Rosemarie allein reden konnte, mußte er darauf verzichten, sich erst mit ihr zu verständigen und beschloß, seine Werbung gleich in aller Form bei Frau von Ribnitz anzubringen und daranschließend eine Unterredung mit Rosemarie zu fordern.

Es blieb ihm kein anderer Ausweg. Vergeblich hatte er tagelang Rosemarie am Fluß aufgelauert. Aber sie schien das Rudern aus irgendeinem Grund aufgegeben zu haben. Daß es Rosemarie aus mädchenhafter Scheu unterließ, um ihm nicht allein zu begegnen, ahnte er nicht.

Heinz von Ribnitz war wieder abgereist. Jobst von Steinau hatte jedoch über dessen Wunsch, Offizier zu werden, noch nicht mit seiner Mutter gesprochen. Er sagte sich, daß sich diese Angelegenheit viel leichter regeln lassen würde, wenn Rosemarie Henners Bewerbung angenommen hatte. Daß sie Henner von Teklenburg liebte, erkannte der alte Herr aus vielen kleinen Anzeichen. Er merkte auch, daß in Rosemarie eine revolutionäre Stimmung gärte und zweifelte nicht, daß Henner Rosemaries Jawort erhalten würde. Deshalb verschob er es, mit Frau von Ribnitz über Heinz zu reden.

Hilde wartete jedoch im Interesse von Heinz ungeduldig, daß der Vater mit dessen Mutter sprach, und eines Tages, als sie mit ihm allein war, fragte sie ihn unumwunden:

»Wann sagst du eigentlich Tante Herta, daß Heinz Offizier werden will, lieber Papa?«

Er blickte sie erstaunt an. »Nanu, Wildfang, was weißt denn du von dieser Männersache?«

Hilde legte die Hände auf den Rücken und sah ihn fast mitleidig an. »Gott, Papa, als ob es etwas gäbe, was mir Heinz nicht anvertraute, so wie wir miteinander stehen. Was er weiß, weiß ich auch.«

»So? Ist das sicher?«

»Hm! Todsicher. Ich weiß auch, daß ihm Rosemarie die nötige Zulage geben wird, wenn er Offizier wird.«

»Na — dann kennst du dich besser aus als ich. Davon wußte ich nichts. Hat er denn mit Rosemarie davon gesprochen?«

»Jawohl — auf meinen Rat. Er muß doch Hilfstruppen werben, denn ich denke mir, mit Tante Herta habt ihr kein leichtes Spiel.«

Jobst von Steinau lachte amüsiert über Hildes Ton und gab ihr einen kleinen Nasenstüber. »Das denke ich mir auch. Aber wenn wir dich auf unserer Seite haben, muß es ja klappen«, neckte er.

»Papa, sag das nur nicht in einem so spöttischen Ton, als wäre ich ein Baby. Ihr nehmt mich leider alle nicht ernst — nur Heinz. Der weiß aber auch, daß ich sehr verständig sein kann und ganz vernünftige Einfälle habe — wenn ich nur will. Und wer mich ernst nimmt, der kann sich auf mich verlassen, das kann ich dir sagen. Ich bin kein dummes Kind mehr.«

Der Vater unterdrückte ein Lachen. »Nein?« fragte er mit angenommenem Ernst.

»Nein, Papa! Überhaupt — wenn du nur eine Ahnung hättest!« orakelte Hilde mit einem tiefen Seufzer.

»Von was denn, Hilde?« fragte er, sie forschend betrachtend.

Wieder seufzte sie. »Ach, du lachst mich ja doch nur aus. Wie soll ich denn da den Mut finden, mich dir anzuvertrauen, wie ich möchte. Ich trage ein Geheimnis mit mir herum, daß du es nur weißt. Und ich möchte es dir so gern sagen. Aber wenn du mich dann auslachtest, dann könnte ich nie mehr Vertrauen zu dir haben.«

Jobst von Steinau hörte aus seines Kindes Worten einen Unterton heraus, der ihn stutzen ließ. Er zog Hilde zwischen seine Knie und streichelte ihr blondes Kraushaar. Etwas in ihrem Wesen rührte ihn wider Willen. »Also — ich werde ganz ernsthaft sein, Hilde, darauf gebe ich dir mein Wort. Wenn du mir etwas Ernsthaftes sagen willst, werde ich doch nicht lachen. Nun vertraue mir nur ruhig dein Geheimnis an.«

Sie legte zutraulich ihre Arme um seinen Hals.

»Gib mir aber dein Ehrenwort, daß es unter uns bleibt.«

»Gut, ich gebe dir mein Ehrenwort.«

Sie atmete tief auf. »Also — ich habe Heinz versprochen, daß ich seine Frau werde, wenn er erst Offizier ist.«

Es zuckte verräterisch unter des Vaters Bartspitzen. Aber er beherrschte sich. Und zugleich überkam ihn bei ihrem heiligen Ernst eine tiefe Rührung.

»So — das hast du ihm versprochen?« sagte er ernsthaft.

»Ja, Papa.«

»Wann denn?«

»Zwei Tage vor seiner Abreise, als ich mit ihm nach Waldeck ritt.«

»Hatte er es denn so eilig, das Versprechen von dir zu fordern?«

»Natürlich, wo er doch so in Unruhe abreisen mußte wegen seiner Zukunft. Da mußte er doch wenigstens einen Trost haben.«

Wieder zuckte es leise um seinen Mund und er dachte bei sich: So ein Schlingel!

Aber er wußte nun auch, daß er sich Hildes Vertrauen um keinen Preis verscherzen durfte. Aus dieser Kinderei konnte eines Tages Ernst werden. Und so ein junges Herz ist leicht verschüchtert und sucht dann falsche Wege. Da Hilde keine Mutter hatte, an die sie sich in dieser Angelegenheit wenden konnte, mußte er doppelt zart und achtsam sein.

»Na ja, Maus«, sagte er ernsthaft und bedächtig, »das ist alles gut und schön. Aber hast du dich da nicht ein bißchen früh gebunden? Wenn du dir das nun noch anders überlegst? Es dauert doch noch sehr lange, bis es soweit ist, daß du dies Versprechen einlösen mußt.«

»Schadet nichts, Papa — und wenn es noch hundert Jahre dauert. Was ich versprochen habe, das halte ich auch. Ich habe Heinz gesagt, daß wir von der ganzen Angelegenheit nicht mehr sprechen wollen, bis es soweit ist, und darauf hat er mir die Hand gegeben. Und damit ist die Sache erledigt. Ich wollte erst niemand was davon sagen — weil ich dachte, daß du mich auslachtest und es doch eine so ernste Sache ist. Aber es war mir ein so dummes, ängstliches Gefühl, daß ich etwas vor dir verbergen sollte. Scheußlich, sag ich dir! Und nun bin ich froh, daß du davon weißt. Nicht wahr, du hast auch nichts dagegen, daß ich später Heinzes Frau werde?«

Jobst von Steinau küßte sein Kind auf die unschuldsvollen, gläubigen Augen und streichelte gerührt das blonde

Haar. »Wenn du in fünf, sechs Jahren deine Meinung nicht geändert hast und Heinz auch nicht, dann werde ich sicher nichts dagegen haben.«

Hilde küßte ihn befriedigt. »I wo, Papa, wir sind doch keine Wetterfahnen. Und nun sprichst du bald mit Tante Herta über Heinz, ja?«

»Sobald der geeignete Zeitpunkt gekommen ist, Hilde. Du mußt nicht drängen, ich werde Heinz schon helfen.«

Innig schmiegte sie sich an ihn. »Bist doch mein liebster, bester Freund, Papa!«

»Das will ich immer sein, mein Kind. Und du sollst mir immer alles ohne Scheu anvertrauen, was dich bewegt.«

»Das will ich gewiß. Und ich will dir nun auch ganz freiwillig versprechen, daß ich fleißig lernen will bei Mademoiselle.«

»Das soll mich freuen, Hilde. Und nun laß mich allein, ich habe noch zu arbeiten.«

Sie umarmte ihn nochmals und lief dann hinaus.

Gleich darauf sah sie der Vater draußen übermütig mit Hansi über den Rasenplatz tollen. Lächelnd sah er ihr eine Weile zu.

Noch ist sie ein Kind! Aber aus Kindern werden Leute. Und man muß achtsam sein mit jungen Herzen, dachte er.

Sorge machte ihm Hildes Geständnis nicht. Es ging noch manches Jahr dahin, bis er über diese Frage ernsthaft entscheiden mußte, und außer den Ferien war Heinz nicht in Waldeck. Gott sei Dank trug Hilde an ihrem »Geheimnis« nicht schwer, es trübte ihre Jugendlust nicht. Das bewiesen ihm in nächster Zeit eine Anzahl lustiger Streiche seiner Jüngsten.

11

Es war ein klarer und verhältnismäßig frischer Julitag. Über Nacht war ein Gewitter niedergegangen und hatte die Temperatur bedeutend abgekühlt. Henner von Teklenburg saß in seinem Arbeitszimmer. Vor ihm lagen die Pläne, die damals der Architekt angefertigt hatte. Kulitz hatte sie aus der Truhe hervorgeholt und sie auf den Schreibtisch gelegt.

Henner vertiefte sich in diese Zeichnungen. Und im Geist sah er Schloß Teklenburg nach diesen Plänen und Entwürfen renoviert und eingerichtet vor sich.

Schon seit einigen Tagen war er im ganzen Schloß herumgegangen und hatte Decken und Wände untersucht. Er hatte festgestellt, daß überall neue Tapeten nötig waren, und an verschiedenen Stellen mußten die Stuckgesimse repariert werden. Die schönen alten Parkettfußböden brauchten nur eine gründliche Reinigung und frisches Wachs.

Seufzend schob er nach einer Weile die Pläne zurück. Wie er sich schon in allerlei Phantasiegebilde verlor, obwohl er noch gar nicht wußte, ob Rosemarie seine Werbung annehmen würde.

Daß Frau von Ribnitz das ihre getan haben würde, Rosemarie gegen ihn einzunehmen, glaubte er sicher. Die junge Dame war in letzter Zeit oft sehr still und zurückhaltend, wenn er zugegen war, und kam ihm nicht mehr mit der alten, warmen Herzlichkeit entgegen. Das konnte allerdings auch daran liegen, daß sie sich im Beisein der Tante verschlossener zeigte. So erklärte es ihm wenigstens Herr von Steinau. Jedenfalls war sich Henner darüber klar, daß Herta von Ribnitz, je länger er zögerte, desto mehr gegen ihn intrigieren würde.

Abwarten und geduldig ausharren war nie Henners Sache gewesen. Und heute packte ihn die Ungeduld mit doppelter Macht. Er sprang plötzlich auf und sah auf die Uhr.

Wer wollte ihn hindern, sich jetzt gleich Gewißheit zu verschaffen? In einer Stunde konnte er in Waldeck sein, wenn er sich sofort umkleidete. Dann kam er gerade noch recht zur offiziellen Besuchsstunde.

Kulitz mußte ihm schnell in den feierlichen Besuchsdreß hineinhelfen, und in kurzer Zeit war er fertig. Da ihm kein Wagen zur Verfügung stand und er nicht viel Zeit hatte, gebot er Kulitz, ihn in dem alten verwitterten Boot nach Waldeck zu rudern.

Als er dann in seinem eleganten Anzug in dem alten Kahn saß, überkam ihn wieder die grimmigste Selbstironie. Ein herrliches Fahrzeug zu einer Freiersfahrt. Und der Freier selbst?

Starr und verbissen blickte er vor sich hin. Er schrak erst auf aus seinem Brüten, als Kulitz, auf den Bootssteg am Waldecker Park deutend, fragte, ob er hier anlegen sollte.

Henner schüttelte den Kopf. »Nein, rudern Sie am Park vorbei — hier habe ich kein Recht, einzudringen. Ich muß dort unten das Parktor passieren«, sagte er aufatmend.

Da ruderte Kulitz noch eine Strecke weiter, bis ihm Henner Halt gebot. An einer flachen Stelle des Ufers stieg er aus.

Kulitz sah seinen Herrn besorgt an. Heute gefiel er ihm gar nicht. Sein Gesicht zeigte wieder den verbissenen, selbstverachtenden Ausdruck.

»Soll ich den gnädigen Herrn hier erwarten?« fragte er.

»Nein, rudern Sie nach Hause zurück, Kulitz«, antwortete Henner mit rauher Stimme und ging grüßend davon.

Schnell, mit festen Schritten, ging er auf das Waldecker Parktor zu. Nochmals nach seiner Uhr sehend, merkte er, daß er zur rechten Zeit kam.

Jetzt richtete er sich straff empor, und seine stahlblauen Augen blitzten energisch auf. In einer halben Stunde war sein Geschick entschieden, und wie es auch kam — er hatte wenigstens Gewißheit.

Am Parktor wurde ihm aufgetan, und er schritt auf dem breiten, kiesbestreuten Weg zum Herrenhaus hinüber. Es lag ganz still da, kein Mensch war zu sehen. Vergeblich schweifte Henners Blick suchend umher. Er hätte es für ein günstiges Omen gehalten, wenn er jetzt Rosemarie begegnet wäre. Dann hätte er sie doch um eine Unterredung bitten und ihr zuerst seine Werbung vorbringen können.

Aber er begegnete keinem Menschen. So gelangte er in die große Vorhalle des Herrenhauses. Dort saß ein Diener im Halbschlaf in einem Winkel.

Erschrocken sprang er auf, als sich Henner räusperte, um sich bemerkbar zu machen.

»Sind die Damen zu Hause?« fragte Henner.

»Sehr wohl, gnädiger Herr.«

»Dann melden Sie mich, bitte — der gnädigen Frau und auch dem gnädigen Fräulein.«

»Sehr wohl, gnädiger Herr.«

Der Diener verschwand. Aber er meldete den Besuch nur Frau von Ribnitz, die sich in ihrem Arbeitszimmer befand. Diese wurde von der gesamten Dienerschaft als die wirkliche Herrin von Waldeck respektiert, und nichts geschah gegen ihren Willen. So hatte sie auch Befehl gegeben, alle Besuche zuerst ihr zu melden. Man wußte, daß das gnädige Fräulein nicht ohne weiteres behelligt werden durfte.

Als der Diener Herrn von Teklenburg meldete, sah Herta von Ribnitz von ihren Büchern, in denen sie gearbeitet hatte, auf. »Führen Sie Herrn von Teklenburg in den kleinen blauen Salon. Wo befindet sich das gnädige Fräulein?«

»In ihren Zimmern. Herr von Teklenburg wünschte, auch dem gnädigen Fräulein gemeldet zu werden. Befehlen gnädige Frau, daß ich das tue?« fragte der Diener devot.

»Nein. Das gnädige Fräulein ist leidend und darf auf keinen Fall gestört werden. Also in den blauen Salon, ich komme sogleich.«

Der Diener verschwand.

Viel lieber hätte Herta von Ribnitz den jungen Freiherrn abgewiesen, aber das wagte sie doch nicht. Rosemarie hätte es erfahren können, und ihr Widerspruchsgeist war jetzt so leicht entflammt.

Henner von Teklenburg hatte kaum den blauen Salon betreten, als durch eine andere Tür Herta von Ribnitz eintrat. Sie trug ein schlichtes, schwarzes Seidenkleid, das aber tadellos elegant und kleidsam war. Wie immer sah sie sehr hübsch und stattlich aus. Und ihre Haltung war stolz und doch nicht ohne weibliche Anmut.

Mit einem scharfen Blick konstatierte sie sofort das Feierliche, Besondere in seiner Haltung und seinem Äußeren. Nachdem sie sich höflich begrüßt hatten, sagte sie hastig:

»Ich bin leider heute sehr beschäftigt, Herr von Teklenburg, wollte Sie aber nicht abweisen lassen. Was verschafft mir die Ehre Ihres Besuches?«

Das soll heißen: Fasse dich möglichst kurz und verschwinde so schnell wie möglich wieder, dachte Henner bei sich.

Aber er war entschlossen, sich trotzdem in seinem Vorhaben nicht beirren zu lassen. Ruhig sah er sie an.

»Verehrte, gnädige Frau, ich brauche Ihre kostbare Zeit nicht lange in Anspruch zu nehmen. Mein Besuch gilt heute in der Hauptsache Fräulein von Waldeck, und ich bitte ergebenst, mir eine Unterredung mit dem gnädigen Fräulein zu gestatten in einer ernsten und mir sehr wichtigen Angelegenheit.«

Frau von Ribnitz richtete sich jäh empor, und in ihren Augen blitzte es kriegerisch und feindlich auf. Henner merkte sehr wohl, daß sie auffallend bleich wurde. Das machte ihn sehr ruhig — er wußte jetzt, mit dieser Frau gab es einen Kampf zu bestehen. Und er war darauf gefaßt.

»Ich bedauere sehr, Ihre Bitte nicht erfüllen zu können, Herr von Teklenburg. Sie wissen, daß meine Nichte leidend ist. Es ist meine Pflicht, ihr um jeden Preis Ruhe und Schonung zu sichern. Wenn Sie mit meiner Nichte etwas Ernstes und Wichtiges zu besprechen haben, so muß ich Sie bitten, zuerst mir Ihr Anliegen klarzulegen, damit ich entscheiden kann, ob sie damit behelligt werden darf oder nicht«, sagte Frau von Ribnitz mit möglichster Ruhe.

Aber ihre zuckenden Lippen und die unstet flimmernden Augen straften diese Ruhe Lügen.

Henner ließ seine Augen nicht von ihrem Gesicht.

»Und würde es nicht genügen, wenn ich Fräulein von Waldeck in Ihrem Beisein, gnädige Frau, meine Angelegenheit vorbringen würde?«

»Nein — ich müßte vorher entscheiden, ob meiner Nichte eine schädliche Aufregung droht.«

Nun blitzte es auch in Henners Augen kampfbereit auf. »So will ich Ihnen mein Anliegen zuerst vorbringen und Ihnen mitteilen, daß ich gekommen bin, Fräulein von Waldeck um ihre Hand zu bitten«, sagte er klar und bestimmt.

Herta von Ribnitz hatte das kommen sehen. Aber nun es in Worte gefaßt war, zuckte sie doch zusammen und schloß einen Moment die Augen wie vor etwas Drohendem.

Aber sie faßte sich sogleich wieder mit Aufbietung aller Kraft. Ein eisiger, abweisender Ausdruck lag in ihren Augen, und um ihren Mund grub sich ein Zug fester Entschlossenheit.

»Diese Mühe können Sie sich sparen, Herr von Teklenburg, wie ich meiner Nichte um jeden Preis die Aufregung und die peinliche Situation ersparen werde, Ihnen einen Korb geben zu müssen. Meine Nichte ist so sensitiv, daß es sie schmerzen würde, Ihnen auf Ihren Antrag ein schroffes Nein sagen zu müssen. Ich kann mir ja denken«, fuhr sie mit entschiedenem Hohn in der Stimme fort, »daß es Ihnen sehr wünschenswert erschienen ist, sich die Hand der Erbin von Waldeck zu erringen. Aber vielleicht erinnern Sie sich, daß ich Ihnen wiederholt deutlich zu verstehen gab, daß meine Nichte überhaupt nicht heiraten wird, weil eine Ehe für sie einen frühen Tod bedeutet. Sie wissen doch ganz genau, daß meine Nichte krank ist. Danach fragen Sie aber wohl wenig. Ihnen kommt es natürlich in der Hauptsache darauf an, sich in den Besitz ihres Vermögens zu setzen und damit den Ruin von Ihrer eigenen Existenz abzuwehren. Ich habe gewußt, seit Sie zuerst wieder nach Waldeck kamen, daß es Sie gelüstete, die Hand nach der reichen Erbin auszustrecken. Und ich habe es nicht an zarten und deutlichen Winken fehlen lassen, Ihnen das Zwecklose Ihres Beginnens klarzumachen. Sie haben mich nicht verstehen wollen, und so muß ich Ihnen jetzt ohne Umschweife sagen, daß Ihr Antrag zwecklos ist.«

Henner blieb ganz ruhig. Kein Muskel in seinem Gesicht zuckte. Mit einer leichten Verneigung quittierte er ihre ziemlich dramatische Rede.

»Sie vergessen, meine gnädigste Frau, daß es hierbei nicht auf Ihre Meinung ankommt, sondern auf die von Fräulein Rosemarie von Waldeck, die ich« — hier hob sich seine Stimme etwas — »durchaus nicht für krank halte. Diese Ansicht teile ich noch mit anderen Menschen. Es ist meine feste Überzeugung, daß die junge Dame ganz gesund ist. Keinesfalls wird es ihr schaden, wenn ich ihr meine Werbung selbst vorbringe und sie selbst um ihre Entscheidung bitte.«

Frau von Ribnitz krampfte ihre Hände zusammen, um das Zittern derselben zu verbergen. Sie verfärbte sich jäh. »Ihre Überzeugung entspringt natürlich dem Wunsch, daß meine Nichte gesund genug sein möchte, um heiraten zu können«, sagte sie heiser und höhnisch, und doch ein wenig unsicher.

Das entging Henner keineswegs. »Pardon, meine Gnädigste — ich denke, von dem Wunsch sind alle Menschen beseelt, die Fräulein von Waldeck kennen — Sie doch sicher am meisten.«

Es lag ein geschärfter Klang in seinen Worten, und sein Blick ruhte fest und forschend auf ihrem erblaßten Antlitz.

»Das ist selbstverständlich«, stieß sie hastig hervor. »Ich umgebe meine Nichte mit aller erdenklichen Sorgfalt, um einen Ausbruch des Leidens zu verhindern, dessen Veranlagung sie von ihrer Mutter leider Gottes geerbt hat. Aber ich weiß leider auch zu genau, daß ihr jede Aufregung schadet, und daß an eine Ehe gar nicht zu denken ist. Es hat auch, wie ich Ihnen wiederhole, gar keinen Zweck, meine Nichte mit Ihrer Angelegenheit zu behelligen. Sie würde Ihnen, genau wie ich, einen entschieden abschlägigen Bescheid geben.«

»Sind Sie dessen so sicher, gnädige Frau?«

»Gewiß, ganz sicher.«

»Sie verweigern mir also unter jeder Bedingung eine Unterredung mit Fräulein von Waldeck?«

»Jawohl — ganz entschieden. Und nun darf ich wohl unsere Unterredung als beendet ansehen. Danach ist es wohl für Sie ebenso wünschenswert wie für uns, wenn Sie Waldeck in Zukunft meiden. Ich werde dafür sorgen, daß Ihnen meine Nichte nicht an anderer Stelle begegnet.«

Henner trat einen Schritt auf sie zu und sah sie mit blitzenden Augen an.

»Sie sind sich auch klar darüber, meine Gnädigste, daß dies eine Vergewaltigung ist? Fräulein von Waldeck hat doch wohl das Recht zu erfahren, daß ich um ihre Hand angehalten habe. Oder gedenken Sie, meine Werbung zu unterschlagen?«

Das kam scharf und drohend von seinen Lippen.

Herta von Ribnitz zuckte wie unter einem Schlag zusammen. Aber dann richtete sie sich stolz empor und sah ihn kalt und ruhig an. So leicht ließ sich diese Frau nicht entwaffnen.

»Sie vergessen sich, Herr von Teklenburg! Ich will das Ihrer Enttäuschung zugute halten. Es mag bitter genug für Sie sein, jede Hoffnung aufgeben zu müssen, sich mit Hilfe meiner Nichte in gesicherte Verhältnisse zu retten. Es liegt durchaus nicht in meiner Absicht, Ihre Werbung zu *unterschlagen*, aber ich will sie schonend davon unterrichten, damit sie sich nicht aufregt. Und wenn Sie es durchaus ganz deutlich hören wollen – meine Nichte hat, gleich mir, gewußt, daß Sie die Absicht haben würden, um sie zu werben. Ich selbst habe sie darauf hingewiesen. Und es entspricht ganz ihren Wünschen, daß ich Sie abweise, sie denkt nicht daran, sich jemals zu verheiraten. Wenn Ihnen meine Versicherung nicht genügt, werde ich meine Nichte bitten, Ihnen eine schriftliche Ablehnung Ihres Antrags zuzusenden, sobald ich sie schonend damit vertraut gemacht habe. Und nun haben wir uns wohl nichts mehr zu sagen.«

Henner war ein wenig blaß geworden. Er konnte nicht an der Wahrheit ihrer Worte zweifeln und mußte annehmen, daß Rosemarie wirklich seinen Antrag ablehnen würde. Gar zu sicher und bestimmt hatten die letzten Worte seiner Gegnerin geklungen. Er ahnte ja nicht, daß es sich bei ihr um ein Vabanquespiel handelte, und daß sie Wahrheit und Dichtung geschickt vermischte, um ihn unschädlich zu machen.

Einen Moment sah er ihr forschend ins unbewegte Gesicht. Daß sie Rosemarie nach Kräften beeinflußt hatte, schien ihm gewiß. Aber was konnte er dagegen tun, wenn ihm die junge Dame schriftlich in aller Form einen Korb erteilte? Nichts als sich fügen.

»Ich werde diesen schriftlichen Bescheid von Fräulein von Waldeck erwarten«, sagte er kurz.

Dann verneigte er sich und verließ das Zimmer.

Hochaufgerichtet blieb Herta von Ribnitz mitten im Zimmer stehen und sah ihm nach. Sie preßte mit einem zitternden Atemzug die Hände auf das wildklopfende Herz, und ihre Augen blickten düster.

»Soll ich all diese qualvollen Jahre ertragen, diese mich

selbst erniedrigende Komödie gespielt haben, um nun diesem Abenteurer auszuliefern, was ich mit allen Kräften, mit Verleugnung meines Stolzes und meiner Gewissensruhe zu halten strebte? Nein, nein — ich lasse mir nicht aus den Händen reißen, was ich meinem Sohn erringen will um jeden Preis.

Um jeden Preis?«

Sie schauerte zusammen und biß die Zähne wie im Frost aufeinander. Und dann suchte sie ihr Gewissen selbst zu beschwichtigen.

»Es ist besser so — mit meinem Willen soll sie ihn nicht wiedersehen. Er wird ja wohl bald diese Gegend verlassen, wenn er sieht, daß er bei Rosemarie kein Glück hat. Ich habe doch recht getan.

Recht? Habe ich wirklich recht getan? Ist es nicht ein Vergehen, ein Verbrechen, daß ich mit Lug und Trug eingegriffen habe in das Schicksal eines Menschen, dessen Wohl und Wehe mir anvertraut war? Habe ich mich nicht schwer versündigt an Rosemarie?

Ja, ja — ich habe Schlimmes getan, aber mag es drum sein: ich tat es für meinen Sohn. Auch an mir haben sich die Menschen versündigt. Ich wehrte mich. Und mein Sohn, mein Heinz, soll nicht als ein Enterbter des Glücks im Schatten stehen, wenn andere in der Sonne schwelgen. Lieber soll Rosemarie darben als mein Sohn.

Aber sie darbt ja gar nicht, sie hat ja sonst alles, was sie nur verlangen kann. Wirklich alles? — Nahmst du ihr nicht das Beste, Kostbarste, was ein Mensch besitzen kann? Betrogst du sie nicht um die sorglose Jugend, um das frohe Blühen und Gedeihen? Wehe dir, Herta von Ribnitz, du hast dem Bösen über dich Gewalt gegeben und kannst dich nun nicht mehr davon lösen.«

So sahen die Gedanken aus, die marternd durch ihre

Seele stürmten. Aber nicht lange gab sie sich diesen quälenden Gedanken willenlos hin. Wie abwehrend streckte sie die Hände aus, und in ihre starren Augen trat ein heißes Leuchten:

»Was ich tat — ich tat es für meinen Sohn!«

12

Rosemarie war keine Ahnung gekommen, was sich soeben zugetragen hatte. Sie wußte gar nicht, daß Henner von Teklenburg in Waldeck gewesen war.

Soeben hatte sie einen geschwisterlich liebevollen Brief an Heinz geschrieben und kuvertierte ihn gerade, als Tante Herta bei ihr eintrat.

Schnell legte sie den Brief auf die Platte ihres Schreibtischs und erhob sich.

»Bist du fertig mit deiner Arbeit, Tante Herta?« fragte sie.

Frau von Ribnitz drückte sie zärtlich in einen Sessel und nahm ihr gegenüber Platz.

»Nein, Rosemarie, ich bin gestört worden, und zwar in einer recht unangenehmen Weise. Und nun ist mir die Stimmung vergangen, ich bin so erregt, daß ich meine Bücher nicht abschließen kann. Dazu brauche ich Ruhe und Klarheit.«

Die junge Dame sah sie etwas erstaunt an. Tante Herta ließ sich sonst nicht so leicht stören oder aus der Ruhe bringen.

»Ist etwas Unangenehmes geschehen, Tante Herta?«

»Allerdings, mein liebes Kind. Wenn es nur mich allein anginge, würde ich dich nicht damit behelligt haben.

Aber es geht dich in erster Linie an. Und es tut mir so leid, daß ich dir damit eine trübe Stunde schaffen muß. Du weißt ja, wie sorgsam ich dir sonst alles Unangenehme fernhalte.«

In Rosemaries Gesicht zuckte es nervös.

»Bitte, sag mir doch kurz heraus, um was es sich handelt.«

Frau von Ribnitz seufzte. »Denke dir, es ist nun richtig eingetroffen, was ich dir schon vor Wochen voraussagte und was du mir nicht glauben wolltest: Henner von Teklenburg war bei mir. Er erklärte kurz und bündig, daß er gekommen sei, dich um deine Hand zu bitten, und wollte dir unbedingt diese peinliche Frage selbst vorlegen.«

Rosemarie war zusammengezuckt. Alle Farbe war aus ihrem Antlitz gewichen und die großen grauen Augen blickten wie erstarrt. Aber es wohnte eine große Kraft in diesem jungen Geschöpf, das nach dem Ausspruch der Tante so zart und hinfällig sein sollte. Sie zwang sich zur Ruhe.

»Henner von Teklenburg? Er – er wirbt um meine Hand?« fragte sie wie ungläubig.

»Ja, meine Rosemarie, wie ich dir voraussagte. Wie findest du das?«

Ohne auf diese Frage zu antworten, sah Rosemarie wie erstarrt vor Staunen vor sich hin.

»Wo ist er?« fragte sie leise mit bebender Stimme.

»Natürlich habe ich ihn fortgeschickt, mein Kind. Ich werde doch nicht gestatten, daß er dich in eine so unerquickliche Situation bringt. Ich habe ihm gesagt, daß es ganz zwecklos ist, dir diese Frage vorzulegen. Damit wollte er sich aber nicht zufriedengeben. Natürlich, seine Existenz hängt ja davon ab. Um dir ein peinliches

Zusammentreffen, auf das er bestand, zu ersparen, habe ich ihm versprechen müssen, daß du ihm schriftlich eine Absage schicken wirst. Du wirst ihm also einige höfliche dankende Worte zukommen lassen und seinen Antrag ablehnen, und damit ist die Angelegenheit für dich erledigt, nicht wahr?«

Rosemarie sah nicht den lauernden Ausdruck in den Augen ihrer Tante. Sie hatte ihren Worten gelauscht mit einem Gefühl, als drehe sich alles um sie her in einem tollen Kreis. Als die Tante schwieg, saß sie noch eine ganze Weile wie gelähmt. Nur langsam konnte sie das alles fassen. Und als es geschehen war, als diese Worte den Weg zu ihrer Seele gefunden hatten, da entfachten sie einen wilden Sturm in ihrer Brust. Plötzlich fuhr sie kerzengerade aus ihrem Sessel empor und stand mit bleichem, zuckendem Gesicht und brennenden Augen da.

»Und das alles hast du über meinen Kopf hinweg bestimmt? Du hast es nicht einmal für nötig befunden, mich erst um meine Meinung zu fragen?« stieß sie in wilder Erregung und mit bebender Stimme hervor.

Auch Frau von Ribnitz sprang auf in jähem Schrecken über Rosemaries Erregung. Um diesen Schrecken zu motivieren, legte sie wie besorgt den Arm um die junge Dame, die an allen Gliedern zitterte.

»Ach, mein armes Kind! Siehst du wohl, ich wußte es ja, daß dich das aufregt, trotz meiner Vorsicht. Sei gut, beruhige dich, es ist ja alles erledigt. Komm, setze dich nieder, du zitterst ja und wirst Fieber bekommen.«

Aber Rosemarie machte sich heftig los aus ihren Armen. »Laß das jetzt, Tante Herta! Ich frage dich nochmals, warum hast du mich in dieser Angelegenheit nicht erst um meine Meinung befragt, warum ließest du mich nicht rufen und bestimmtest über mich, über meinen Kopf hinweg?«

Scharf und klingend war Rosemaries Stimme bei diesen Worten. Frau von Ribnitz erkannte nur zu wohl, daß dieser Heiratsantrag Rosemarie mehr aufregte, als sie geglaubt hatte. Sollte sie Henner von Teklenburg lieben? Dann hieß es freilich, doppelt auf der Hut zu sein.

»Warum?« fragte sie scheinbar erstaunt und gekränkt. »Aber, mein liebes Kind, ich wußte doch ganz bestimmt, daß du nicht heiraten wirst, und ich werde doch nicht dulden, daß sich dieser Mensch in niedriger Berechnung in deine Nähe drängt und dich beunruhigt mit seiner mehr als dreisten Werbung.«

Rosemarie zwang sich mit aller Kraft zur Ruhe.

»Trotzdem hattest du kein Recht, mich so völlig zu übergehen, als sei ich ein unmündiges Kind, das nicht selbst über sein Leben entscheiden darf. Ich bin alt genug, um über mich selbst bestimmen zu können. Es muß einmal gesagt werden, Tante Herta, was mir schon lange auf der Seele brennt: Ich lasse mich nicht mehr von dir wie an einem Gängelband führen, wie ein Kind, das nicht einen Schritt allein gehen kann. Ich will meinen freien Willen betätigen und mich nicht länger unter deine Vormundschaft beugen. Du läßt mich ja kaum einen Atemzug tun, ohne ihn mir vorzuschreiben. Das, was du heute getan hast, geht zu weit. Hier ist eine Grenze, die du nicht überschreiten durftest. Du hattest kein Recht — nicht den Schein eines Rechtes, in dieser Weise in mein Schicksal einzugreifen.«

Fassungslos und erschrocken stand Frau von Ribnitz diesem leidenschaftlichen Ausbruch gegenüber. So sehr war sie an Rosemaries widerstandslose Fügsamkeit gewöhnt, daß sie gar nicht glaubte, daß diese einen eigenen Willen hatte. Nun sah sie sich ziemlich ratlos diesem Ausbruch gegenüber.

Sie drückte wie vom Schmerz überwältigt ihr Taschentuch vor die Augen.

»So ist es recht — das ist der Dank für all meine Sorge und Liebe. So trittst du mir jetzt entgegen, mir, die ich jahrelang in heißer Not und Sorge um dein Wohl gerungen habe. Oh, das hätte ich nie, niemals von dir erwartet! O mein Kind — das schmerzt mich tief, unsagbar tief.«

Rosemarie preßte die Hände wie in hilfloser Pein an ihre Schläfen. Über ihr blasses Gesicht glitt ein gequälter Ausdruck. Sie atmete tief und zitternd auf.

»Verzeih mir, Tante Herta! Du hast es gut gemeint, das hätte ich bedenken müssen. Die Erregung riß mich fort. Aber es war nicht gut, daß du das getan hast. Über eine solche Frage mußtest du mich selbst entscheiden lassen.«

Herta von Ribnitz seufzte noch einmal schmerzlich auf.

»Nun ja — nun ja, das bleibt dir ja auch unbenommen. Du kannst Herrn von Teklenburg, wenn du dich beruhigt hast, einige höfliche Worte schreiben. Wir schicken dann den Absagebrief hinüber nach Teklenburg, und damit ist alles erledigt.«

Rosemarie wollte etwas erwidern, aber sie hielt es zurück und preßte die Lippen fest aufeinander. Sie war jetzt nur von dem Wunsch beseelt, allein zu sein, um ihre Gedanken zu ordnen, um fassen zu können, was so überwältigend auf sie eindrang. Ihr war, als ströme neues, starkes Leben durch ihre Adern, als fühle sie ungeahnte Kräfte in ihrem Innern.

Allein mußte sie sein mit diesen auf sie einstürmenden Gedanken.

Sie fuhr sich mit der Hand über die Stirn.

»Bitte, Tante Herta, ich muß erst wieder ruhig werden, ehe ich weiter mit dir über das alles sprechen kann. Sei mir nicht böse, daß ich dich fortschicke, aber es ist besser so, ich möchte in meiner Erregung nicht ungerecht gegen dich sein. Später reden wir weiter darüber – auch über den Brief, den ich Herrn von Teklenburg schreiben soll«, bat sie dringend.

Frau von Ribnitz führte nochmals das Tuch an ihre Augen. Heimlich atmete sie dabei auf.

»Gut, Kind, ich gehe. Du sollst ruhig werden. Und wenn du dir alles wohl überlegt hast, wirst du es mir danken, daß ich dir das erspart habe, das weiß ich gewiß. Leg dich ein wenig nieder und vergiß nicht, daß ich nur dein Bestes will.«

Sie küßte Rosemarie, die sich das reglos gefallen ließ, auf die Stirn und ging hinaus.

Unten in der Halle gab sie einem Diener Befehl, sich in der Nähe der Tür zu postieren und ihr sofort zu melden, wenn das gnädige Fräulein das Haus verlassen sollte. Falls diese wünschen sollte, auszufahren, sollte man ihr auch vorher Meldung machen. Diesen Befehl gab Frau von Ribnitz, weil sie fürchtete, Rosemarie könne in ihrer Aufregung nach Steinau fahren wollen. Und wenn sie dort zufällig Henner von Teklenburg traf – dann wurde doch schließlich all ihre Vorsicht zuschanden. Zweifellos hegte Rosemarie eine wärmere Neigung für den jungen Freiherrn. Sie durfte ihn jetzt um keinen Preis wiedersehen. Falls sie nach Steinau fahren wollte, mußte sie wenigstens dabei sein.

Alles sprach außerdem dafür, daß die Steinauer eine Verbindung Rosemaries mit Henner von Teklenburg begünstigten. Sie mußte jetzt all ihren Einfluß aufbieten, um ihre Nichte wieder ihrem Willen gefügig zu machen. Sie mußte es selbst auf einen erbitterten Kampf ankommen lassen. Jetzt gab es kein Zurück mehr.

Als Frau von Ribnitz Rosemaries Zimmer verlassen hatte, war diese an die Tür geeilt und hatte hastig abgeschlossen, als fürchte sie, daß die Tante nochmals zurückkehren könne. Und dann war sie mit einem tiefen, zitternden Atemzug in einen Sessel gesunken und hatte das Gesicht mit den Händen bedeckt.

Henner von Teklenburg war dagewesen und hatte sie zur Frau begehrt, obwohl sie krank und häßlich war.

Daß er sie nicht liebte, was lag daran, wenn sie ihm nur helfen konnte! Da er um sie warb, mußte sie ihm doch wenigstens so sympathisch sein, daß er an ein Zusammenleben mit ihr denken konnte. Denn sonst hätte er diesen Schritt nicht getan, das wußte sie, denn sie kannte ihn so gut. Ihre Liebe half ihr, ihn in allen Dingen zu verstehen.

Sie erzitterte.

Wäre das nicht ein herrlicher Gewinn für sie? Dann war sie doch einem Menschen nötig. Und dieser eine Mensch war Henner von Teklenburg, den sie liebte mit der heißen Inbrunst ihrer reinen, unberührten Seele.

Aber Tante Herta hatte ihn abgewiesen. Und nun war er wohl in tiefer Entmutigung nach Hause gegangen in sein ödes, unfreundliches Heim, wo ihm niemand ein gutes, tröstendes Wort sagte.

Eine schreckliche Vision stieg vor ihrer erregten Phantasie auf. Sie sah Henner vor sich, bleich und starr, mit durchschossener Schläfe — ein toter, stiller Mann.

Mit einem Wehlaut sprang sie hoch und streckte die Hände abwehrend von sich. Nein, nein — das durfte nicht geschehen!

Und aus ihrer Angst heraus wuchs ein Gedanke in ihr empor: Sie mußte zu ihm — jetzt gleich, um jeden Preis. Sie mußte ihm sagen — ja, was denn? Ach — das würde sich schon finden, nur zu ihm gehen mußte sie, mußte sich überzeugen, daß er lebte, mußte ihn aus seiner Not befreien.

Aber wie gelangte Rosemarie zu Henner? Sie war ja nicht Herrin ihrer selbst.

Und plötzlich kam es wie eine Erleuchtung über sie. Das Boot, der Fluß — dorthin konnte sie unbemerkt gelangen. Sie konnte, wie schon so oft, bis nach Teklenburg rudern. Es war der schnellste, geradeste Weg. Neben Henners verwittertem Boot an dem halbverfallenen Steg konnte sie ihr Boot anlegen, und dann durch den abgeholzten Park nach Schloß Teklenburg hinüberlaufen.

Sie überlegte nicht lange. Wie im Fieber strich sie mechanisch über ihr Kleid, setzte hastig den breiten Hut auf, den sie immer im Park zu tragen pflegte, und nahm auch noch das seidene Tuch über den Arm, das ihr Tante oft in den Park nachzuschicken pflegte, wenn es kühl wurde.

Rosemarie war erst langsam durch den Park gegangen und hatte sich einige Male vorsichtig umgesehen, ob ihr niemand folgte. Je weiter sie aber in den Park eindrang, desto schneller wurden ihre Schritte. Und als sie endlich den schmalen Bootssteg am Fluß vor sich sah, lief sie in großer Eile darauf zu. Aufatmend hielt sie still, als sie den Steg erreicht hatte, und sah sich noch einmal vorsichtig um. Niemand war zu sehen.

Da sprang sie behend in das Boot, kettete es los und setzte die Ruder ein. Mit aller Kraft regierte sie dieselben, und als sie endlich in voller Fahrt war, atmete sie wie erlöst auf. Bis zuletzt hatte sie gefürchtet, an der Ausübung ihres Vorhabens gehindert zu werden.

Die Strecke bis Teklenburg schien ihr heute endlos lang. Aber endlich sah sie das Schloß auftauchen. Die

Sonne blitzte in den blinden Fensterscheiben und wob ein verklärendes Licht um das öde Gebäude.

Nun währte es nicht mehr lange, bis ihr Boot neben Henners verwittertes Fahrzeug an den verfallenen Steg glitt.

Ohne zu zögern, eilte sie durch den entholzten Park zum Schloß hinüber.

So nahe ihrem Ziel überkam sie die Angst um Henner mit doppelter Gewalt. Wenn sie zu spät kam? Aber nein — nein, sie wehrte diesen Gedanken von sich. Und zum Trost sagte sie sich, daß Henner auf jeden Fall erst ihr Schreiben würde abwarten wollen. Aber — hatte ihm Tante Herta nicht schon alle Hoffnung genommen?

Endlich hatte sie das Schloß erreicht. Still, wie verlassen lag es da. Unschlüssig blieb sie stehen und wußte nicht, wohin sie sich wenden sollte. In welchem Teil des Schlosses mochte Henner wohnen?

Sie sah an den Fensterreihen entlang. Und da entdeckte sie zwischen den leeren blinden Fenstern einige, die sauber geputzt und mit Gardinen versehen waren. Da mußte Henner wohl seine Wohnung aufgeschlagen haben.

Als sie sich nun entschloß, auf die schmale Nebenpforte zuzugehen, trat ihr plötzlich Kulitz entgegen. Er trug einen Korb am Arm und sah erstaunt auf die junge Dame.

Rosemarie überkam eine Schwäche. Aber sich tapfer bezwingend, trat sie schnell auf Kulitz zu. Sie hatte ihn einmal mit Henner in Steinau gesehen und wußte, daß es sein Diener war.

Keinen Moment kam ihr das Bedenken, daß der Diener sich wundern könnte über den Besuch einer Dame bei seinem Herrn, oder daß dieser Besuch ihren Ruf gefährden könnte.

»Ist Herr von Teklenburg zu Hause?« fragte sie hastig, mit vor Erregung zitternder Stimme.

Kulitz hatte schnell seinen Korb beiseite gestellt und stand stramm. Er kannte Fräulein von Waldeck vom Ansehen.

»Sehr wohl, gnädiges Fräulein, der gnädige Herr ist in seinem Zimmer.«

»So führen Sie mich zu ihm«, bat sie dringend.

Einen Moment zögerte Kulitz. Er wußte nicht, ob es seinem Herrn recht sein würde, die junge Dame zu empfangen. Dieser war in sehr bedrückter Stimmung nach Hause gekommen, hatte sich umgekleidet und war dann in sein Arbeitszimmer gegangen. Das Essen hatte Kulitz unberührt wieder abtragen müssen, und die Pläne und Entwürfe vom Schloß hatte sein Herr mit einem grimmigen Gesicht in die Truhe geworfen. Nun saß er schon die ganze Zeit vor seinem Schreibtisch, den Kopf in die Hände gestützt, und starrte vor sich hin — wie in der ersten Zeit in Teklenburg. Sollte er das gnädige Fräulein vorlassen oder nicht?

Rosemarie bemerkte sein Zögern.

»Ich *muß* Herrn von Teklenburg sofort in einer sehr wichtigen Angelegenheit sprechen. Bitte, führen Sie mich schnell zu ihm«, bat sie, ihn mit angstvollen Augen ansehend. Ihr war, als könne noch jetzt in jedem Augenblick das Schreckliche geschehen, das sie gefürchtet hatte.

Die Angst und Sorge in ihren Augen veranlaßten Kulitz, alle Bedenken aufzugeben. Entschlossen richtete er sich auf.

»Bitte, treten Sie ein, gnädiges Fräulein.«

Da es keinen Empfangssalon in Teklenburg gab, beschloß er, Fräulein von Waldeck direkt in das Arbeitszimmer seines Herrn zu führen.

Er klopfte an. Henner rief zum Eintreten, ohne aufzusehen. Er war in ziemlich hoffnungslosem Zustand von Waldeck heimgekehrt und grübelte über seine Zukunft nach.

Als Kulitz die Tür öffnete, achtete er zunächst gar nicht auf ihn.

»Gnädiger Herr! Fräulein von Waldeck wünscht den gnädigen Herrn zu sprechen.«

»Wer?« rief Henner fassungslos und sprang mit einem Satz auf. Er starrte ungläubig zur Tür. Da stand Rosemarie auf der Schwelle, mit bleichem, erregtem Gesicht und brennenden Augen.

Kulitz schloß leise die Tür hinter ihr, und Rosemarie lehnte sich kraftlos und zitternd gegen dieselbe. Da sie Henner gesund und lebend vor sich sah, und sein fassungslos erstaunter Blick auf ihr ruhte, wurde sie sich ihres seltsamen Beginnens erst bewußt. Dunkle Röte schoß ihr ins Gesicht.

»Rosemarie! — Pardon, mein gnädiges Fräulein — Sie hier bei mir? Was ist geschehen?« stieß er erschrocken hervor.

Sie preßte die Hände krampfhaft zusammen und rang eine Weile vergeblich nach Worten. Am liebsten wäre sie jetzt geflohen, so weit sie ihre Füße trugen.

Endlich rangen sich Worte von ihren Lippen.

»Gottlob, daß ich — daß ich Sie treffe. Ich hatte so Angst, Sie könnten — etwas Törichtes tun — ich weiß doch, daß Sie in so großer Bedrängnis sind — ich — ich —«

Sie strich hilflos an ihrem Kleid herab.

Er sah, wie sie zitternd nach Fassung rang und schob ihr einen Sessel hin. »Bitte, nehmen Sie Platz. Sie sind erregt — wie kamen Sie hierher? Ich hörte keinen Wagen, mein gnädiges Fräulein«, stammelte er betreten.

Sie ließ sich kraftlos in den Sessel gleiten. »Im Boot — ich — ich konnte mich nicht anders unbemerkt entfernen. Tante Herta hätte mich nicht fortgelassen.«

»Sie sind allein hier?« fragte er erschrocken.

Sie nickte und sah ihn hilflos an. »Ja — niemand weiß, daß ich hier bin.«

»Hat Sie auch niemand gesehen?« fragte er, sich fassend und um ihren Ruf besorgt.

»Nein — nur Ihr Diener, sonst niemand«, antwortete sie leise. Und es erschien ihr plötzlich töricht und unbesonnen, was sie getan hatte.

Er atmete auf. »Gott sei Dank! Mein Diener ist treu und verschwiegen, von ihm haben Sie nichts zu fürchten.«

Bei seinem Ausruf flog ein mattes, verirrtes Lächeln über ihr Gesicht.

»Es ist ungewöhnlich — vielleicht unstatthaft, daß ich Sie aufsuchte, Herr von Teklenburg. Aber — daran konnte ich vorher nicht denken. Ich war so in Sorge um Sie.«

Er nahm ihre Hand und führte sie in tiefer Bewegung an seine Lippen.

»Mein gnädiges Fräulein — Sie beschämen mich«, sagte er leise.

Sie richtete sich aus ihrer kraftlosen Stellung auf. Die Schwäche, die sie überfallen hatte, war überwunden. Und sie war nun wieder fähig, sich zu beherrschen. Mit ihren schönen, warmen Augen sah sie groß und ernst in sein Gesicht. Entschlossen sagte sie:

»Herr von Teklenburg, Tante Herta hat mir gesagt, in welcher Angelegenheit Sie heute in Waldeck waren. Sie teilte mir mit, daß sie Ihren Antrag in meinem Namen abgewiesen hat, und daß ich Ihnen diese Abweisung schriftlich bestätigen soll.«

Er neigte das Haupt. »So ist es, gnädiges Fräulein.«

Rosemarie strich sich über die Stirn. Der Hut war ihr in den Nacken geglitten. Einen Moment zauderte sie noch, dann sagte sie fest und klar: »Meine Tante hatte nicht das Recht, Sie abzuweisen. Es war nicht in meinem Sinn. Ich bin gekommen, Ihnen zu sagen, daß ich Ihre Bewerbung um meine Hand annehme, wenn Sie dieselbe noch aufrechterhalten.«

Es ging wie ein Ruck durch seine hohe, schlanke Gestalt, und in sein gebräuntes Antlitz stieg dunkle Röte. Er war sichtlich erregt und bewegt. Mit sich selbst kämpfend, stand er ihr gegenüber, leicht an den Schreibtisch gelehnt, und sah sie an.

»Wenn Sie nur ahnen könnten, wie mir jetzt zumute ist, mein gnädiges Fräulein. Wenn Sie wüßten, welche Gefühle Ihre Worte in mir auslösen. Ich fühle mich so unsagbar beschämt durch Ihre Großmut, Ihre hochherzige Handlungsweise. Wenn Sie mir in Waldeck diese Antwort auf meinen Antrag gegeben hätten, so hätte ich sie ohne weiteres akzeptiert. Aber was Sie in dieser Stunde für mich getan haben, ist ein Opfer, das ich nur mit schrankenloser Offenheit und Ehrlichkeit erwidern kann. Ihre Frau Tante sagte mir, als sie mich abwies, daß meine Werbung nur der reichen Erbin gälte. Ich will Ihnen ehrlich gestehen, daß Ihre Frau Tante recht hat. In erster Linie dachte ich nur daran, daß ich, falls Sie meine Frau werden wollten, wieder in gesicherte Lebensverhältnisse kommen würde, wenn ich auch den festen Vorsatz dabei hatte, Ihnen ein tüchtiger und unermüdlicher Verwalter Ihres Besitzes zu werden.

Was mich sonst noch zu Ihnen zieht, ist nichts als herzliche Sympathie und Freundschaft, und vielleicht der Wunsch, Ihr sonnenloses, einsames Dasein nach Kräften mit Licht und Wärme zu füllen. Ich wünschte nur, Ihnen ein Schutz und Hort zu sein. Aber — ich liebe Sie nicht, wie der Mann das Weib lieben soll, das er zu seiner Gattin machen will. Ich glaube, diese Liebe kann ich nicht mehr empfinden, eine Saite in meinem Gefühlsleben klingt nicht mehr, sie ist zersprungen. Ich habe einst meine Liebe an eine Frau verschwendet, die sie mit Füßen trat. Seither war in meinem Herzen eine dumpfe Leere, und um die zu betäuben, stürzte ich mich in ein wildes, sinnloses Treiben. Als ich daraus erwachte, faßte mich der Ekel vor mir selbst und — ich will Ihnen auch das nicht verschweigen — damals kam ich nach Teklenburg — um hier zu sterben.«

Rosemarie zuckte zusammen und preßte die Hände fest zusammen. Aber sie war nicht imstande, etwas zu erwidern. Da fuhr er nach einem tiefen Atemzug fort:

»Nichts will ich Ihnen in dieser Stunde verschweigen. Sie sollen mich ganz kennenlernen. Ich hatte den Pistolenlauf bereits an die Stirn gedrückt — hatte den Schuß gelöst —, da erst merkte ich, daß meine Pistole nicht mehr geladen war. Mein treuer Kulitz hatte in seiner anhänglichen Sorge um mich die Kugeln aus der Pistole heimlich entfernt, weil er ahnte, was ich vorhatte. Ehe ich die Pistole ansetzte, hatte ich ihm auf einem Blatt Papier den letzten Rest meines Besitzes vermacht. Dieses Papier fand er, als ich, wutentbrannt über seine Eigenmächtigkeit, das Zimmer verließ.«

Henner holte das bewußte Blatt Papier hervor und reichte es Rosemarie.

»Bitte, lesen Sie, was er mir unter meine Zeilen schrieb.«

Die junge Dame las die schlichten Worte des treuen Dieners. Feucht stieg es in ihre Augen. Sie hätte Kulitz dankbar die Hand drücken mögen.

Mit zitternder Hand gab sie das Schreiben zurück. »Welch ein Glück, daß Sie Ihr Diener an der traurigen Tat hinderte«, sagte sie leise.

Er sah wieder finster und grimmig aus, wie damals, als sie ihn zuerst auf dem Fluß gesehen hatte.

»Ich weiß nicht, ob es ein Glück war, mein gnädiges Fräulein. Und ich beichte Ihnen dies alles nur, damit Sie mich in all meiner Erbärmlichkeit kennenlernen sollen. So feig war ich, daß ich mich aus dem Leben stehlen wollte, um dem Daseinskampf auszuweichen. Erst die Worte meines Dieners brachten mir das Bewußtsein, wie schmachvoll solch eine Feigheit war. Ich schämte mich vor mir selbst.

Das war an dem Tag, an dem ich nachher am Flußufer mit Ihnen sprach. Ihre Worte waren mir damals wie Balsam auf eine frische Wunde, wie eine tröstliche Versicherung, daß ich mich noch einmal ins Leben zurückfinden würde. Auf Ihren Rat ging ich dann zu Herrn von Steinau und wurde herzlich aufgenommen, vielleicht hauptsächlich auf Ihre Fürbitte hin. Im traulichen Steinauer Familienkreis erwachte die Sehnsucht in mir nach einem geordneten Familienleben, nach einer friedlichen Häuslichkeit. Und ich beschloß, um Sie zu werben. Ihr Wesen berührte mich angenehm. Aber ich dachte auch in der Hauptsache an Ihren Reichtum. Ohne eine warme, herzliche Sympathie hätte ich trotzdem niemals um Sie geworben. Aber eine große Liebe kann ich Ihnen nicht entgegenbringen, ich will Sie nicht belügen. Dies alles sollten Sie wissen, ehe Sie sich jetzt entscheiden, ob Sie meine Frau werden wollen oder nicht.«

Er hatte das alles so ruhig wie möglich gesprochen. Nun schwieg er und sah sie an.

Ein resigniertes Lächeln flog über ihr Gesicht.

»Ich wußte vorher, daß Sie mich nicht lieben, Herr von Teklenburg, nicht lieben können. Ich weiß ja, daß ich krank und häßlich bin«, sagte sie schlicht, als sei das etwas Unabwendbares, Feststehendes.

Er sah sie wie prüfend an. »Häßlich? O nein, Rosemarie, das sind Sie gewiß nicht. Wer hat Ihnen das gesagt?«

»Tante Herta. Ich weiß es auch selbst. Wer krank ist, der ist auch häßlich. Mit dieser Tatsache habe ich mich längst abgefunden.«

Er richtete sich auf. »Wenn ich Ihnen doch beweisen könnte, daß diese Überzeugung irrig ist. Sie sind so wenig krank, wie Sie häßlich sind, das ist *meine* Überzeugung. Aber Sie machen sich ja mit Fleiß so unschön wie nur irgend möglich. Wissen Sie nicht, daß auch die schönste Frau häßlich wirken kann, wenn sie sich so unvorteilhaft kleidet, wie Sie es tun? Warum tragen Sie die häßlichen, steifen Kleider, die Ihrer Gestalt so unmögliche und unschöne Linien geben? Warum frisieren Sie Ihr herrliches Haar, um dessen Fülle und aparte, schöne Farbe Sie manche schöne Frau glühend beneiden würde, in einer Weise, die Ihre ganze Kopfform entstellt? Ich habe mich das schon manchmal gefragt.«

Rosemarie sah errötend, aber mit so ehrlichem Erstaunen auf, daß er leise lächelnd den Kopf schüttelte.

»Meine Kleider und meine Frisur hat immer Tante Herta bestimmt, weil sie so bequem wären für mich. Ich habe nie darüber nachgedacht. Es ist ja auch so gleichgültig, was ich trage.«

Er machte eine hastig abwehrende Bewegung. »Nein, das ist gar nicht gleichgültig! Jeder Mensch hat das

Recht, aber auch die Pflicht, die Vorzüge, die ihm Gott gegeben, zur Geltung zu bringen.«

Sie schüttelte mit ihrem matten, resignierten Lächeln den Kopf. »Wenn man aber keine Vorzüge hat?«

Er sah sie mit einem unbeschreiblichen Gefühl der Rührung an. Es berührte ihn ganz seltsam, von einer jungen Dame solche Worte in ehrlichster Überzeugung zu hören.

»Haben Sie noch nie in einen Spiegel gesehen, Rosemarie?« fragte er weich.

Sie blickte ihn ernsthaft an. »Wenig und nicht gern. Ich gefalle mir nicht.«

»Das ist kein Wunder, wenn Sie sich so verunstalten lassen. Haben Sie keine Zofe, die Ihnen sagt, wie unvorteilhaft Ihr Anzug ist?«

»Nein, eine Zofe halte ich mir nicht, ich brauche sie nicht.«

»Doch — nötiger, als Sie glauben«, erwiderte er entschieden.

Ihr Gesicht bekam einen gequälten Ausdruck.

»Bitte, lassen Sie das, es führt uns nur unnötig von dem Zweck meines Besuchs ab. Ich kam nur, um Ihnen zu sagen, daß ich bereit bin, Ihre Werbung anzunehmen.«

Er sah ihr forschend in die Augen. »Obwohl man Ihnen gesagt hat, daß Sie jung sterben müssen, wenn Sie sich verheiraten?« fragte er leise.

»Trotzdem! Ich denke ja auch nicht an eine richtige Ehe zwischen uns. Wir können doch wie gute Freunde, treue Kameraden nebeneinander leben. Ich will ja nichts, als Ihnen helfen aus Ihrer Notlage, will, daß Sie das Leben wieder liebgewinnen sollen.«

In seinen Augen glänzte es seltsam. »Und warum wollen Sie dies alles für mich tun, warum mir dies unerhörte Opfer bringen?«

Sie wurde glühend rot und senkte die Augen vor seinem forschenden Blick. Ihre Hände krampften sich zitternd zusammen. Aber sie beherrschte sich doch und antwortete scheinbar ruhig. Nur ansehen konnte sie ihn nicht.

»Warum? Oh, da gibt es viele Gründe. Mein nutzloses Leben hat doch dann einen Zweck, einen Inhalt. Und — mein Vater hat Sie so liebgehabt — so lieb, daß er mir eines Tages sagte, er wünschte, daß Sie sein Schwiegersohn würden, wenn ich nur älter wäre. Daran habe ich denken müssen. So kommt doch für meinen Vater ein Nachfolger nach Waldeck, den er gern an seiner Stelle sehen würde. Und außerdem — ich stelle natürlich auch Bedingungen.«

»Darf ich diese Bedingungen kennenlernen?« fragte Henner interessiert.

Rosemarie nickte.

»Ja. Sie müssen mir versprechen, daß ich als Ihre Frau mein eigener, freier Herr sein darf. Ich will nichts mehr von der mir so verhaßten Schonung hören. Leben will ich endlich, nicht nur vegetieren. Ich will mich betätigen nach meinen Wünschen, will reiten, Tennis spielen, rudern und tanzen — ganz wie es mir gefällt. Auch reisen möchte ich. Und da ich das nicht allein kann, würde ich Sie bitten, mich zu begleiten. Ich will die Welt da draußen kennenlernen, will Theater und Konzerte besuchen und Menschen kennenlernen, soviel mir lieb ist. Kurzum, ich will endlich ein Leben führen wie andere junge Menschen.

Sie wissen wohl kaum, wie trostlos meine Jugendjahre waren seit meines Vaters Tod. Auch früher lag ein Schatten auf meinem Dasein durch das Unglück, das meine Eltern traf. Aber später wurde es fast unerträglich unter der ewig angstvollen Fürsorge Tante Hertas. Es war mir kaum gestattet, zu atmen und mich zu bewegen. Tante Herta meint es ja gut, und es erscheint undankbar von mir, daß ich mich stets im Innern gegen ihre Sorgfalt auflehnte. Aber ich fühle mich ja nicht krank und schonungsbedürftig und will mein Leben genießen wie ein gesunder Mensch — bis ich mich wirklich kraftlos fühle.

Wenn das wirklich einige Jahre früher eintritt bei einer so veränderten Lebensweise, was liegt daran? Es ist doch besser, ich lebe eine kurze Zeit — als gar nicht. Sie sollen mir dazu helfen, Herr von Teklenburg. Als Ihre Frau werde ich frei sein von dem drückenden Zwang. Sie sollen mir ein Helfer sein, ein Führer in das neue Leben. Wollen Sie das tun?«

Mit drängender Beredsamkeit hatte sie das vorgebracht und sah ihn nun fragend an.

Henner blickte in ihr glühendes Gesicht. Und er sah den Lebenshunger in ihren Augen, den er so gut verstehen konnte. Die Gründe, die sie ihm anführte, erschienen ihm aber doch nicht stichhaltig genug, ihm ihren außergewöhnlichen Schritt zu erklären. Das alles hätte sie ihm ja auch in dem erbetenen Brief in aller Ruhe auseinandersetzen können. Ihre Angst und Sorge um ihn mußte noch einen anderen, tieferen Grund haben. Es lockte ihn plötzlich zu erforschen, wie sie ihm innerlich gegenüberstand, was er ihr galt.

»Wird Ihnen ein nahes Zusammenleben mit mir nicht unangenehm sein, Rosemarie? Bin ich Ihnen sympathisch genug, daß Sie für immer in meiner Gesellschaft leben mögen?« forschte er halblaut, mit einem fragenden Blick in ihre Augen.

Wieder schoß Rosemarie das Blut in die Wangen. »Ich habe Sie gern, wie einen Freund, wie einen Bruder. Sie waren schon immer gut und freundlich zu mir, schon als ich noch ein Kind war. Und ich habe ein so tiefes und festes Vertrauen zu Ihnen, daß ich mein Geschick ruhig in Ihre Hände lege. Wir wollen wie gute Kameraden, wie ehrliche, treue Freunde nebeneinander leben«, sagte sie, sich zur Ruhe zwingend.

Er hätte lächeln mögen über ihre weltfremde Ansicht. Wie sie sich wohl eine Ehe mit ihm dachte? Aber zugleich rührte ihn ihre Unbefangenheit. Was mochte sie sich wohl in ihrem Köpfchen für ein Bild von Welt und Leben malen?

Sie hatte den herabgeglittenen Hut abgenommen und an die Lehne des Sessels gehängt. Das Sonnenlicht spielte auf ihrem Haar und streute rötlich goldene Lichter darüber. Er suchte sich vorzustellen, wie sie in einer hübschen, kleidsamen Frisur aussehen würde, die ihr Haar zur rechten Geltung brachte. Und er studierte ihr Gesicht. Ihre Züge waren nicht regelmäßig, aber gut geschnitten und fein in der Form. Zum ersten Mal bemerkte er, daß der weiche, kindliche Mund sehr schön war. Und die Augen, diese seltsamen, warmen und doch lichten Grauaugen mit den feingezeichneten dunklen Brauen und Wimpern, hatte er schon immer sehr schön und beseelt gefunden.

Auch über ihre Gestalt glitt sein Blick unwillkürlich wie prüfend. Aber das häßliche, unkleidsame Kostüm ließ keine Formen erkennen. Nur daß sie schlank und gerade gewachsen war, vermochte es nicht zu verbergen. Wie sie wohl aussehen würde, wenn ihre Persönlichkeit den richtigen Rahmen erhielt, wenn sie geschmackvoll und verständnisvoll gekleidet sein würde?

Es gelüstete ihn, diese Umwandlung an ihr zu vollziehen. Er hatte immer ein feines Verständnis für gut und elegant gekleidete Frauen gehabt, und sein Geschmack war tonangebend gewesen.

Er atmete tief auf. »Sie kommen zu mir mit so vollen Händen, Rosemarie. Was ich dagegenzusetzen habe, ist beschämend wenig. Natürlich würde ich auf alle Ihre Bedingungen eingehen. Ich verstehe nur zu gut, daß Sie sich nach Leben und Betätigung sehnen und würde Ihnen gern alles zugänglich machen, was Ihnen Freude bringen kann. Sie müßten mir nur versprechen, daß Sie niemals über Ihre eigenen Kräfte gehen. Überanstrengung ist auch für gesunde Menschen schädlich, und Ihre Kräfte müssen sich erst stählen.

Übrigens bin ich der festen Überzeugung, daß Sie gesund — ganz gesund sind, Rosemarie. Und es soll meine Aufgabe sein, Ihnen diese Überzeugung beizubringen.

Auch möchte ich Ihnen beweisen, daß Sie so wenig häßlich wie krank sind. Versprechen Sie mir, daß Sie in Zukunft *mir* gestatten wollen, Ihren Anzug, Ihre Frisur zu bestimmen — bis Sie es selbst gelernt haben, sich geschmackvoll zu kleiden.«

Sie sah ihn mit einem langen, seltsamen Blick an, den er nicht verstehen und deuten konnte, der ihn jedoch sehr bewegte.

»Wenn Sie es wünschen, will ich Ihnen das gern versprechen«, sagte sie hastig, als sei ihr dies Thema unangenehm. »Ich kann mir ja denken, daß es Ihnen, der in der großen, eleganten Welt gelebt hat, unangenehm sein würde, eine schlecht gekleidete Person um sich zu haben.«

Lächelnd schüttelte er den Kopf. »So müssen Sie meine

Bitte nicht auffassen. Nicht meinetwegen sprach ich diesen Wunsch aus. Ich liebe es allerdings sehr, gut und geschmackvoll gekleidete Menschen zu sehen. Das ist mir ein ästhetisches Behagen. Aber in der Hauptsache liegt mir daran, Sie selbst zu überzeugen, daß Sie sehr hübsch — vielleicht sogar schön aussehen können. Gerade bei so eigenartigen Erscheinungen wie der Ihren, wirkt ein geschmackvoller Anzug oft Wunder.«

Sie sah von ihm fort, und ihre Lippen zuckten wie in verhaltener Erregung. »Es wird ein vergebliches Bemühen sein. Aber es ist sehr lieb und gut von Ihnen, daß Sie sich darum bemühen wollen.«

Er nahm ihre Hand und führte sie an seine Lippen. Und dabei sah er zum ersten Mal, wie schön diese feingegliederte Mädchenhand war. Sie lag in der seinen, als sei sie beseelt, als rede sie eine besondere Sprache.

»So darf ich Sie also wirklich als meine Braut betrachten, Rosemarie?« fragte er mit verhaltener Stimme. »Wollen Sie mich trotz allem, was ich Ihnen von mir sagte, für wert halten, Seite an Seite mit Ihnen durchs Leben gehen zu dürfen?«

Sie nickte aufatmend, und ein verzagtes und doch erlöstes Lächeln huschte um ihren Mund.

»Ja, das will ich. Ich glaube, ich habe sehr töricht und übereilt gehandelt, daß ich zu Ihnen kam. Aber ich habe kein richtiges Gefühl dafür, denn wenn ich nur immer das tun wollte, was man mir erlaubt, würde ich zuweilen selbst das Atmen vergessen müssen. Tante Herta wird natürlich außer sich sein, wenn sie es erfährt. Aber ich war in so großer Sorge um Sie, ich fürchtete — das will ich Ihnen ganz offen sagen —, Sie würden vielleicht heute tun — was Ihr Diener damals verhindert hat. Und die Angst ließ mich nicht lange überlegen, wie ich Ihnen in passender Form mitteilen könnte, daß ich Ihre Werbung annehmen wollte.«

Voll tiefer Bewegung sah er ihr in die Augen, die wieder so scheu und hilflos blickten. »Ich werde nie — niemals vergessen, was Sie für mich getan haben und noch tun wollen. Und ich habe keinen größeren Wunsch, als Ihnen meine Dankbarkeit zu beweisen. Ich will so viel Glück und Sonne für Sie einfangen, wie es in meiner Macht steht. Hoffentlich ist es mir vergönnt, recht viel von meiner Dankesschuld abzutragen.«

Sie machte eine hastig abwehrende Bewegung.

»Daran müssen Sie gar nicht denken, und wir wollen nicht darüber sprechen. Ich bin ja so froh — ja, ich bin glücklich, daß ich Ihnen helfen kann — und daß Sie mir zu einem froheren Leben helfen wollen. Aber nun muß ich gehen — was wir nun noch zu besprechen haben, kann in Waldeck geschehen.«

Rasch erhob sie sich und griff nach ihrem Hut.

Er trat zu ihr. »Ich werde Sie heimrudern, Rosemarie, Sie gestatten es mir?«

Mit einem reizenden Lächeln sah sie ihn verzagt an. »O ja — ich freue mich, daß Sie mitkommen. Sie müssen mir noch ein wenig Mut machen unterwegs. Ich fürchte mich nun doch ein wenig vor Tante Herta. Vorhin, als sie mir sagte, daß sie Ihnen eine so schroffe Abweisung erteilte, war ich sehr mutig. Ich glaube sogar, ich bin sehr böse und heftig gewesen. Tante hat geweint. Nun wird es mir aber doch schwerfallen, ihr zu sagen, was ich getan habe. Sie hat ja keine Ahnung, daß ich zu Ihnen gegangen bin, und glaubt, ich sei im Park.«

»Frau von Ribnitz wird sicher versuchen, Sie zu überreden, mich aufzugeben«, sagte er.

»Oh, das wird ihr nicht gelingen — niemals, wenn es mir auch nicht leicht wird, ihr alles zu gestehen.«

Warm faßte er ihre Hand. »Lassen Sie mich mit Ihnen gehen, Rosemarie. Wir wollen zusammen vor Ihre Tante treten, und ich will ihr sagen, was gesagt werden muß.«

Wie erleichtert atmete sie auf. »Ja — wollen Sie das tun? Ach, das ist mir sehr, sehr lieb. Ich bin doch ein Hasenfuß.«

»Warum haben Sie mir nicht gleich gesagt, daß ich mit Ihnen zu Ihrer Tante gehen soll?« fragte er vorwurfsvoll.

Unsicher sah sie zu ihm auf. »Ich wußte nicht, ob ich Sie darum bitten durfte, Herr von Teklenburg.«

Wieder küßte er ihre schöne Hand. Er tat es mit Inbrunst und ästhetischem Behagen.

»Sie sollen in Zukunft alles, was Ihnen schwer wird, auf meine Schultern legen, Rosemarie. Und nun, da wir verlobt sind, bin ich doch nicht mehr Herr von Teklenburg für Sie, nicht wahr? Wir müssen zu uns doch *du* sagen.«

Verwirrt nickte sie. Aber dann sagte sie tapfer: »Du hast recht, Henner, wir sind ja nun gute Kameraden auf Lebenszeit.«

»Ich danke dir, Rosemarie — liebe Rosemarie«, sagte er bewegt.

Am liebsten hätte er sie in aufwallender Dankbarkeit in seine Arme genommen und geküßt. Er hätte sich nicht dazu zwingen müssen. Aber er wollte sie nicht erschrecken. Und hier in seiner Behausung war nicht der Platz, wo er sich ihr gegenüber Vertraulichkeiten erlauben durfte. So küßte er nur nochmals ihre Hand und reichte ihr dann seinen Arm, um sie hinauszuführen.

»Komm, Rosemarie, nun laß uns gehen. Meine Behausung ist kein würdiger Aufenthalt für dich. Hier ist alles nur notdürftig zusammengewürfelt.«

Sie warf noch einen schnellen Blick um sich — hinüber zu seinem Schreibtisch. Da hatte er wohl manche Stunde in schwerer Bedrängnis verbracht — vielleicht auch an jenem Tag, als er seinem Leben hatte ein Ende machen wollen. Wie ein Dankgebet stieg es in ihr auf, daß es nicht geschehen war.

In heimlicher Erregung schritt sie an seiner Seite hinaus — als seine Braut.

Da stand Kulitz in strammer Haltung und mit unbewegtem Gesicht. Henner blieb vor ihm stehen.

»Kulitz — Fräulein Rosemarie von Waldeck ist meine Braut. Sie sind der erste, der es erfährt. Und es soll niemand wissen, daß meine Braut in Teklenburg war«, sagte er.

Kulitz rührte sich nicht. Aber da er seines Herrn frohes Gesicht sah, strahlten seine Augen zufrieden.

»Gestatten gnädiger Herr und gnädiges Fräulein, daß ich untertänigst zur Verlobung gratuliere.«

Rosemarie reichte dem braven Burschen impulsiv die Hand. »Ich danke Ihnen, Kulitz. Und — Herr von Teklenburg hat mir gesagt, wie treu Sie zu ihm gestanden haben in schwerer Zeit — auch —«

Sie sah zögernd in Henners Gesicht und fuhr dann schnell fort: »Auch in der schwersten Stunde. Ich habe gelesen, Kulitz, was Sie damals geschrieben haben, und dafür danke ich Ihnen auch von Herzen. Sie sollen immer bei uns bleiben. Ihr Herr wird sorgen, daß Sie einen guten Posten bekommen. So treue Diener hält man fest fürs ganze Leben.«

Kulitz war dunkelrot geworden. Unbeholfen und doch ganz behutsam hielt seine derbe Hand die schlanke, aristokratische Rechte der jungen Dame.

»Für meinen gnädigen Herrn gehe ich durchs Feuer,

wenn es sein muß, gnädiges Fräulein, denn er ist ein guter Herr und hat mir sehr viel Gutes getan. Davon spricht mein gnädiger Herr nur nicht. Ich weiß aber, daß ich ihm viel Dank schuldig bin.«

Henner legte ihm die Hand auf die Schulter. »Still, Kulitz! Wenn wir zwei einmal miteinander abrechnen, dann wird wohl das Guthaben auf Ihrem Konto stehen.«

Und zu Rosemarie gewendet fuhr er fort: »Du mußt später einmal unseren Garten ansehen, Rosemarie. Alles, was da grünt und blüht, hat Kulitz allein aus Schutt und Verfall hervorgezaubert. Aber jetzt müssen wir gehen, man wird dich zu Hause erwarten. Adieu, Kulitz – wann ich zurückkomme, weiß ich noch nicht.«

»Sehr wohl, gnädiger Herr.«

Arm in Arm schritten Henner und Rosemarie zum Fluß hinüber.

Henner sah an seinem Anzug hinab. Er trug einen dunkelblauen Sakkoanzug. Für eine Verlobungsfeier war das kein passendes Gewand. Aber was lag daran! Zu einer wirklichen Feier würde es kaum kommen. Und seine Verlobung mit Rosemarie trug ohnedies den Stempel des Ungewöhnlichen. Da kam es auf diese Äußerlichkeit auch nicht an.

Ritterlich half er Rosemarie am Fluß über den schwankenden Steg ins Boot. Sie nahm am Steuer Platz. Er reichte ihr das seidene Tuch, das sie im Boot hatte liegenlassen.

»Bitte, leg es dir um, Rosemarie, es ist heute kühl auf dem Wasser«, bat er besorgt.

Sie sah ihn lächelnd an. »Willst du mir auch von Schonung und Vorsicht reden, wie Tante Herta? Das geht gegen unsere Abmachung.«

»Nein, nein. Aber du hast dich vorhin warm gerudert und jetzt mußt du stillsitzen. Das ist ein Unterschied.«

Da legte sie sich das Tuch um die Schultern.

Er setzte die Ruder ein, und das Boot glitt schnell dahin. Sie schwiegen beide, sahen sich nur zuweilen mit großen, ernsten Augen an. Je näher sie Waldeck kamen, desto blasser und verzagter wurde Rosemaries Gesicht. Er merkte ihr an, daß sie sich vor dem ersten Zusammentreffen mit Tante Herta fürchtete. Frau von Ribnitz sollte ihm sein Recht an der jungen Dame nicht mehr streitig machen. Er war auf einen Kampf gefaßt.

13

Herta von Ribnitz hatte heute das Diner allein einnehmen müssen, da Rosemarie, wie sie vorausgesagt, nicht aus dem Park zurückgekommen war. Bis zur letzten Minute hatte die Tante gewartet. Auch sie tat dem Mahl heute keine Ehre an. Sie war erregt und unruhig, und der Bissen quoll ihr im Mund.

Nach Tisch suchte sie sofort ihr Arbeitszimmer auf. Immer wieder mußte sie an den leidenschaftlichen Ausbruch denken, mit dem Rosemarie die Nachricht von Herrn von Teklenburgs Werbung aufgenommen hatte. Ganz verwandelt war sie ihr erschienen. Das war nicht mehr das willenlose, apathische Geschöpf, das sich all ihren Anordnungen gefügt hatte. War das nur ein flüchtiges Aufflackern oder der Anfang einer dauernden Veränderung? Würde sie jetzt noch durchführen können, was sie sich vorgenommen hatte, oder erwüchsen ihr in Rosemaries Wesen für die Zukunft Schwierigkeiten?

Und wenn nicht — dann hatte sie umsonst ihre Seele mit Schuld beladen. Es erschien ihr plötzlich als ein unerhörtes Wagnis, was sie sich vorgenommen, ihr Gewissen war aufgescheucht worden und quälte sie.

Der Mahner in ihrer Brust ging scharf mit ihr ins Gericht. Sie war heute aus ihrem Gleichgewicht gerissen worden und hatte ihre Ruhe verloren.

Unruhig wartete Herta von Ribnitz, daß Rosemarie aus dem Park wieder ins Haus zurückkehren solle, saß lange wartend am Fenster, und die sonst niemals müßige Frau ließ die Hände im Schoß ruhen.

Aber Rosemarie kam nicht, und die Zeit verging quälend langsam.

Endlich hielt sie das untätige Warten nicht mehr aus. Es war für ihre tatkräftige Natur eine Marter. Entschlossen erhob sie sich und schritt hinaus in den Park, um Rosemarie zu suchen.

Da war der Pavillon, in dem Rosemarie oft saß. Nirgends ringsum eine Spur von ihr. Auch in der Lindenkrone an der Parkmauer, ihrem Lieblingsplätzchen, war sie nicht. Wo mochte sie sein?

Saß sie drüben am Flußufer auf der Ruhebank?

Mit schnellen Schritten eilte Herta von Ribnitz zurück und quer durch den Park zum Fluß hinüber. Und da hörte sie Schritte auf einem Seitenweg.

Eilig schritt sie darauf zu. Als sie um eine Gebüschgruppe bog, blieb sie plötzlich stehen wie zu einer Bildsäule verwandelt und starrte mit weitgeöffneten Augen geradeaus.

Da kamen ihr zwei Menschen entgegen, Arm in Arm, als gehörten sie zusammen, zwei Menschen, die sie hatte trennen wollen um jeden Preis: Rosemarie und Henner von Teklenburg. Die junge Dame sah ein wenig blaß und verzagt aus, aber Henner schritt stolz und aufrecht an ihrer Seite und hatte eine ruhige, unbewegte Miene.

So kamen sie beide auf die reglos dastehende Frau zu, deren Glieder ihr vor Schreck den Dienst versagten. Erst als sie dicht vor ihr standen, rang sie sich aus ihrer Erstarrung los und streckte die Hände abwehrend aus, als sähe sie eine beängstigende Erscheinung. Ihr Antlitz war totenbleich, und ihre Augen blickten starr und gläsern.

»Was ist das? Was soll das? Wie kommen Sie in den Waldecker Park, Herr von Teklenburg?« stieß sie in rauhen, mühsamen Lauten hervor.

Henner sah ihre furchtbare Unruhe, ihr atemloses Erschrecken. Er verneigte sich ruhig und artig, Rosemaries Arm an sich drückend.

»Ich bin im Boot den Fluß entlang gekommen, gnädige Frau. Gestatten Sie, daß ich mich Ihnen als Verlobter Ihres Fräulein Nichte vorstelle. Rosemarie ist meine Braut.«

Wie ein Schlag trafen diese Worte Frau von Ribnitz. Ein unartikulierter Laut drang, furchtbare Gefühle verratend, über ihre Lippen. Dann aber stürzten die Worte in wilder Hast über ihre Lippen.

»Nein! Nein! Das ist nicht wahr, das darf nicht sein! Von einer Verlobung kann keine Rede sein. Dagegen protestiere ich. Es ist schändlich, unerhört, daß Sie sich auf Schleichwegen hier eindrängen, nachdem ich Sie doch deutlich genug abgewiesen habe. Mit listigen Worten haben Sie wohl das arme Kind betört und beschwatzt. Wollen Sie Rosemarie umbringen? Ich finde keine Worte für Ihr schamloses Verhalten, Herr von Teklenburg. Es zeugt von einer sehr niedrigen Denkungsart, daß Sie sich gleichsam durch Hintertüren einschleichen und das arme Kind durch falsche Liebesworte in Ihre Netze ziehen.«

Henner hob mit einer gebietenden Bewegung die Hand. »Gnädige Frau, ich bitte sehr, Ihre Worte zu wägen. Sie sind erregt – deshalb will ich Ihnen manches zugute halten. Aber einen Angriff auf meine ehrliche Gesinnung weise ich entschieden zurück«, sagte er, die Stimme kaum erhebend, aber mit großer Nachdrücklichkeit.

Haßerfüllt trat Herta von Ribnitz noch einen Schritt auf ihn zu. »Sie sollen mir nicht vorschreiben, was ich zu sagen habe. Von ehrenhafter Gesinnung zeugt Ihr Benehmen nicht. Rosemarie – mein armes Kind –, komm her zu mir. Ich bin außer mir, daß ich dich nicht besser beschützte. Du hast dich betören lassen – von einem Fuchs, der in den Taubenschlag geschlichen ist auf verbotenem Weg. Komm, mein armes Kind!«

Jetzt war es aber mit Rosemaries Zagen vorbei. Sie richtete sich mit einem jähen Ruck straff empor und sah furchtlos und fest in das verzerrte Gesicht der maßlos erregten Frau.

»Du beschuldigst Henner zu Unrecht, Tante Herta, und mußt alle diese Beleidigungen zurücknehmen. Henner könnte deine Anklagen mit einem Wort entkräften. Er unterließ es, um mich zu schonen. Aber ich dulde nicht, daß du ihm solche Vorwürfe machst. Er ist nicht auf heimlichen Wegen nach Waldeck gekommen, sondern mit mir, in meinem Boot. Ich bin zu ihm nach Teklenburg gegangen und habe ihm gesagt, daß ich seine Frau werden will, und wir haben uns verlobt.«

Wie versteinert hörte Frau von Ribnitz diese Worte. Die wildeste Erregung lag auf ihren Zügen, und Haß und Zorn leuchteten aus ihren Augen.

Henner brauchte bei diesem Anblick keinen Beweis mehr, daß Frau von Ribnitz Rosemaries Verheiratung aus andern Gründen hintertreiben wollte, als sie angab. Und ein tiefes, warmes Mitleid mit seiner Braut ergriff ihn. Er ahnte, daß ein böses Spiel mit ihr getrieben worden war.

Scharf und forschend ruhten seine Augen auf dem verzerrten, haßerfüllten Gesicht vor ihm. Herta von Ribnitz vermochte erst vor Erregung kein Wort hervorzubringen, aber dann rang es sich wie ein Schrei von ihren Lippen:

»Du bist unsinnig geworden, Rosemarie!«

Das junge Mädchen schüttelte den Kopf.

»Nein, Tante Herta. Ich weiß ganz genau, was ich getan habe«, sagte es ruhig und bestimmt.

Frau von Ribnitz suchte sich Fassung und Haltung zu geben. »Nein, das weißt du nicht! Du bringst dich einem Mann zum Opfer, der nur nach deinem Vermögen trachtet, und dem du nur ein lästiges Anhängsel bist. Er belügt dich, indem er dir von Liebe faselt, glaube es mir. Er liebt nicht dich, sondern nur dein Geld.«

Rosemaries Gesicht war blaß, aber ganz ruhig.

»Ich bitte dich, Tante Herta, beruhige dich und gib es endlich auf, Henner zu beschuldigen und zu verdächtigen. Er hat mich mit keinem Wort belogen. Sei gut, Tante Herta! Ich habe mein Schicksal nun selbst in die Hände genommen. Du hast keinerlei Verantwortung mehr zu tragen. Und dir selbst soll das Leben nun auch leichter gemacht werden. Henner wird sich schnell in die Bewirtschaftung von Waldeck einarbeiten und dir nach und nach die schwere Arbeit abnehmen, so daß du dich ausruhen kannst.«

Herta von Ribnitz lachte zornig und scharf auf.

Ihre Augen schimmerten unheimlich.

»So, so! Also ganz beiseite soll ich geschoben werden. Das ist der Dank, daß ich mich lange Jahre für dich und deinen Besitz gemüht habe. Der Mohr hat seine Schuldigkeit getan! Aber so leicht lasse ich mich nicht beiseiteschieben, so leichtes Spiel soll Herr von Teklenburg nicht mit mir haben!« rief sie außer sich.

Als sie aber Rosemaries entsetztes Gesicht sah und dem scharfen, mißtrauischen Blick Henners begegnete, zwang sie sich mit aller Kraft zur Ruhe und fuhr beherrschter fort:

»Ich lasse dich nicht so blindlings in dein Unglück hineinlaufen, Rosemarie. Es ist meine Pflicht, dich um jeden Preis von dieser Torheit zurückzuhalten. Dein Vater hat mir dich und Waldeck anvertraut, und dich und Waldeck sehe ich bedroht. Als Stellvertreterin deines Vaters versage ich dir die Einwilligung zu dieser Verbindung.«

Rosemarie schüttelte ruhig den Kopf.

»Mit meinem Vater weiß ich mich eins, Tante Herta. Er selbst hat gewünscht, daß Henner einst sein Nachfolger werden möge, und er hätte mich und Waldeck ruhig Henners Händen anvertraut. Deiner Einwilligung zu meiner Verheiratung bedarf es nicht, das weißt du so gut wie ich selbst. Ich bin Herrin über mich selbst und meinen Besitz — und mein Entschluß ist unabänderlich.«

Herta von Ribnitz ballte die Hände in ohnmächtigem Zorn zusammen, und wieder ging die Erregung mit ihr durch.

»Also das ist der Dank für meine Aufopferung. Dafür habe ich die besten Jahre meines Lebens für dich dahingegeben, habe von früh bis spät gesorgt und geschafft. Dafür habe ich selbst auf meines Sohnes Laufbahn einen Druck ausgeübt. Damit er dir einst zur Seite stehen könnte, habe ich ihn zum Landwirt bestimmt, gegen seinen eigenen Wunsch. Nichts war mir zu viel für dich und für Waldeck. Und nun werden wir wie überflüssiger Ballast beiseite geschoben, mein Sohn und ich. Das also ist der Dank.«

Rosemarie überlegte einen Augenblick, ob sie ihr verraten sollte, was Heinz anging. Aber sie wollte doch lieber Onkel Steinau nicht vorgreifen. Es kam ihr nicht in den Sinn, daß Tante Herta durch diese Worte ihre eigennützigen Motive verriet. Das erkannte nur Henner, der die erregte Frau nicht aus den Augen ließ und ihr fast die Gedanken von der Stirn ablas.

Rosemarie fühlte sich unter Tante Hertas vorwurfsvollen Worten ganz undankbar. Aber auf ihren Entschluß konnte das keinen Einfluß ausüben.

»Ich bitte dich nochmals, Tante Herta, beruhige dich. Du sprichst in deiner Erregung Dinge, die du selbst nicht glaubst. Selbstverständlich ist keine Rede davon, daß ich dich und Heinz beiseite schiebe. Du sollst nur durch Henner entlastet werden, eben, weil du schon so viel für mich und Waldeck getan hast. Du sollst es besser haben in Zukunft. Das wollen wir alles besprechen, wenn du ruhig geworden bist. Suche dich mit dem Gedanken auszusöhnen, daß ich Henners Frau werde. Diesen Entschluß wird nichts wankend machen. Alles andere wird sich finden, wenn wir ruhig darüber beraten.«

Frau von Ribnitz atmete tief und schwer.

»Sie liebt ihn — und dagegen werde ich machtlos sein«, dachte sie mutlos. Sie sah ein, daß sie verspielt hatte. Und dabei bohrte sich Henner von Teklenburgs Blick so unerträglich scharf und forschend in den ihren. Sie fühlte sich plötzlich wie von aller Kraft verlassen und elend über alle Maßen. Mit einem starren, leblosen Blick sah sie Rosemarie an und preßte die Hände gegen ihre Schläfen. Matt und tonlos sagte sie:

»Ich vermag jetzt nichts weiter zu sagen, ich muß erst zur Ruhe kommen und fassen, was du mir angetan hast – mir und dir selbst. Jedenfalls muß sich Herr von Teklenburg zurückziehen, denn ich bin nicht imstande, jetzt als Anstandsdame zu fungieren. Komm mit ins Haus, Rosemarie. Wir haben wohl in dieser Angelegenheit noch nicht das letzte Wort gesprochen.«

Rosemarie schien ein Alleinsein mit ihr zu fürchten. Und Henner sagte sich, daß Frau von Ribnitz versuchen würde, auf Rosemarie weiter einzuwirken und sie zu bedrängen. Er fühlte, wie sich Rosemaries Hand wie schutzsuchend um seinen Arm krampfte. Und es war wie ein unbestimmtes Bangen um Rosemarie in seiner Seele.

Beruhigend drückte er sanft ihre Hand und sagte schnell und bestimmt:

»Auch ich halte es für das beste, gnädige Frau, wenn Sie sich erst zu beruhigen versuchen. Rosemarie bleibt jetzt wohlgeborgen in meiner Gesellschaft. Wir wollen sogleich nach Steinau hinüberfahren und uns den Herrschaften als Brautpaar vorstellen. Wir werden dort erklären, daß Sie nicht wohl genug waren, uns zu begleiten. Unsere Verlobung ist unter so außergewöhnlichen Umständen geschlossen worden, daß wir auch diesen Besuch allein vornehmen können.«

Noch einmal flammte es kampfbereit in Frau von Ribnitz' Augen auf.

»Das hat doch Zeit, bis diese Angelegenheit völlig geklärt ist. Rosemarie bedarf jetzt der Ruhe. Und außerdem darf sie ihren Ruf nicht noch mehr gefährden, als es ohnehin schon geschehen ist.«

Rosemarie lächelte ihr trauriges, resigniertes Lächeln.

»Du sorgst dich unnötig um meinen Ruf, Tante Herta. Alle Menschen hier wissen ja, daß ich krank bin. Und in Steinau werden wir keine Kritik zu befürchten haben. Dort kennt man mich und Henner ganz genau. Auch fühle ich mich gar nicht ruhebedürftig.«

»So tue, was du willst!« rief Frau von Ribnitz und wandte sich brüsk zum Gehen.

Ohne sich noch einmal nach dem Brautpaar umzusehen, ging sie ins Haus zurück. Henner und Rosemarie blieben eine Weile stehen und sahen sich an. Zart nahm Henner die schöne, kleine Mädchenhand in die seine.

»Hat es weh getan, Rosemarie? War es sehr schlimm?« fragte er weich.

Sie lächelte tapfer zu ihm auf und holte tief Atem. »Es war noch schlimmer, als ich gefürchtet hatte. Aber nun liegt es hinter mir. Tante Herta wird sich beruhigen. Was hat sie für sonderbare Dinge geredet in ihrer Aufregung. Manches verstand ich nicht. Aber sie hat wohl selbst nicht gewußt, was sie spricht. Was will sie nur mit dem ›Beiseiteschieben‹? Davon kann doch keine Rede sein.«

Henner hätte es ihr erklären können, aber er schwieg. »Wenn ich dir doch diesen Auftritt hätte sparen können, Rosemarie! So wenig konnte ich für dich tun.«

»Oh — du warst doch bei mir, da hatte ich Mut.«

»Und alles das meinetwegen«, sagte er leise.

Sie schüttelte hastig den Kopf. »Nein, nein — auch meinetwegen. Ich will mich freimachen, ganz frei von Tante Hertas Zwang.«

»Du gibst dich aber doch dabei in eine neue Abhängigkeit, wenn auch nur in gewissem Sinn, in die Abhängigkeit von mir.«

Ihre Wangen röteten sich. Wenn sie hätte sagen können, was ihr das Herz eingab, so hätte sie gesagt: Ich bin ja so glücklich, daß ich zu dir gehöre, und diese Abhängigkeit drückt mich nicht. So aber sagte sie nur ruhig: »Du hast mir Freiheit zugesichert, so viel ich wünsche. Aber nun komm — wir wollen nach Steinau fahren. Das war ein guter Gedanke von dir.«

Sie schritten hinter Frau von Ribnitz her dem Haus zu. Diese war bereits verschwunden, als sie zwischen den Bäumen hervortraten. Der Diener stand noch am Portal. Rosemarie gebot ihm, den Wagen anspannen zu lassen und ihr einen Mantel herunterzuholen, während sie wartend mit Henner in der Halle Platz nahm. Der Diener machte ein etwas verdutztes Gesicht.

»Sehr wohl, gnädiges Fräulein, ich werde die gnädige Frau sofort benachrichtigen«, sagte er und wollte sich, in der Richtung nach den Zimmern der letzteren zu, entfernen.

»Das ist unnötig, tun Sie, was ich Ihnen befohlen habe«, sagte Rosemarie energisch.

Verblüfft sah sie der Diener an. »Aber gnädige Frau haben befohlen, daß ich sofort melden soll, wenn gnädiges Fräulein auszufahren wünschen.«

»Sie haben doch gehört, was Ihnen das gnädige Fräulein aufgetragen hat. Vorwärts! Erfüllen Sie ohne Wenn und Aber ihren Befehl. Frau von Ribnitz braucht nicht erst benachrichtigt zu werden«, sagte Henner in kurzem, befehlendem Ton.

Der Diener sah ihn an, als wollte er sagen: »Nanu! Was hat denn der hier zu sagen?«

»Nun — wird's bald!« rief Henner mit einem scharfen Aufblitzen seiner stahlblauen Augen.

Der Diener zog es doch vor, zuerst den Wagen zu bestellen. Aber dann eilte er, ehe er Rosemaries Mantel holte, nach den Zimmern der Frau von Ribnitz. Sie rief ihm zu:

»Es ist gut, ich weiß Bescheid!«

Da trollte sich der Diener und holte Rosemaries Mantel.

Wenige Minuten später fuhr der Wagen vor, und Henner legte seiner Braut den Mantel um und hob sie hinein.

Und zu des Dieners restlosem Staunen stieg er dann selbst in den Wagen. Rosemarie mußte über seine verdutzte Miene lächeln.

»Melden Sie der gnädigen Frau, daß ich mit meinem Verlobten nach Steinau fahre. Sie können übrigens der Dienerschaft mitteilen, daß Herr von Teklenburg mein Verlobter und der künftige Herr von Waldeck ist, dessen Befehle schon von heute ab volle Geltung in Waldeck haben.«

Das Gesicht des Dieners war unbeschreiblich. Er vermochte sich nur stumm zu verneigen. Dann rannte er, um das Parktor zu öffnen, damit der Wagen passieren könne. In devoter Haltung wartete er, bis er vorübergefahren war, schloß das Tor und stieß einen leisen Pfiff zwischen den Zähnen hervor.

Mit einem schlauen Blick sah er zu den Fenstern von Frau von Ribnitz' Zimmern empor.

Aha! Ich merke was! Thronsturz! Deshalb sahen gnädige Frau so verstört aus und haben sich eingeschlossen. Nun geht es hier wohl aus einem anderen Ton. Na, mir kann es gleich sein, wem ich gehorche, solange ich hier mein gutes Leben habe.

Das waren seine Gedanken, und im Gefühl kolossaler Wichtigkeit begab er sich zu dem im Souterrain gelegenen Dienstbotenzimmer und verkündete die Neuigkeit mit allerhand drastischen Randbemerkungen.

14

Hilde von Steinau saß auf der Brüstung der Veranda, mitten zwischen blühenden Blumen. Sie hatte die Finger in die Ohren gesteckt und deklamierte ein französisches Gedicht, das sie auswendig lernen sollte. Zwischendurch seufzte sie manchmal und trommelte ungeduldig mit den Füßen gegen die Verandabrüstung. Aber gewissenhaft fing sie wieder und wieder von neuem an, weil sie Mademoiselle versprochen hatte, fleißig zu sein, damit sie mit Heinz zusammen Ferien bekomme. Mademoiselle hatte zugesagt, wenn sie bis dahin keinen Anlaß zum Tadel gab.

»Na, nun noch einmal, dann muß es sitzen«, ermunterte sie sich selbst und begann wieder von neuem. Ihre Füße schlugen den Takt zum Rhythmus des Gedichts.

Es ging ohne Anstoß. Als sie zu Ende war, atmete sie auf und nahm die Finger aus den Ohren.

»So, nun habe ich's glücklich intus«, sagte sie vor sich hin und klappte das Buch zu. Als sie es im kühnen Schwung auf den Tisch hinüberwarf, vernahm sie das Rollen eines Wagens. Sie blickte auf und erkannte die Waldecker Equipage.

Mit einem Satz sprang sie von der Verandabrüstung herab und eilte dem Wagen entgegen. Gerade am Portal traf sie mit ihm zusammen.

Erstaunt sah sie Rosemarie und Herrn von Teklenburg darin sitzen.

»Tag, Rosemarie — Tag, Herr Henner! Oh, fein, daß ihr kommt! Gerade bin ich mit meinen Aufgaben für Mademoiselle fertig. Aber ihr beiden so allein? Wo ist denn dein getreuer Schatten, Tante Herta, Rosemarie?«

»Sie ist nicht ganz wohl«, sagte die junge Dame.

»So?« machte Hilde ungerührt. »Na weißte, dann wird's doppelt gemütlich. Tante Herta goutiert ein bißchen zu viel den Hofton. Da muß man sich immer benehmen.«

»Was dir wohl sehr schwerfällt, Hilde«, neckte Henner lachend.

Sie zog eine kleine Grimasse. »Na, wissen Sie, Herr Henner, wenn Tante Herta wüßte, daß Rosemarie Sie unterwegs in ihrem Wagen verstaut hat, das würde sie ebenfalls tadelnswert finden.«

»Du irrst, Hilde. Ich bin nicht unterwegs aufgeladen worden, sondern von Waldeck aus mitgefahren.«

»Nanu! Und das hat Tante Herta erlaubt?«

»Warum soll sie nicht?« fragte Rosemarie mit einiger Verlegenheit.

Hilde lachte. »Na, erstens überhaupt! Und dann merkt doch ein Blinder, daß sie nicht mag, daß du mit Herrn Henner zusammen bist.«

»Sag mal, Hilde, bist du ganz allein zu Hause?« fragte Henner ablenkend.

Hilde lachte wieder äußerst vergnügt. »Nein, sie sind alle da, ich muß sie nur erst zusammentrommeln. Aber ich kann doch vorläufig die Honneurs von Steinau mal allein machen. Oder findet ihr, daß ich das nicht kann?«

»Doch, großartig kannst du das, zumal, wenn du uns erst einmal aussteigen lassen wolltest.«

Hilde hatte am Wagenschlag gelehnt und trat nun schnell zurück. »Richtig — aussteigen müßt ihr ja zuerst.«

»Ja, und dann möchten wir gern deinen Vater und Herrn und Frau Baronin begrüßen. Wir haben nämlich etwas von Wichtigkeit mit ihnen zu besprechen.«

Hilde machte ein langes Gesicht. »Ach — da muß ich wohl als überflüssiges Möbel verschwinden?«

Henner war ausgestiegen und hatte Rosemarie aus dem Wagen gehoben. Die streichelte sanft Hildes Wangen.

»Nein, Wildfang, du kannst gern dabei sein.«

»So, na dann mag es gehen. Hoffentlich seid ihr nicht so lange ernsthaft. Ich weiß nicht, ihr kommt mir beide so 'n bißchen sonderbar vor. Du hast so heiße Wangen, Rosemarie, und Herr Henner sieht aus — na, ich weiß nicht wie —, aber jedenfalls anders als sonst. Ist denn was los?«

Henner faßte lachend nach ihrem Zopf, nachdem er sich mit Rosemarie durch einen Blick verständigt hatte. »Etwas ganz Besonderes ist los, Hilde. Kannst du ein Geheimnis zehn Minuten bewahren und eine überraschende Neuigkeit mit Fassung ertragen?«

Mitleidig überlegen sah ihn Hilde an. »Wenn ihr zwei weiter nichts verlangt, das kann ich famos.«

»Schön. Also wollen wir dich einweihen. Sieh uns mal an, Hilde. Rosemarie und ich sind ein Brautpaar.«

Sie stutzte und sah erst ihn, dann Rosemarie an, die ein wenig verlegen vor ihr stand. »Ach — das ist ja bloß Ulk! Beinahe hätte ich mich düpieren lassen. Aber Rosemarie darf doch gar nicht heiraten, hat Tante Herta gesagt.«

»Doch, sie darf und wird es gewiß tun. Aber nun möchtest du uns doch hineinführen, Hilde.«

»Hm! Gleich! Nur noch einen Augenblick. Also ist es wirklich wahr, seid ihr wirklich ein richtiges Brautpaar?«

»Ganz wirklich und wahrhaftig.«

»Und Tante Herta läßt das zu?«

»Es bleibt ihr nichts anderes übrig.«

Da faßte Hilde Henners Hand. »Dann gratuliere ich Ihnen herzlich, Herr Henner. Die Rosemarie ist ein ganz, ganz lieber Mensch. Und krank ist sie auch nicht, keine Spur. Das bildet sich Tante Herta nur ein, Papa sagt das auch.«

Dann umarmte sie Rosemarie. »Du, Herr Henner ist eigentlich *mein* Ideal, aber das tut nichts, ich freue mich doch, daß du verlobt bist. Na, und Heinz wird staunen! Der schwärmt auch für deinen Bräutigam. Heinz darf ich es aber schreiben, ja?«

»Ja, nach zehn Minuten darfst du das Geheimnis aller Welt verkünden.«

»Oh, fein! So eine Neuigkeit ist eine prima Sache. Aber nun kommt hinein. Jetzt setze ich die Alarmglocke in Bewegung, daß die anderen zusammenlaufen; ich weiß nicht, wo sie stecken.«

Sie rannte dem Brautpaar voran und schlug in der Vorhalle mit Vehemenz einige Male an das Tamtam, das in Steinau zu Beginn der Mahlzeiten angeschlagen wurde.

In wenigen Augenblicken eilten alle Familienangehörigen sowie ein Teil der Dienerschaft herbei, selbst Hansi, von seiner Wärterin geführt, tapste jauchzend in die Halle.

»Was ist denn los, Hilde, was machst du für einen Heidenlärm?« fragte Jobst von Steinau.

»Besuch ist da! Ihr laßt euch ja alle nicht sehen. Wenn ich nicht die Honneurs gemacht hätte, stände es sehr schlimm um unseren gastfreundlichen Ruf.«

»Also du kriegst eine Anstellung bei der Feuerwehr, Hilde«, neckte Baron Haller. »Alarm schlagen kannst du schon großartig.«

Lena nötigte Henner und Rosemarie lachend in ein Zimmer. Auch sie fragte gleich nach Tante Herta, nachdem man sich allseitig begrüßt hatte. Und Jobst von Steinau war sehr erstaunt, daß Rosemarie ohne ihre

Tante gekommen war. Forschend sah er von ihr zu Henner hinüber.

Dieser hielt nicht lange mit seiner Eröffnung zurück. »Meine hochverehrten Herrschaften, ich habe Ihnen eine freudige Mitteilung zu machen. Fräulein von Waldeck hat mir heute ihr Jawort gegeben. Wir sind gekommen, um uns Ihnen als Brautpaar vorzustellen.«

Diesen Worten Henners folgte von allen Seiten eine warme, herzliche Gratulation. So ganz unvorbereitet wurde niemand von dieser Nachricht getroffen.

Jobst von Steinau zog Henner und Rosemarie zusammen in seine Arme. »Der liebe Gott hat mir mit eurer Verlobung einen Herzenswunsch erfüllt, liebe Kinder! Ich weiß, sie ist auch ganz im Sinne von Rosemaries verewigtem Vater. Ihr seid einander wert und werdet euch, will's Gott, immer gut verstehen. Aber nun sagt mir nur gleich, wie Tante Herta die Verlobung aufgenommen hat.«

»Schlimm, sehr schlimm, Onkel Steinau«, sagte Rosemarie mit einem leisen Seufzer.

Der alte Herr nickte. »Na, so ungefähr kann ich es mir ja denken. Daß sie euch nicht begleitet hat, illustriert mir so ungefähr ihre Gefühle. Aber das soll uns nicht abhalten, eine kleine Verlobungsfeier aus dem Stegreif zu inszenieren. Lena, nun zeig einmal, daß du Talent hast, hübsche Feste zu improvisieren.«

Rosemarie legte bittend ihre Hand auf seinen Arm und hielt auch Lena zurück. »Bitte, laßt das. Ich danke euch herzlich, aber uns ist beiden nicht danach zumute, ein Fest zu feiern. Nicht wahr, Henner, du denkst wie ich?«

»Ja, Rosemarie. Wenn uns unsere lieben Freunde gestatten, ein Stündchen friedlich und behaglich in ihrer Mitte zu weilen, dann ist uns das festlich genug«, antwortete Henner, Rosemarie die Hand küssend.

»Na, schön! Das sollt ihr auch haben. Aber auf euer Wohl anstoßen, das müssen wir. Hilde, bestell mal Schampus«, entgegnete Herr von Steinau gemütlich.

So wurde wenigstens nach guter deutscher Sitte auf das Wohl des Brautpaares getrunken.

»Zum Tee bleiben wir auch, Lena«, sagte Rosemarie lächelnd.

»Wir hätten euch auch gar nicht fortgelassen«, erwiderte die Baronin herzlich.

Bevor dann der Tee eingenommen wurde, hatte das Brautpaar mit Jobst von Steinau eine Unterredung in dessen Arbeitszimmer. Rosemarie wollte dem alten Herrn keine Details ihrer Verlobung vorenthalten, auch nicht den Bericht über die Unterredung mit Tante Herta. Rosemarie bat den alten Herrn, ihr zu helfen, die Tante zu beruhigen und zu versuchen, sie mit ihrer Verlobung auszusöhnen. Er versprach, alles zu tun, was in seinen Kräften stand.

»Ich werde mit dir nach Waldeck zurückfahren, Rosmariechen! Henner setzen wir in Teklenburg ab auf der Heimfahrt. Es ist ratsam, wenn er heute nicht mehr nach Waldeck zurückkehrt. Ich spreche dann ein vernünftiges Wort mit Tante Herta und gebe ihr Gelegenheit, sich auszujammern. Davon wird ihr leichter werden. Und dann werde ich auch gleich die Angelegenheit mit Heinz zur Sprache bringen. Die Gelegenheit ist günstig. Ich glaube, es ist besser, wenn sie Henner heute nicht mehr sieht. Auf dem Heimweg erstatte ich dann Henner heute abend in Teklenburg Bericht über den Ausgang meiner Mission. Und ich hoffe, mein lieber Henner, daß Sie dann morgen Frau von Ribnitz in etwas gemäßigter und vernünftiger Stimmung empfängt. Wenn sie erst einsieht, daß sie nichts ändern kann, wird sie sich schon ins Unvermeidliche fügen, wenn sie auch noch lange ängstlich an ihrer Sorge um Rosemarie festhalten wird.«

Herta von Ribnitz hatte einige fürchterliche Stunden hinter sich. Es war alles mit einem Schlag in ihr zusammengebrochen, was sie all die Jahre künstlich aufgebaut hatte. Sie mußte einsehen, so sehr sie sich auch sträubte, daß sie im Ernst nichts gegen Rosemaries Verlobung ausrichten konnte. Besser als Henner erkannte sie, daß nur die Liebe Rosemarie nach Schloß Teklenburg getrieben haben konnte, und zwar eine große, unbezwingliche Liebe, die sich das ihre suchte und durch nichts zu beirren war.

So war alles umsonst gewesen, was sie getan hatte. Umsonst hatte sie sich in ein Gewebe von Schuld und Sünde verstrickt, umsonst hatte sie all die Jahre mit aller Kraft und Aufopferung an dem Gedeihen von Waldeck gearbeitet, in der Hoffnung, daß ihr Fleiß einst ihrem Sohn zugute kam. Ein anderer sollte die Früchte ihres Fleißes ernten. Sie und ihr Sohn standen nun wieder dem Nichts gegenüber und würden abhängig sein von der Gnade Rosemaries und, was schlimmer war, von der Henner von Teklenburgs.

Lange ging Frau von Ribnitz in großer Aufregung in ihrem Zimmer auf und ab und preßte die Hände gegen die Schläfen. Ein brennender Haß gegen Henner von Teklenburg stieg in ihr auf. Sie war überzeugt, daß er Rosemarie nur unglücklich machen würde. Er würde sie vernachlässigen, sobald er Herr über ihren Besitz und ihr Vermögen geworden war und hatte es nicht einmal für nötig gehalten, ihr Liebe vorzutäuschen, so sicher war er seiner Sache gewesen.

Sie suchte sich einzureden, daß das Schicksal, das sie Rosemarie bestimmt hatte, wünschenswerter für diese gewesen wäre als das, was ihr Henner von Teklenburg bereiten würde.

Aber auch die Reue klopfte an ihre Brust. Noch wehrte sie ihr trotzig den Eintritt. »Was ich getan habe, ich tat es für meinen Sohn, nicht für mich.«

So saß sie noch, als der Wagen mit Rosemarie und Jobst von Steinau zurückkam. Unwillkürlich richtete sie sich empor und schaute hinaus. Sie sah, daß Henner von Teklenburg nicht mitgekommen war.

Aufatmend strich sie sich über die Stirn.

Gottlob, daß sie diesem jetzt wenigstens nicht gegenüberzutreten brauchte. Sie empfand für Henner zugleich Haß und Furcht. Ihr war, als könnten seine Augen sie durchschauen, als wäre sie von Glas.

Es würde sie schon viel Überwindung kosten, Herrn von Steinau zu empfangen. Dazu mußte sie alle Willenskraft zusammennehmen, die ihr noch geblieben war.

Gleich darauf trat Jobst von Steinau ein. Er erschrak über das blasse, verfallene Gesicht Hertas. Bestürzt eilte er auf sie zu und faßte ihre Hand.

»Aber, aber! Meine liebe, verehrte Freundin, ich sehe Ihnen an, daß Sie sich maßlos aufgeregt haben über diese Verlobung. Wie können Sie sich nur so gehenlassen? Sie machen sich ja noch selbst krank mit Ihrer nutzlosen Angst und Sorge. Wenn ich Ihnen doch ein wenig Mut und Gottvertrauen einflößen könnte. Sie sollen sehen, es geht alles gut. Henner ist ja ein so ruhiger, vernünftiger Mensch geworden. Er wird Rosemarie beschützen und behüten und Ihnen Ihr schweres Amt erleichtern. Lassen Sie doch endlich einmal den lieben Gott ein bißchen sorgen, Sie arme, törichte Frau, und sehen Sie nicht so trostlos in die Zukunft.«

Sie blickte mit erloschenen, glanzlosen Augen zu ihm auf.

»Sparen Sie Ihre Worte, Herr von Steinau, Sie wissen ja doch nicht, wie es in mir aussieht.«

Herr von Steinau rückte ein wenig näher und faßte wieder ihre Hand, wider Willen von Mitleid ergriffen mit der gebrochenen Frau, die er sonst immer so energisch und gefestigt kannte.

»Nun, nun — diese Müdigkeit wird vergehen und die Verzagtheit sich verlieren. Sie müssen nicht glauben, daß Rosemarie Ihnen all Ihre Mühe und Sorge mit Undank lohnen will. Das liegt doch nicht in ihrer Art. Im Gegenteil! Aber sie liebt Henner und diese Liebe ist mächtiger als alles andere. Und wir wollen ihr doch ihr Glück gönnen.«

»Ihr Glück? Ist das ein Glück, wenn eine liebende Frau sich einem Mann zu eigen gibt, der nur nach ihrem Vermögen trachtet und offen eingesteht, daß er nicht aus Liebe um sie wirbt? O nein, Herr von Steinau, so sieht das Glück nicht aus, das weiß ich wohl besser als Sie.«

»Jeder Mensch sucht das Glück auf seine Art. Rosemarie empfindet es schon ein Glück, Henner helfen zu dürfen. In ihrer Selbstlosigkeit sucht sie nicht das ihre. Und seien Sie versichert, Henner wird sie bald in ihrer reinen Güte und Selbstlosigkeit lieben lernen. Die jungen Leute haben mich als Anwalt zu Ihnen geschickt, um Sie mit ihrer Verlobung auszusöhnen. Rosemarie wartet darauf, daß Sie sie rufen lassen und gut zu ihr sind.«

Frau von Ribnitz lächelte bitter. »Was liegt ihr an mir? Sie mag tun und lassen, was sie will. Energisch genug hat sie sich gegen meine Liebe und Fürsorge gewehrt, ich werde sie ihr nicht mehr aufdrängen und wünsche, ich hätte es nie getan. Ich bin ja nun hier in jeder Beziehung überflüssig geworden, samt meinem Sohn. Wir können unser Bündel schnüren, und als einziges Gut nehme ich dann von Waldeck das Bewußtsein mit, daß Undank der Welt Lohn ist.«

Herr von Steinau schüttelte den Kopf. »Oh, oh! Was sind das für törichte Reden, verehrte Freundin. Die will ich gar nicht gehört haben. Daß Sie in Waldeck auf Lebenszeit eine feste, sichere Heimat haben, ist doch selbstverständlich, daran ändert auch Rosemaries Heirat nichts.

Und Heinz? Nun, meine verehrte Freundin, für Heinz ist es geradezu ein Glück, daß sich alles so gefügt hat. Sie waren nämlich drauf und dran, Ihres Sohnes Glück für ein Phantom zu opfern. Hauptsächlich, um darüber mit Ihnen zu sprechen, bin ich mit von Steinau herübergekommen. Ich trage das schon eine geraume Weile mit mir herum. Heinz hat mich flehentlich darum gebeten, daß ich Ihnen begreiflich machen soll, daß er todunglücklich wird, wenn Sie ihn zwingen, Landwirt zu werden. Er möchte Ihnen nicht wehtun und Sie nicht betrüben. Aber wenn er nicht Offizier werden darf, dann zerstören Sie ihm sein ganzes Leben. Ein Mann kann nur glücklich sein in Ausübung eines Berufs, der ihm zusagt und in dem er all seinen Willen und seine Kräfte einsetzen kann.«

Herta von Ribnitz setzte sich mit einem Ruck straff empor und lachte bitter auf.

»Als ob das so einfach wäre! Selbst wenn ich Heinz, wie die Dinge jetzt liegen, die freie Wahl eines Berufs lassen würde, Offizier könnte er doch nicht werden. Wie denkt er sich das? Als Offizier braucht er doch eine ansehnliche Zulage — wie soll ich ihm die schaffen? Ich bin bettelarm und kann ihm nichts geben — gar nichts.«

Jobst von Steinau beugte sich vor und sah sie erwartungsvoll an.

»Ist das Ihre einzige Sorge? Wäre dies das einzige Hindernis?«

Sie seufzte tief auf. »Jetzt allerdings, da es keinen Zweck mehr hat, daß er Landwirt wird. Aber dies Hindernis ist zu groß, als daß ich es aus dem Weg räumen kann. Mit all meiner Liebe für meinen Sohn bin ich machtlos — weil ich arm bin.«

Es lag eine tiefe Hoffnungslosigkeit, ein bitterer Gram in diesen Worten.

Jobst von Steinau erhob sich erfreut mit einem raschen Ruck. »Nun, dann ist meine Mission schneller erfüllt, als ich zu hoffen wagte. Und es freut mich, daß ich Ihnen diese Sorge vom Herzen nehmen kann. Ich habe über diese Angelegenheit mit Rosemarie auf der Fahrt hierher ausführlich gesprochen. Sie kennt Heinzes Herzenswunsch schon seit seinem letzten Ferienaufenthalt in Waldeck, und so hat sie mich ermächtigt, Ihnen zu sagen, daß sie Heinz sofort ein Kapital von hunderttausend Mark überweisen will, damit er Offizier werden kann. Die Zinsen dieses Kapitals, das Heinz als freies Eigentum gehören soll, genügen als anständige Zulage für ihn, so daß er sich nicht einzuschränken braucht. Sie selbst, verehrte Freundin, sind ja bis an Ihr Lebensende in Waldeck versorgt, und Rosemarie wird es Ihnen nie an etwas fehlen lassen, wie Sie sich denken können. Rosemarie läßt Sie nur bitten, Henner zu helfen, sich in die Geschäfte einzuarbeiten und ihn in alles einzuführen. Er wird auf ihren Wunsch schon jetzt seine Tätigkeit hier aufnehmen, damit Sie mehr Ruhe bekommen.«

Atemlos, die brennenden Augen fest auf ihn gerichtet, hatte sie zugehört. Ihr Herzschlag hatte gestockt, als sie hörte, daß Rosemarie Heinz hunderttausend Mark schenken wollte. Das war zwar wenig im Vergleich zu dem, was sie mit allen Mitteln für ihren Sohn hatte erreichen wollen, aber es war viel, sehr viel, nun sie in ihm wieder einen Bettler gesehen hatte. Vor Not und Sorge schützte ihn dies großherzig gebotene Kapital.

Sie trug in dieser Minute alle ihre kühnen Wünsche und Hoffnungen zu Grabe und war dem Geschick dankbar.

Nur ein tiefer, quälender Schmerz war noch in ihr, daß sie umsonst ihr Gewissen belastet hatte mit schwerer Schuld.

Eine Weile saß sie still und in sich gekehrt. Dann sagte sie halblaut:

»Es ist sehr schön von Rosemarie, daß sie meinem Sohn so viel Gutes tun will. Ich bin ihr sehr, sehr dankbar dafür. Und ich bin nicht in der Lage, dies großherzige Angebot abzulehnen, gilt es doch, damit das Glück meines Sohnes zu begründen. Da darf eine Mutter nicht auf ihren Stolz hören. Wenn er denn durchaus Offizier werden will, und Rosemarie ihm das durch diese Schenkung möglich macht, so will ich nichts dagegen haben. Was ich tun kann, Herrn von Teklenburg hier in die Geschäfte einzuführen, will ich gern tun, denn es liegt mir selbst am Herzen, daß Waldeck in tüchtige, zuverlässige Hände kommt.«

Jobst von Steinau machte ein vergnügtes Gesicht.

»Na, Gott sei Dank, dann ist ja alles in schönster Ordnung! Der Heinz wird Ihnen vor Wonne an den Hals springen. Und nun seien Sie auch wieder ein bißchen vergnügt und werfen Sie Ihr Sorgenpäckchen um Rosemaries Gesundheit energisch von den Schultern. Noch ist kein Grund zum Verzweifeln. Wahrscheinlich ist Rosemarie längst vollständig gesund, dank der guten Luft von Waldeck und Ihrer treuen Pflege und rührenden Sorgfalt.«

Sie sagte seufzend: »Wie glücklich wollte ich sein, wenn Sie recht hätten, lieber Freund. Wenn es doch so wäre.«

»Nun, vielleicht lernen Sie noch daran glauben. Und nun gestatten Sie mir wohl, daß ich Rosemarie rufen lasse. Machen Sie Ihren Frieden mit dem Kind und machen Sie ihr nicht mehr mit Ihren Sorgen das Herz schwer.«

Sie nickte nur schweigend, und er klingelte nach dem Diener, dem er Befehl gab, das gnädige Fräulein herüberzubitten.

Rosemarie folgte dem Ruf sofort.

Mit einem verzagten Blick auf die Tante trat sie ein.

Diese erhob sich und ging ihr entgegen. Sie zog sie in ihre Arme und sah ihr mit einem umflorten Blick ins Gesicht.

»Mögest du glücklich sein, Rosemarie, und Gott mag geben, daß du nicht Schaden nimmst an Leib und Seele in deiner Ehe mit Henner von Teklenburg. Ich begebe mich jeden Einspruchs und werde mich in alles fügen«, sagte sie sichtlich bewegt.

Rosemarie küßte sie. »Ich danke dir, Tante Herta. Und was mir das Leben auch noch bringt, dich trifft keine Verantwortung mehr. Ich stehe nun selbst für mich ein. Jetzt will ich leben — nach meinen Wünschen, gleichviel, ob es mich früher oder später niederwirft.«

Es klang eine verhaltene Erregung aus Rosemaries Worten, und jedes dieser Worte traf Herta von Ribnitz wie ein wuchtiger Vorwurf. Sie vermochte nichts zu erwidern, die Worte blieben ihr würgend im Hals stekken.

Zu ihrer Erleichterung nahm Herr von Steinau das Wort.

»Nun, nun, Rosmariechen, ans Niederwerfen denken wir jetzt gar nicht mehr. Deine Kräfte werden wachsen, wenn du sie regst. Und sicher bist du unter Tante Hertas aufmerksamer Pflege ganz gesund geworden. Die Ruhe und Stille ist sicher sehr gut für dich gewesen und hat dich gekräftigt.«

»Hast du mit Tante Herta schon über Heinz gesprochen, Onkel Steinau?«

»Jawohl, Rosmariechen, es ist alles gut und recht. Tante Herta ist damit einverstanden, daß Heinz Offizier wird.«

Mit wirklicher Wärme nahm Frau von Ribnitz Rosemaries Hand.

»Du willst es Heinz möglich machen, Rosemarie, willst ihm so großmütig helfen und mit deiner Schenkung auch seine Zukunft sicherstellen. Ich danke dir — danke dir von ganzem Herzen, von ganzer Seele. Was du Heinz tust, tust du mir.«

Rosemarie lächelte froh.

»Ach, Tante Herta, was gibt es da zu danken? Ich stelle doch Heinz nur zur Verfügung, was du reichlich verdient hast. Onkel Steinau sagte mir, daß Waldeck unter deiner Bewirtschaftung wohl um hunderttausend Mark im Wert gestiegen ist. So ist es doch nur recht und billig, daß ich deinen Verdienst deinem Sohn zukommen lasse. Heinz soll sich dafür bei dir bedanken. Ich bin ja gottlob so reich, daß mir diese Summe leicht entbehrlich ist. Und was ich sonst noch für dich und Heinz tun kann, soll gern und freudig geschehen.«

Der Friede war wieder hergestellt, und so verabschiedete sich Jobst von Steinau. Er wollte gern zum Abendessen wieder daheim sein.

In Teklenburg erwartete ihn Henner. Der alte Herr stieg gar nicht aus und sagte nur vergnügt:

»Es ist alles in Ordnung, mein lieber Henner. Frau von Ribnitz hat Vernunft angenommen und ist butterweich, weil sie nun auch die Zukunft ihres Sohnes sichergestellt weiß. Wenn Sie morgen nach Waldeck kommen, finden Sie eine bessere Aufnahme als heute. Und nun Gott befohlen — jetzt muß ich heim, ich will Hansi noch einen Gutenachtkuß geben, ehe er zu Bett gebracht wird.«

Henner war froh über diese Nachricht, Rosemaries wegen.

Jobst von Steinau fuhr vergnügt weiter.

Er war noch nicht weit gekommen, als er Hilde erblickte, die ihm auf ihrem Pony entgegengeritten kam. Sie ritt neben dem Wagenschlag.

»Nun, Papa? Wie steht es um Heinz? Hast du mit Tante Herta gesprochen?« fragte sie atemlos vor Erwartung.

Er lachte sie an.

»Jawohl, Hilde. Die Sache ist perfekt. Tante Herta willigt ein.«

»Oh, fein! Kannst du nicht mal ein bißchen aussteigen, Väterchen?«

»Warum denn?«

»Ich möchte dich nur ein bißchen totdrücken vor Freude.«

»Nu nee, Wildfang, damit eilt es mir gar nicht.«

»Aber weißt du, Papa, wir nehmen den Weg durchs Dorf, an der Poststation vorbei, wo ich eben einen Brief für Heinz aufgegeben habe, der ihm Rosemaries Verlobung meldet.«

»Was sollen wir denn noch an der Poststation?«

»Aber Papa! Selbstverständlich ein Telegramm an Heinz abschicken.«

»Hältst du das für unbedingt nötig?« fragte er neckend.

»Jawohl, Papa. Kannst dir doch denken, wie er in Unruhe ist. Das ist eine Quälerei, von der man ihn nicht schnell genug erlösen kann.«

»Hm! Na ja. Aber eigentlich bist du doch nicht die Nächste dazu.«

Sie sah ihn kriegerisch und vorwurfsvoll an.

»Nun bitt ich dich! Wer steht ihm denn näher als seine zukünftige Frau?«

Es zuckte um seinen Mund. »Ach so — na ja, ich dachte, vielleicht seine Mutter.«

Sie stutzte einen Augenblick. Dann wehrte sie entschieden ab. »Ach was — Tante Herta denkt heute in ihrer Aufregung doch nicht daran, und ich sehe nicht ein, warum Heinz noch länger hangen und bangen soll. Tante Herta kann sich nicht so in ihn hineindenken wie ich. Also laß uns nur gleich depeschieren, dann bekommt er die Nachricht noch vor dem Schlafengehen und hat in der Nacht seine Ruhe.«

Sie schleppte den Vater ohne Erbarmen zum Postamt, obwohl er versicherte, daß er vor Hunger umfallen würde. Er ließ sie lächelnd gewähren, als sie die Depesche selbst aufsetzen wollte. Der erste Entwurf war aber viel zu ausführlich.

»Die kostet ein Vermögen, Hilde, wenn ich das von deiner Mitgift abziehe, bleibt nichts übrig.«

»Ach Papa, mach doch nicht solche Witze.«

»Nee, nee, Hilde, eine Depesche muß kurz und bündig sein, sonst wird die Post zu reich.«

Hilde nahm ein anderes Blatt und warf den ersten Entwurf in den Papierkasten. Eine Weile überlegte sie. Dann schrieb sie schnell:

»Hurra! Du darfst Offizier werden, Brief folgt. Hilde.«

Damit war der Vater zufrieden. Er schrieb sogar noch darunter: »Gruß! Onkel Steinau.«

In schönster Eintracht und Harmonie traten Vater und Tochter den Heimweg an, nachdem sie diese Depesche aufgegeben hatten. Und sie kamen in Steinau gerade noch zurecht, um Hansi, frisch gewaschen in einem weißen Nachtkittelchen, gute Nacht zu sagen.

15

Vierzehn Tage waren vergangen seit Rosemaries Verlobung. Und diese Zeit lag hinter ihr wie ein Traum. Sie war noch nicht richtig zu sich gekommen, seit sie ihr Jawort nach Teklenburg gebracht hatte.

Henner war täglich in Waldeck, und obwohl Herta von Ribnitz nun ohne Widerstreben das Amt der Ehrendame übernommen hatte, blieb dem Brautpaar manche Stunde des Alleinseins. Ohne Verzug hatte Rosemarie, von Henner unterstützt, begonnen, ihr ganzes Leben zu ändern. Sie war bei dem schönen Wetter von früh bis spät im Freien, ruderte, ging spazieren, spielte Tennis und tat, wozu sie Lust hatte, fast alles in Henners Gesellschaft. Nun hatte ihr Henner auch auf ihren dringenden Wunsch ein Reitpferd gekauft, ein schlankes, frommes Tier. Es war ein gutgebauter Goldfuchs, der nicht mehr Temperament hatte, als für eine Anfängerin ersprießlich war. Auch war er bereits im Damensattel gut zugeritten.

Inzwischen hatte Henner auch, mit Rosemaries Erlaubnis, an eine befreundete alte Dame in Berlin geschrieben und sie gebeten, für seine Braut eine perfekte Zofe zu engagieren und sofort nach Waldeck zu senden.

Diese Zofe war bereits vor acht Tagen eingetroffen, und Henner hatte ihr selbst Direktiven gegeben, wie sie Rosemarie frisieren und was sie umgehend für ihre neue Herrin aus erstklassigen Modemagazinen verschreiben sollte. Auch ein Reitkleid wurde mitbestellt.

Wie aber dann die Sachen kamen, und ihre Zofe ihr ein neues Kleid nach dem anderen anprobierte und ihr Haar anmutig und zwanglos um den feinen Kopf ordnete — da sah Rosemarie mit staunenden Augen und geröteten Wangen ganz überrascht auf ihr eigenes Spiegelbild.

Als sie so verändert zu ihrer Tante ins Zimmer trat, stockte dieser einen Moment der Atem. Was da vor ihr stand, war eine reizende junge Dame, auf die das Prädikat »häßlich« durchaus nicht mehr passen wollte. Sie mußte die Lippen zusammenpressen, um den überraschten Ausruf zurückzuhalten. Wohl hatte sie Rosemarie mit Absicht häßlich und geschmacklos gekleidet, aber solch eine Umwandlung hätte sie doch nicht für möglich gehalten.

Und dann kam Henner.

Als er eintrat und Rosemarie erblickte, die verwirrt und errötend vor ihm stand, stutzte er vor Überraschung. Aber dann leuchteten seine Augen freudig in die ihren. Sie erschien ihm wie mit einem Zauberstab berührt, wie ein Schmetterling, der aus einer häßlichen Raupe gekrochen war und nun seine Schwingen entfaltete.

Er trat zu ihr, küßte ihre Hand und fragte leise:

»Was hat dir heute dein Spiegel gesagt, Rosemarie?«

Da flutete ihr das Blut in heißen, stürmischen Wellen zum Herzen. Sie vermochte nicht zu antworten und schüttelte nur leise den Kopf. Und sie wußte nicht, wie reizend sie war in ihrer lieblichen Verwirrung und Hilflosigkeit.

Henner gab mit einem warmen Druck ihre Hand frei und wartete nicht auf ihre Antwort. Er begrüßte artig Frau von Ribnitz und besprach schnell etwas Geschäftliches mit ihr, um seiner Braut Zeit zur Fassung zu lassen. Aber seine Blicke weideten sich in frohem Staunen an dem holden Wunder, das an Rosemarie geschehen war.

Während sie dann alle drei am Teetisch saßen, plauderte Henner ungezwungen, sah dabei aber immer wieder Rosemarie an. Und sie fühlte seine Blicke und hatte starkes Herzklopfen.

Dann wurde Frau von Ribnitz abgerufen, als sie sich vom Teetisch erhoben hatten. Da trat Henner zu Rosemarie. Ihre Arme fassend, drehte er sie um, so daß sie vor einem hohen Spiegel stand und sich ansehen mußte. Über ihre Schulter blickend, sagte er weich:

»Wo ist nun das häßliche, junge Entlein geblieben, Rosemarie? Siehst du nun ein, daß du alles andere eher bist als häßlich? Diese junge Dame hier vor mir in dem geschmackvollen weißen Kleid finde ich außerordentlich hübsch und reizend. Und sie hat das schönste Haar, das ich je gesehen, einen bewundernswerten Teint und wunderschöne Augen — die nur ein wenig zu traurig blicken und sich gar nicht freuen wollen an dem hübschen Bild da vor uns.«

Sie war wie in Glut getaucht und machte sich hastig von ihm los.

»Du mußt mir keine Komplimente machen, Henner.

Das bin ich nicht gewöhnt. Und es paßt auch nicht zu unserer ehrlichen Freundschaft.«

Er faßte ihre Hände.

»Doch, Rosemarie, es paßt sehr gut zu dem, wovon ich sprach, denn es war meine ehrliche Überzeugung, die du immer von mir hören sollst. Laß es dir nur gefallen. Ich freue mich — freue mich wie ein Kind, daß du so reizend bist. Und nun wünsche ich mir nur noch, daß ich dich auch von deiner Gesundheit überzeugen kann, damit du glauben lernst, sowenig krank wie häßlich zu sein.«

Er sagte die letzten Worte in sehr ernstem Ton.

Sie schüttelte hastig den Kopf.

»Nicht davon sprechen, Henner, ich will nicht daran denken«, sagte sie gequält.

Er strich ihr beruhigend über die schlanke, weiße Hand, die er nie genug bewundern konnte.

»Ich spreche nicht von deiner Krankheit, sondern von deiner Gesundheit. Aber auch das will ich unterlassen, falls du es wünschst. Nur noch eins möchte ich dich fragen. Onkel Steinau erzählte mir von einem Schriftstück, das so etwas sein soll wie ein nachträgliches ärztliches Attest, daß deine Mutter lungenkrank gewesen sei.«

Rosemarie nickte. »Ja, Tante Herta hat es mir vor Jahren gegeben, und ich habe es oft durchgelesen. Erst vorhin noch einmal, bevor ich mich umkleidete. Tante Herta bat mich heute früh nachzusehen, ob ich es noch habe. Sie wünschte, ich möchte es ihr zurückgeben.«

In Henners Augen blitzte es auf. »Aber du hast es noch nicht getan.«

»Nein, weshalb interessiert dich das?«

Er atmete tief auf. »Vielleicht ist es nur eine Marotte. Aber ich habe eine Bitte an dich: Händige mir den Brief aus.«

»Wozu?«

»Darauf möchte ich dir die Antwort schuldig bleiben. Vorläufig wenigstens. Willst du es tun?«

»Ja gewiß. Ich werde Tante Herta sogar Mitteilung davon machen.«

»Das eben möchte ich nicht. Im Gegenteil, verrate es niemandem, daß du ihn mir gibst, und überhaupt nichts von dem, wovon wir jetzt sprechen. Auch Tante Herta nicht.«

»Wenn sie mich aber fragt, ob ich den Brief gefunden habe, und wo er ist?«

Er überlegte. Dann sagte er hastig:

»Könntest du dich in diesem Fall zu einer Unwahrheit entschließen? Du müßtest sagen, daß du ihn nicht gefunden hast, daß er wahrscheinlich einmal mit anderen unwichtigen Papieren verbrannt oder vernichtet worden ist. Später dürftest du ihr gern die Wahrheit gestehen, nur vorläufig nicht.«

Sie blickte ihn ernst an.

»Ohne Grund wirst du das ja nicht von mir verlangen. Also werde ich tun, um was du mich bittest, ohne weiter zu fragen. Ich will dir den Brief gleich holen und ihn dir geben, wenn ich es unbemerkt tun kann. Was ich Tante Herta sage, weiß ich noch nicht. Aber jedenfalls verschweige ich ihr, daß du den Brief hast.«

»Ich danke dir für deine Bereitwilligkeit, mir eine Laune zu erfüllen.«

Sie lächelte.

»Ich habe bisher nicht gewußt, daß du Launen hast.«

Er atmete tief auf.

»Oh, du wirst vielleicht noch mehr Schwächen und Untugenden an mir entdecken. Aber nun geh und hol mir den Brief. Und dann wollen wir hinüber in den Stall gehen. Du sollst dir dein neues Reitpferd ansehen. Es hat schon Freundschaft mit Sleipner geschlossen. Morgen bekommst du deine erste Lektion, da dein Reitkleid nun eingetroffen ist.«

Es war einige Wochen später.

Der Reitunterricht hatte begonnen, und schon zeigte sich Rosemarie so sicher in der Führung des Pferdes, daß sie mit Henner weitere Spazierritte unternehmen konnte.

Auch heute waren sie Seite an Seite durch den Wald geritten. Auf einmal hielt Henner ihr Pferd an. »Es wird doch nicht zuviel für dich, wir haben schon einen weiten Ritt hinter uns.«

»O nein, es ist so schön, ich spüre keine Müdigkeit und bin so froh, daß ich meine Kräfte einmal erproben kann.«

»Aber du sollst dich nicht überanstrengen. Laß uns hier im Sonnenschein rasten. Wir kommen noch zeitig genug nach Waldeck zurück, und ich möchte noch ein Weilchen mit dir plaudern, ohne Tante Hertas Aufsicht.«

Sie hielten die Pferde an. Henner sprang aus dem Sattel, band Sleipner an einen Baum und hob dann Rosemarie vom Pferd herab. Er hielt sie länger als nötig im Arm und sah ihr zärtlich in das von Sonne und Luft gerötete Gesicht. Und da merkte er, daß unter seinem Blick dunkle Glut in ihre Wangen stieg, und sie leise erzitterte.

Das trieb auch ihm das Blut zu Herzen. Er ließ sie nicht aus seinen Armen und trug sie zu einem gefällten Baum, der einen bequemen Ruhesitz bot. Als er sie dort niederließ, küßte er sie plötzlich auf den Mund.

Das geschah zum ersten Mal.

Sie hätte jubeln und weinen mögen über diesen ersten Kuß. Wie ein Schauer war es über sie hingegangen und ihr war, als müsse sie ins Bodenlose versinken.

Ihre Augen sahen weltvergessen zum Fluß hinüber. Was mochte sie denken? Ob sie ihm zürnte, daß er sie geküßt hatte?

Wenn er ihr eines Tages sagen konnte: Du bist gesund, man hat dir nur vorgemacht, du seist krank und erblich belastet, würde dann nicht auch in ihr die Sehnsucht nach Liebe erwachen und nach echtem, wahrem Eheglück?

Wie ein heißer, sehnsüchtiger Strom ging es bei diesem Gedanken durch seinen Körper.

Noch wenige Wochen, dann war Rosemarie sein Weib. Diese Gewißheit erfüllte ihn plötzlich mit einer unruhigen, erwartungsvollen Sehnsucht. Und seine Augen saugten sich fest an ihrem verträumten Antlitz, an ihrer ganzen liebreizenden Erscheinung. Das knapp anliegende Reitkleid brachte ihre schlanke, jugendschöne Gestalt zur vollsten Geltung. Nichts Krankes war an ihr. Gesundheit und Frische strahlten von ihr aus, und entzückt wurde er sich bewußt, daß sie ein süßes, liebenswertes Geschöpf war.

»Wenn ich dich doch glücklich machen könnte, Rosemarie. Es ist mein sehnlichster Wunsch«, sagte er innig und sah sie forschend an.

Unter seinem Blick wurde sie dunkelrot. Sie sprang auf, wie auf der Flucht vor sich selbst.

»Jetzt müssen wir aber heim, Henner. Wir kommen kaum noch zum Diner zurecht, wenn wir uns nicht beeilen.«

Henner erhob sich und ging hinter Rosemarie zu den friedlich grasenden Pferden hinüber. Und als er sie so anmutig und graziös vor sich hinschreiten sah, dachte er bei sich:

Wenn ich nur erst die volle Gewißheit habe, daß sie gesund ist, dann will ich mit aller Innigkeit um ihre Liebe werben, denn ich habe sie lieb, von ganzem Herzen, und sie soll mir gehören mit Leib und Seele.

Von diesem heißen Wunsch beseelt, hob er sie in den Sattel und machte sich zärtlich um sie zu schaffen. Als er ihr die Zügel reichte, preßte er seine heißen Lippen fest auf ihre Hand.

Rosemarie saß wie erstarrt und streifte hastig den Handschuh über. Aber die Stelle, wo seine Lippen geruht hatten, brannte ohne Unterlaß.

Mit einem Satz sprang Henner nun selbst in den Sattel. Seite an Seite ritten sie weiter, wurden beide wieder ruhiger und plauderten von alltäglichen Dingen. Im Laufe dieses Gesprächs sagte Henner:

»Ich werde in den nächsten Tagen nicht nach Waldeck kommen, Rosemarie.«

Sie sah ihn fragend an.

»Weshalb nicht?«

»Ich muß eine kleine Reise unternehmen, die ich schon lange vorhatte und nun nicht länger verschieben kann.«

Sie sagte nicht, was sie empfand, daß sie ihn schmerzlich vermissen würde.

»Wann willst du reisen?« fragte sie nur.

»Morgen schon. Bis Sonnabend denke ich zurück zu sein.«

Mehr sagte er nicht darüber. Sie war gewöhnt, daß er sonst alles ausführlich mit ihr besprach, und konnte sich nicht denken, zu welchem Zweck er jetzt plötzlich eine Reise unternehmen wollte. Sie fragte trotzdem nicht. Was er ihr nicht selbst anvertraute, wollte sie nicht erforschen. Aber sie mußte doch darüber nachdenken. Überhaupt, der heutige Tag gab ihr so viele Rätsel auf und brachte ihr so viel Unruhe. Henners Kuß, sein ganzes zärtliches Wesen und der veränderte Ausdruck seiner Augen — das gab ihr so viel, so viel zu denken.

Sie malte sich oft in stillen Stunden aus, wie das Glück aussah, das sie ersehnte und das sie nie besitzen würde. Ach — dieses Glück erschien ihr so über alles Ermessen süß und schön, daß sie meinte, es in Wirklichkeit gar nicht ertragen zu können.

Auch heute, nachdem Henner Waldeck verlassen hatte und nach Teklenburg zurückgekehrt war, träumte sie von diesem Glück. Es hatte sie heute ganz leise, wie im Vorüberfliegen, berührt, als Henners Lippen sich auf die ihren gepreßt hatten. Und der selige Schrecken über seinen Kuß zitterte noch in ihr nach.

Mit großen Augen sah sie vor sich hin. Die Einsamkeit ihres Zimmers füllte sich mit lockenden Bildern einer erträumten seligen Zukunft. Als sie aber dann aus diesen Träumen seufzend in die Wirklichkeit zurückkehrte, da warf sie sich auf den Diwan und weinte — weinte still und trostlos vor sich hin.

Als sie sich ausgeweint hatte, erhob sie sich und kühlte ihre Augen. Und dann setzte sie sich an ihren Schreibtisch, um an Heinz einen schwesterlichen Brief zu schreiben. Dabei fiel ihr der Brief des Arztes wieder ein, den Henner sich von ihr erbeten hatte. Was er nur damit wollte? Tante Herta hatte gleich am nächsten Tag wieder nach dem Brief gefragt, und Rosemarie hatte, ihres Versprechens eingedenk, geantwortet:

»Ich habe ihn sicher mit anderen unwichtigen Papieren verbrannt. Ich kann ihn nicht mehr in meinem Schreibtisch finden.«

»Hast du alles durchsucht?« hatte die Tante gefragt.

»Alles, Tante Herta, er ist nicht mehr da.«

Und Rosemarie war diese Lüge nicht einmal schwergefallen.

»Was tät ich nicht für ihn — ach, Henner — Henner!«

So dachte sie und kam wieder ins Träumen. Der Brief an Heinz blieb ungeschrieben. Rosemarie vergaß alles über ihren sehnsüchtigen Gedanken.

16

Henner von Teklenburg saß in einem Abteil des Schnellzuges, der ihn nach Süddeutschland führte. Er war auf dem Weg in die süddeutsche Stadt, in der Rosemaries Mutter und Herta von Ribnitz ihre Mädchenzeit im Haus ihrer Eltern verlebt hatten.

Henner war allein in seinem Abteil. Er zog seine Brieftasche hervor und entnahm ihr den Brief des Arztes, den er sich von Rosemarie ausgebeten hatte.

Wie schon oft entfaltete er das bereits etwas vergilbte Schreiben und las es aufmerksam durch. Mit kritischen Augen blickte er auf die für einen Arzt äußerst auffallende kalligraphische Aufzeichnung. Ärzte schreiben meist recht flüchtig und undeutlich. Diese Schrift war jedoch mit großer Deutlichkeit zu lesen, von Anfang bis zu der Unterzeichnung: Dr. Soltau.

Laienhaft!

Henner nickte wie zur Bekräftigung dieses Wortes vor sich hin, faltete das Schreiben sorgsam zusammen und legte es in seine Brieftasche.

Dann flogen seine Gedanken zurück in die Vergangenheit. Er suchte sich die lebenslustige Maria von Waldeck vorzustellen. Sie hatte nur so gesprüht voll Lebensmut und Frohsinn.

Dieser ganze Brief schien ihm äußerst verdächtig, so verdächtig, wie Herta von Ribnitz' ganzes Verhalten. Und daß sie jetzt diesen Brief zurückverlangt hatte, war ein neues Verdachtsmoment. Es drängte Henner unwiderstehlich zu dem Schritt, den er sich vorgenommen hatte, seit er den Brief zum erstenmal mit kritischen Augen betrachtete.

Kaum in der süddeutschen Stadt angelangt, nahm er sich einen Wagen, nachdem er im Adreßbuch die Adresse Dr. Soltaus festgestellt hatte, und fuhr zu dessen Wohnung.

Doktor Soltau, ein stattlicher alter Herr von nahezu sechzig Jahren, hatte noch volles, weißgraues Haupthaar, kluge, scharfe Augen, die den Besucher durch die Gläser einer goldenen Brille anfunkelten, und ein sympathisches, energisches Gesicht.

»Herr von Teklenburg – womit kann ich Ihnen dienen?« fragte er, den Namen von der Karte ablesend, die er noch in den Händen hielt.

»Mit einer Auskunft, Herr Doktor. Soviel ich weiß, sind Sie vor Jahren Hausarzt in der Familie Sr. Exzellenz des Herrn Präsidenten von Haßbach gewesen.«

»Allerdings! Das ist richtig – aber es ist schon längere Jahre her. Exzellenz Haßbach und seine Gemahlin sind schon seit langen Jahren tot.«

»So ist es. Aber Sie erinnern sich gewiß noch, Herr Doktor, daß zwei Töchter in der Familie waren?«

»Gewiß, Herta und Maria von Haßbach. Herta heiratete einen Offizier, Herrn von Ribnitz, und Maria wurde die Gattin des Großgrundbesitzers von Waldeck auf Waldeck. Die letztere ist, wie ich vor Jahren mit Betrübnis in der Zeitung las, bei einem Autounfall ums Leben gekommen. Oh, ich erinnere mich der beiden jungen Damen noch sehr wohl, es waren schöne, liebenswürdige Geschöpfe.«

»Haben Sie, Herr Doktor, später noch etwas von Frau von Ribnitz gehört?« fragte Henner.

Der Arzt schüttelte bestimmt den Kopf.

»Nein, sie ist mir ganz aus dem Gesicht gekommen, seit sie ihrem Gatten in eine sehr weit entfernte Garnison folgte, ich weiß nicht einmal mehr, wohin sie sich verheiratet hat.«

Henner richtete seine Augen scharf und forschend auf das Gesicht des alten Herrn. »Hat Ihnen Frau von Ribnitz nicht später einmal geschrieben, Herr Doktor?«

»Mir geschrieben? Nein, ganz gewiß nicht. Ich wüßte auch nicht, welche Veranlassung sie dazu gehabt haben könnte.«

Henners Herz schlug langsam und schwer.

»Nun, ich meine — aber lassen wir das, Herr Doktor. Ich will Ihnen erst einmal erklären, was mich zu Ihnen führt. Die hinterlassene Tochter Frau von Waldecks ist seit kurzem meine Braut. Es besteht nun im Umkreis von Waldeck das Gerücht, daß die Mutter meiner Braut, die in ihrer Jugend in Ihrer ärztlichen Behandlung war, schon als Mädchen an Tuberkulose gelitten haben soll. Man sagt, diese Krankheit habe sich aus einer Lungenentzündung entwickelt. Und es wird angenommen, daß nur Frau von Waldecks tragischer Tod verhinderte, daß sie dieser Krankheit schon in jungen Jahren zum Opfer fiel. Sie können sich denken, daß ich diesem Gerede auf den Grund gehen möchte. Und deshalb bin ich zu Ihnen gekommen, um Sie zu fragen, ob Sie mir vielleicht an Hand Ihrer Unterlagen genauen Bericht geben können über den damaligen Krankheitsverlauf Frau von Waldecks — oder vielmehr Maria von Haßbachs.«

Dr. Soltau nickte energisch.

»Das kann ich gewiß, ohne meine Bücher zu Rate ziehen zu müssen. Und ich kann Ihnen meine Auskunft nachher auch durch meine Bücher beweisen. Ich erinnere mich dieses Krankheitsfalls noch ganz genau und freue mich, Ihnen eine gute Auskunft geben zu können, die Sie gewiß von schwerer Sorge befreit. Maria von Haßbach erkrankte an einer Infektion. Ich mußte eine leichte Lungenentzündung konstatieren, zur großen Sorge ihrer Mutter. Diese Krankheit verlief jedoch ganz harmlos und heilte vollständig aus, ohne irgendwelche Spuren zu hinterlassen. Bei der überaus kräftigen Konstitution der jungen Dame war das vorauszusehen.

Ihre überaus ängstliche und um ihre Töchter sehr besorgte Mutter bestand trotzdem darauf, daß die junge Dame mit ihr den nächsten Winter im Süden verbrachte, obgleich ich das durchaus nicht für nötig hielt. Diese Reise hat vielleicht Anlaß zu dem törichten Gerücht gegeben, von dem Sie mir berichten. Maria von Haßbach kam frisch und gesund aus dem Süden zurück und versicherte mir lachend, daß sie sich herrlich amüsiert hätte. Auf Wunsch ihrer Mutter mußte ich sie nochmals untersuchen und konnte nur wieder eine prachtvoll gesunde Konstitution feststellen. Das alles werde ich Ihnen gleich schwarz auf weiß bestätigen. Sie können also ganz unbesorgt sein. Von ihrer Mutter kann Ihr Fräulein Braut nur eine kräftige und gesunde Konstitution geerbt haben.«

Henner war vor Erregung ganz bleich geworden. Mit brennenden Augen sah er sich die Aufzeichnungen an, die ihm Dr. Soltau nach kurzem Suchen vorlegte.

Mit einem tiefen Atemzug richtete er sich auf.

»Es freut mich unsagbar, Herr Doktor, daß meine Besorgnisse hinfällig sind. Meine Braut hat mir allerdings auch nie den Eindruck gemacht, als könnte sie schwach und kränklich sein. Frau von Ribnitz hat also nicht brieflich bei Ihnen angefragt, wie es sich mit dieser Krankheit ihrer Schwester verhalten hat?«

Dr. Soltau schüttelte den Kopf.

»Bewahre, Herr von Teklenburg, wie sollte sie dazu kommen? Sie hat ja genau gewußt, daß ihre Schwester kerngesund ist. Oft genug hat sie ihre überängstliche Mutter ausgelacht.«

Henner wußte nun genug. Aber er fragte trotzdem nach: »Sie haben also niemand ein Attest über diese Angelegenheit ausgestellt?«

Verwundert sah ihn der Arzt an. »Ausgeschlossen, Herr von Teklenburg, das müßte ich doch wissen.«

Henner drückte verstohlen auf seine Brieftasche. Wie gut, daß er den gefälschten Brief nicht vorgezeigt hatte, wie es eigentlich seine Absicht gewesen war. Unnötig, daß Dr. Soltau erfuhr, welcher Mißbrauch mit seinem Namen getrieben wurde.

»So darf ich Sie aber wohl jetzt bitten, mir eine Bescheinigung darüber auszustellen, daß Maria von Haßbach, die spätere Frau von Waldeck, vollständig gesund war?«

»Gewiß, das will ich gern tun. Ich habe Maria von Haßbach bis zu ihrer Verheiratung unter meiner ärztlichen Aufsicht gehabt und weiß, daß sie vollständig gesund in die Ehe trat.«

»Ich danke Ihnen sehr, Herr Doktor. Sie können nicht ermessen, welch schwere Sorge Sie mir mit Ihrem klaren, einwandfreien Zeugnis von der Seele nehmen«, sagte Henner und drückte dem Arzt impulsiv die Hand. Er dachte an Rosemarie, an die Wohltat, die er ihr mit diesem Zeugnis erweisen konnte. Und in seinem Herzen war eine tiefe, frohe Dankbarkeit, daß er es sein durfte, der ihr den Glauben an ihre Gesundheit bringen durfte.

Dr. Soltau schrieb sofort die gewünschte Bescheinigung. Und als er sie Henner überreichte, sah dieser, daß Dr. Soltau wirklich die typische, charakteristische Handschrift eines Arztes hatte. Er hatte nun die Gewißheit, daß der Brief, den Herta von Ribnitz Jobst von Steinau und Rosemarie vorgelegt hatte, eine Fälschung war.

Ein Schauder überfiel ihn vor dieser Frau, die mit kühler Berechnung kalten Herzens ein junges Menschenleben durch solche Freveltat unter einem furchtbaren Druck gehalten hatte.

Herzlich und voll Dankbarkeit verabschiedete er sich nach kurzer Zeit von Dr. Soltau. Er fuhr sogleich wieder zum Bahnhof. Schneller, als er gehofft hatte, war er zum Ziel gekommen, und er wollte gleich mit dem Nachtzug wieder heimfahren.

Die Sehnsucht nach Rosemarie trieb ihn zurück. Und in seiner Brieftasche trug er ein kostbares Geschenk für sie. Ich bringe dir das Leben, Rosemarie, dachte er, und eine Zärtlichkeit ohnegleichen erfüllte ihn bei dem Gedanken an sie.

Spät in der Nacht kam er in der Stadt an, die Waldeck und Teklenburg am nächsten lag. Da er keine Fahrgelegenheit nach Hause hatte, blieb er den Rest der Nacht in einem Hotel.

Am nächsten Morgen ließ er sich einen Mietwagen besorgen und fuhr nach Hause.

Am liebsten wäre er sogleich mit der beglückenden Nachricht zu Rosemarie geeilt. Aber er hatte sich unterwegs überlegt, in welche Gemütsverfassung, in welchen

Zwiespalt sie geraten mußte, wenn sie erfuhr, wie Tante Herta sich an ihr versündigt hatte.

In zehn Tagen sollte seine Hochzeit mit Rosemarie stattfinden. Er sagte sich, daß es besser sei, sie während dieser kurzen Zeit noch in dem Glauben zu lassen, daß Frau von Ribnitz es stets gut mit ihr gemeint hatte. So erfuhr sie allerdings die erlösende Kunde einige Tage später, zugleich wurde ihr aber auch eine erregte Auseinandersetzung mit Tante Herta erspart, die unbedingt erfolgen mußte, sobald er sprach.

So nahm er sich vor, Rosemarie ganz allmählich vorzubereiten und ihr die volle Wahrheit erst auf der Hochzeitsreise, fern von Waldeck, schonend beizubringen.

17

Rosemarie saß im Park in dem kleinen Pavillon. Henner hatte seine Rückkehr frühestens für den nächsten Tag in Aussicht gestellt. Sie ahnte nicht, daß er schon zurückgekehrt war. Traumverloren sah sie vor sich hin — und dachte an ihn.

Henner hatte seine Sehnsucht noch vor Tisch nach Waldeck getrieben, und so kam er ganz unerwartet an. Frau von Ribnitz war nicht daheim, und der Diener meldete ihm, daß das gnädige Fräulein sich in den Park begeben habe.

Ohne Verzug eilte Henner dorthin.

Schon von weitem sah er sie im Pavillon sitzen. Sie saß auf einer Bank und hatte den Kopf aufgestützt.

An was sie wohl denken mochte? Er betrachtete sie, reglos stehenbleibend, eine ganze Weile. Und seine Augen weideten sich entzückt an der lieblichen Erscheinung.

Die Gewißheit, daß sie gesund und von keiner ererbten Krankheit bedroht war, erfüllte ihn mit einer unbeschreiblichen Wonne und aus diesem Gefühl heraus drängte sich ihr Name über seine Lippen.

»Rosemarie!«

Wie ein Jauchzen klang dieser Name zu ihr hinüber.

Sie zuckte zusammen und sprang auf, die großen Augen wie verträumt auf sein Antlitz heftend. Ihre Hände preßten sich in frohem Erschrecken an ihre Brust, und langsam stieg unter seinem leuchtenden Blick dunkle Röte in ihre Wangen, während er auf sie zueilte.

»Du, Henner! Du bist schon zurück!« stammelte sie zitternd. Und ihre Augen strahlten einen Moment in unbeherrschter Zärtlichkeit in die seinen.

»Du hast mich noch nicht erwartet, Rosemarie?«

Sie schüttelte, sich Fassung gebend, lächelnd den Kopf.

»Nein — du sagtest doch, frühestens morgen kämst du zurück.«

»Bist du unangenehm überrascht, daß ich schon heute wieder vor dir stehe?« fragte er neckend, in leisem Übermut und doch in dringender Frage.

»Nein — o nein —, ich freue mich sehr«, antwortete sie leise.

Behutsam legte er den Arm um ihre Gestalt. »Hast du mich auch ein wenig vermißt?« forschte er.

Sie fühlte seinen Arm, und um ihm das Beben ihrer Glieder zu verbergen, trat sie schnell einige Schritte von ihm fort und ließ sich wieder nieder. Dann sagte sie, so ruhig sie konnte: »Sehr habe ich dich vermißt. Du fehltest mir überall, weil du mich so sehr verwöhnt hast mit deiner Gesellschaft.«

Mit fröhlichem Lächeln setzte er sich zu ihr. Und als sie in sein Gesicht sah, mußte sie denken, daß er heute wieder ganz dem alten Henner glich, der ihrem kranken Vater stets ein wenig Sonnenschein in sein Krankenzimmer brachte. Es lag der alte Glanz in seinen Augen, und der herbe, bittere Zug um seinen Mund schien in Weichheit aufgelöst zu sein.

»Wenn du wüßtest, Rosemarie, wie es mich freut, daß du mich vermißt hast, daß ich dir so unentbehrlich geworden bin!«

Sie atmete erregt. »Ja — unentbehrlich, ich glaube, das ist das rechte Wort. Ich kann mich noch nicht ohne Stütze in meinem neuen Leben zurechtfinden. Du weißt gar nicht, wieviel du mir geworden bist. Ich wußte mit meinem Tag gar nichts anzufangen. Reiten mochte ich auch nicht allein. Tante Herta ist beschäftigt und auch nicht zum Plaudern aufgelegt. Da bin ich gestern nachmittag nach Steinau gefahren, ganz allein. Und für heute habe ich mir die Steinauer alle zusammen zum Diner eingeladen, damit mir Waldeck nicht so still und leer erscheinen sollte. Sie werden nun staunen, daß du schon zurück bist.«

»Was habt ihr denn gestern in Steinau begonnen?« fragte er, interessiert ihrem Bericht lauschend und sie dabei nicht aus den Augen lassend.

»Ach — so allerhand. Wir haben mit Hansi getollt, und dann habe ich mit Hilde Tennis gespielt; aber wir haben schrecklich gestümpert, namentlich ich, und uns ausgescholten. Onkel Steinau nahm uns schließlich die Rackets aus den Händen und meinte, wenn wir uns zanken wollten, sollten wir es lieber ohne Rackets tun, damit wir nicht in Tätlichkeiten ausarteten.«

Sie lachte dabei ihr klares, weiches Lachen, das er so

gern hörte und dem er auch heute mit Vergnügen lauschte. Herzlich lachte er mit.

»So schlimm war es also beim Tennis?«

»Ja, ich weiß nicht, woran es lag. Hilde meinte, es liege an mir, und sie behauptete, ich —«

Plötzlich hielt sie erschrocken inne, und ihre Augen irrten zur Seite.

»Nun — was behauptete Hilde? Ich möchte das sehr gern wissen. Soll ich sie selbst fragen?« neckte er.

Sie nahm sich zusammen.

»O nein, ich kann es ja sagen, es war natürlich nur eine von Hildes vorwitzigen Bemerkungen. Sie sagte: ›Du bist natürlich mit deinen Gedanken bei Henner und nicht beim Spiel.‹«

Ihre Verlegenheit stimmte ihn großmütig. Er wollte sie nicht mehr in die Enge treiben. So sagte er nur:

»Hoffentlich hat Hilde recht gehabt.«

Rosemarie lenkte ab. »Hattest du eine gute Reise, Henner?«

»O ja, eine sehr gute Reise. Und ihr Zweck ist glänzend erfüllt. Ich habe dir von dieser Reise ein Geschenk mitgebracht, Rosemarie, ein köstliches Geschenk! Nicht nach Geldeswert — dies Geschenk hat nur einen idealen Wert. Aber ich glaube nicht, daß es etwas Schöneres für dich gibt. Das klingt sehr großsprecherisch, nicht wahr? Aber ich bin so froh, daß ich es dir überbringen darf. Du sollst es aber erst erhalten — wenn du meine Frau bist — wenn wir Waldeck verlassen haben. Es ist wohl nicht recht, daß ich dich so neugierig mache, nicht wahr? Aber mir ist das Herz so voll davon, und ich möchte immer davon sprechen. Wie einem Kind, das für seine Eltern herrliche Weihnachtsgeschenke als Überraschung aufbauen will und am liebsten schon vorher alles verraten möchte, weil es nicht erwarten kann, die Freude der Eltern zu sehen, so ist mir zumute. Ich unternahm diese Reise nur, um dir dieses Geschenk zu verschaffen.«

Sie sah ihn lächelnd und fragend an. Er küßte ihre Hand, und sie merkte, daß er froh erregt war, weil er ihr etwas zu schenken hatte. Das weckte ein tiefes Glücksgefühl in ihrer Brust. Überhaupt, sein ganzes Wesen schien wie in Zärtlichkeit getaucht. Und neben dem Glück darüber kam eine große Unruhe in ihr Herz.

Sie zerbrach sich nicht den Kopf darüber, was er ihr wohl zu schenken hätte. Es genügte ihr, daß er sich gemüht hatte, um ihr eine Freude zu machen. Dafür war sie ihm von Herzen dankbar. Das sagte sie ihm auch. Und dann erhob sie sich und bat ihn, noch ein wenig mit ihr durch den Park zu streifen. Sofort sprang er auf und bot ihr seinen Arm.

So schritten sie langsam unter den Bäumen daher, die schon hier und da eine leise herbstliche Färbung angenommen hatten. Dabei kamen sie bis an die hintere Parkmauer, wo der Lindenbaum stand, in dessen Krone Rosemarie so oft gesessen hatte. Henner deutete erstaunt auf die um den Baum befestigte Treppe.

»Was ist denn das für ein seltsamer Bau?« fragte er.

»Da oben ist mein Lieblingsplatz. Von hier aus habe ich lange Jahre alle meine sehnsüchtigen Wünsche nach dem Leben in die Welt geschickt.«

»Das muß ich mir näher ansehen«, sagte er und stieg schnell hinauf. Sie stand wartend unten und sah zu ihm empor. Und sie mußte denken, wie oft sie da oben sehnsüchtig auf sein Vorüberkommen gewartet hatte.

»Das ist ein herrlicher Sitz, Rosemarie!« rief er herunter. »Komm doch ein Weilchen herauf. Hier haben wir beide Platz. Du mußt mir erzählen, was für Bilder deine Sehnsucht hier gesehen hat.«

Langsam stieg sie zu ihm empor. Und ein seltsames Lächeln lag auf ihren reinen Zügen. Als sie oben anlangte, zog er sie neben sich auf den ausgebauten Platz. Ganz dicht zusammen mußten sie sitzen, und er legte zur Sicherheit seinen Arm um ihre Schultern.

Wie ein glückliches Liebespaar, das sich ein heimliches Fleckchen zum Kosen ausgesucht hat, so sitzen wir hier, dachten sie beide.

Und Henner hätte gern diese herrliche Gelegenheit benützt, um seinem so stark erwachten Zärtlichkeitsbedürfnis Ausdruck zu geben. Aber er redete sich selbst zu, vernünftig zu sein und sie nicht zu erschrecken. Sie war noch immer so scheu und zurückhaltend. Er mußte berücksichtigen, daß sie sich erst langsam und unsicher ins Leben hineintastete. Erst, wenn er ihr die Gewißheit ihrer Gesundheit geben konnte, durfte er ihr die Wünsche seines Herzens enthüllen.

Daß er ihr gesagt hatte: »Ich liebe Sie nicht«, wußte er wohl. Noch hatte er dies Wort nicht widerrufen, und es sollte nicht eher geschehen, als bis sie seine Frau war, bis er sie hier von allem, was sie noch drückte und quälte, losgelöst hatte und mit ihr da draußen in der Welt allein war.

So sprachen sie da oben auf dem lauschigen Plätzchen von allerlei, nur nicht von dem, was ihre Seele füllte.

Dann sah Rosemarie auf die Uhr.

»Nun müssen wir aber hineingehen, ich muß mich noch umziehen, Henner, und die Steinauer werden nicht mehr lange auf sich warten lassen. Hast du Tante Herta schon begrüßt?«

Über sein Gesicht flog ein Schatten. Es würde ihn

große Überwindung kosten, Frau von Ribnitz ruhig gegenüberzutreten.

»Nein, der Diener sagte mir, sie sei nicht daheim.«

»Ach, dann ist sie wahrscheinlich ausgeritten. Nun komm, Henner.«

Er half ihr hinab. »Dieses Luginsland ist wirklich ein trauliches Plätzchen, Rosemarie. Aber du hattest von hier doch nur einen Ausblick in eine engbegrenzte Welt. Wie ich mich freue, daß ich dich nun bald hinaus in die große Welt führen darf«, sagte er dabei. Sie sprang die letzten Stufen, auf seine Hand gestützt, hinab. »Möchtest du nicht wieder für immer in der großen Welt leben, Henner?«

Er schüttelte ernst den Kopf. »Nein, sie reizt mich jetzt nur, weil ich sie dir zeigen will. Wenn du genug davon hast, dann kehren wir heim. Nirgends ist es so schön wie in unseren heimischen Wäldern, das habe ich jetzt empfunden. Man darf nur nicht ganz allein sein, muß einen lieben Menschen wenigstens sein eigen nennen und um sich haben. Ich freue mich eigentlich noch mehr auf unsere Heimkehr als auf die Reise, weil mich dann hier eine ernste Lebensaufgabe erwartet. Ich hungere nach Arbeit, Rosemarie. Nichts ist schlimmer für einen Mann als Untätigkeit. Ich habe es an mir erprobt.«

»Dann ist es dir ein Opfer, mich zu begleiten?« fragte sie zaghaft.

»Nein, nein — so mußt du meine Worte nicht auffassen. Ich freue mich, dir die Welt zeigen zu dürfen.«

Sie atmete tief, wie durstig, die laue Luft ein.

»Ich bin so voll von Erwartung!« rief sie aus.

Er sah in ihr Gesicht. Und am liebsten hätte er sie auf seine Arme genommen und wäre mit ihr jauchzend davongestürmt, mitten ins volle Leben hinein. Fest umschloß er ihre Hand und legte sie auf seinen Arm.

»Rosemarie — ich habe eine Bitte an dich«, sagte er mit verhaltener Stimme.

»Sprich!« bat sie lächelnd, und der Wunsch, seine Bitte erfüllen zu können, strahlte aus ihren großen, grauen Augen.

»Du weißt, daß unser erstes Reiseziel Berlin ist, wo wir allerdings jetzt nur zwei Tage bleiben wollen, um verschiedene Einkäufe zu machen.«

»Ja, ja«, nickte sie ungeduldig, »nur weiter!«

Er lächelte über ihre Ungeduld und fuhr dann ernsthaft fort:

»Du willst nicht, daß ich von deiner Gesundheit spreche, Rosemarie, aber ich muß es doch einmal tun. Sei nicht böse. Ich will dich herzlich bitten, in Berlin mit mir zu einem mir persönlich bekannten und sehr berühmten Arzt zu gehen und dich von ihm untersuchen zu lassen. Nur dies eine Mal. Er wird dir ganz genau sagen können, ob du völlig gesund bist.«

Rosemaries Gesicht war blaß und traurig geworden, der frohe Glanz ihrer Augen war verschwunden, und sie hatten wieder den trüben, resignierten Ausdruck.

»Wozu das, Henner?« fragte sie gequält. »Wenn er nun findet, daß ich krank bin, dann wirst du mich mit Bitten um Schonung quälen, wie es Tante Herta getan hat.«

Er blieb stehen und faßte ihre beiden Hände. An denselben zog er sie dicht an sich heran, und sie merkte, daß er sehr erregt war.

»Nein, Rosemarie, das werde ich nicht tun. Ich gebe dir mein Ehrenwort — du sollst deinen Lebensdurst stillen, wie du es verlangst. Ich will dich nur zu dem Arzt führen, weil ich die feste Überzeugung habe, daß du ganz gesund bist, und weil ich dir diese frohe Gewißheit mitgeben will auf den Flug in die Welt hinaus. Ich möchte dich so gern frei und glücklich wissen. Versprich mir, mit mir zu dem Arzt zu gehen.«

Sie seufzte tief auf und sah wie gebannt in seine flehenden Augen hinein. Was hätte sie ihm nicht versprochen unter diesem bittenden Blick. Ihre ganze Seligkeit hätte sie für ihn dahingegeben.

»Ich will es tun«, sagte sie willenlos, »wenn ich auch gern vergessen möchte, daß es etwas wie Krankheit auf der Welt gibt. Ach, Henner! Mir ist plötzlich wieder so bang zumute — als sei alle Sonne für mich erloschen.«

Er drückte ihre Hand fest an sein Herz.

»Sie soll dir scheinen, Rosemarie. Sei nicht verzagt. Glaube mir, daß du gesund bist. Wenn ich meiner Sache nicht so sicher wäre, denkst du, ich führte dich dann zu einem Arzt? Laß dich von meiner Zuversicht anstecken. Du wirst gewiß von allen quälenden Zweifeln erlöst, glaube es mir.«

Bang und zagend und doch mit einem leisen, sehnsüchtigen Hoffnungsschimmer sah sie in seine Augen, aus denen ihr so viel Wärme entgegenstrahlte.

»Wenn du recht hättest — wie glücklich könnte ich sein«, sagte sie mit bebender, verhaltener Stimme.

»Und ich will es mit dir sein, Rosemarie«, flüsterte er erregt, und nicht fähig, sich zu beherrschen, zog er sie fest an sich und küßte sie mit heißen Lippen auf den Mund.

Ein Zittern lief über sie hin. Sie wußte nicht, wie ihr geschah. Instinktiv, als drohe ihr eine Gefahr, als müsse sie ihm jetzt ihr ganzes Fühlen und Denken verraten, wenn sie noch eine Sekunde an seinem Herzen ruhte, machte sie sich hastig von ihm los.

»Ich muß mich umkleiden«, stieß sie mit versagender Stimme hervor und ging hastig weiter.

Seine Augen flammten auf. Ihre Hast verriet ihm mehr, als sie dachte. Aber gleich mußten sie ruhig und beherrscht vor fremden Menschen stehen, er durfte sie nicht noch mehr erregen. Hier waren sie ja nicht allein.

»Wenn sie erst meine Frau ist!«

So dachte er, sich zur Ruhe zwingend, und schritt an ihrer Seite weiter.

»Also du gehst mit mir zum Arzt, Rosemarie?« fragte er mit erzwungener Ruhe.

Sie nickte nur und sah ihn nicht an. Es tat ihm so leid, daß er nicht schon jetzt alle Zweifel lösen konnte, wie es doch in seiner Macht gestanden hätte. Aber er sah dann schlimme Aufregungen und Kämpfe für Rosemarie voraus. Die wollte und mußte er ihr, so gut es ging, ersparen. Und er mußte Zeit haben, sie langsam vorzubereiten.

Als sich das junge Paar dem Haus näherte, kam eben Frau von Ribnitz von ihrem Ausritt nach Hause.

Henner mußte sich Gewalt antun, um sie höflich und artig begrüßen zu können. Dem Gebot der Galanterie folgend, mußte er ihr aus dem Sattel helfen, und er hätte doch am liebsten ihre Hand von sich geschleudert.

»Du bist auch noch nicht umgekleidet für das Diner, Rosemarie? Da komme ich ja auch noch nicht zu spät«, sagte sie zu ihrer Nichte.

»Ja, ich habe mich ein wenig versäumt, Tante Herta, weil Henner unerwartet früh zurückgekehrt ist.«

»Ach richtig. Sie waren ja verreist, Herr von Teklenburg«, bemerkte Frau von Ribnitz höflich kühl.

Henner verneigte sich.

Wenn du wüßtest, wo ich gewesen bin! dachte er. Aber er sagte nur ruhig:

»So ist es, gnädige Frau.«

»Nun müssen wir aber schnell Toilette machen, Tante

Herta! Henner, du bist so freundlich und empfängst die Steinauer und entschuldigst uns.«

Zärtlich küßte Henner seiner Braut die Hand.

»Das soll geschehen, Rosemarie.«

Die beiden Damen zogen sich zurück, und Henner ging nachdenklich in der großen Vorhalle auf und ab, bis die Steinauer kamen.

Diese begrüßten ihn lachend.

»Ach, Herr Henner! Sie sind ja da? Eigentlich sind wir doch eingeladen, um Rosemarie über Ihre Abwesenheit zu trösten. Und nun sind Sie da!« rief Hilde, aus dem Wagen springend.

»Soll ich mich entfernen, Hilde?« fragte er lachend.

Sie schüttelte ihm die Hand. »Nein, nein, schließlich ist es doch netter, wenn Sie hier sind, wir sind sonst eine Menge Damen und wenig Herren. Ach — da kommt ja auch die Rosemarie!«

Hilde eilte dieser entgegen. Rosemarie hatte sich mit dem Umkleiden sehr beeilt. Aber sie sah sehr reizend aus in der zartblauen Robe aus Seidenvoile, die mit gleichfarbiger Perlenstickerei reich verziert war. Hilde umkreiste sie und betrachtete sie in ehrlichem Entzücken.

»Nein, siehst du wundervoll aus, Rosemarie! Ich weiß gar nicht, was uns eingefallen ist, daß wir das nicht früher sahen. Ich glaube, das hast du uns nur mit Absicht vorenthalten. Blendend siehst du aus, einfach blendend. Und das Kleid! Nein, was du jetzt immer für herrliche Toiletten hast«, bewunderte Hilde sie.

»Siehst wie das blühende Leben aus, Rosmariechen!« rief Herr von Steinau, die junge Dame begrüßend, und tätschelte zärtlich ihre Hand.

»Guter Onkel Steinau«, sagte sie lächelnd.

»Du, Rosemarie, gibt's ein gutes Menü heute? Du hast

mir zum Nachtisch eine Diplomatenbombe versprochen«, erkundigte sich Hilde.

Rosemarie strich ihr über das blonde Kraushaar.

»Das habe ich nicht vergessen. Aber was ist das, Hilde? Wo ist dein Hängezopf geblieben? Du hast ja ein blondes Krönlein auf dem Kopf.«

»Na ja — einmal muß man doch aus den Kinderschuhen wachsen. Bitte, wundere dich nicht darüber, sonst befiehlt Lena schleunigst wieder den Bummelzopf.«

Rosemarie nickte ihr zu und trat zu der Baronin.

»Guten Tag, Lena! War dir der Abschied von Hansi sehr schwer?«

Lena begrüßte sie herzlich. »Er wurde eben zur Mittagsruhe niedergelegt, als wir abfuhren. Hoffentlich schläft er recht lange.«

Man ging in einen der großen Empfangssalons und plauderte in fröhlichem und herzlichem Ton miteinander. Hilde neckte sich mit Henner und ihrem Schwager.

Dann kam Frau von Ribnitz. Sie bat um Entschuldigung, daß sie hatte warten lassen. Ihr Erscheinen brachte jedoch gleich eine leise Reserve in den ungezwungenen, warmen Ton.

»Jetzt geht's im Hofton weiter«, flüsterte Hilde ihrem Schwager zu und machte ein würdevoll artiges Gesicht.

Gleich darauf ging man zu Tisch. Ein Diener öffnete die hohe Flügeltür zum Speisesaal, aus dem die Fenster direkt auf die Terrasse hinaus führten.

Jobst von Steinau führte Frau von Ribnitz, Baron Haller bot Rosemarie den Arm und Henner führte Lena.

»Na — und ich?« fragte Hilde lachend und sah sich nach einem Kavalier um.

»Willst du mit meinem anderen Arm fürlieb nehmen, Hilde?« fragte Henner lachend.

Sie hängte sich sofort bei ihm ein.

»Natürlich, besser ein halber Kavalier als gar keiner.«

»Ich werde mir alle Mühe geben, auch dich zu unterhalten, und ich hoffe, daß beide Damen mit mir zufrieden sind.«

»Hast du gehört, Lena? *Beide Damen* hat Herr Henner gesagt. Eine davon bin ich. Du könntest mir nun wirklich lange Kleider bestellen.«

Hilde sah aber in ihrem halblangen Kleidchen aus rosa Krepp sehr reizend aus. Und das blonde Kraushaar umgab ihr blühendes, hübsches Gesicht wie ein Heiligenschein. Es krauste sich in tausend Löckchen um die weiße Stirn, und die glänzten und schimmerten wie gesponnenes Gold.

Lachend sah Henner auf sie herab.

»Dann muß ich wohl ›Fräulein Hilde‹ oder ›gnädiges Fräulein‹ zu dir sagen?«

»Ach Unsinn, Herr Henner, bleiben Sie nur bei dem Du.«

»Nun, dann mußt du mich ebenfalls duzen. Wie ist es, wollen wir nachher Schmollis trinken?«

»Oh, fein! Wird gemacht. Aber mit Sekt, Herr Henner.«

»Selbstverständlich.«

Und sie tranken dann beim Dessert wirklich zum allgemeinen Vergnügen Schmollis.

Als Henner dabei lachend den »Bruderkuß« forderte, sah Hilde zu Rosemarie hinüber.

»Erlaubst du das Rosemarie?«

Diese errötete lachend.

»Natürlich, Hilde!« Als diese dann wirklich mit Henner einen Kuß tauschte, dachte sie: Was wohl Heinz dazu sagen würde!

Henner blickte lächelnd zu Rosemarie hinüber. Seine Augen leuchteten auf, als er den ihren begegnete. Die helle Freude an ihrem reizenden Anblick strahlte ihm aus den Augen.

Bald bist du mein — mein, dachte er sehnsüchtig.

Las sie diese Sehnsucht aus seinem Blick? Vielleicht, aber sie wehrte sich, daran zu glauben. Und ihre Augen trübten sich in resignierter Trauer. Sie glaubte nicht, daß sie ein Mann lieben könnte. Er sah den trüben Schein, und sein Herz krampfte sich zusammen, weil er daran denken mußte, was sie gelitten hatte in den Jahren, die für andere junge Menschen die glücklichsten und sorglosesten waren.

Der heiße Wunsch, sie das alles vergessen zu machen, ihr ein volles, reines Glück bereiten zu können, brannte in seiner Seele.

Wie ich dich liebe, süße Rosemarie, dachte er und hob ihr sein Glas entgegen.

Sie tat ihm Bescheid — und ihre Hand zitterte dabei.

Frau von Ribnitz bemerkte dies Spiel, und aus ihrer Seele rang sich ein stummes Gebet.

»Laß sie glücklich sein, Vater im Himmel, damit meine Schuld nicht noch größer wird.«

In diesem Augenblick sah Henner zu ihr hinüber. Und er sah einen Ausdruck namenloser Qual in ihren Augen. Aber sein Herz war voll Groll gegen diese Frau. Was sie an Rosemarie getan hatte, erschien ihm ungeheuerlich.

18

Rosemaries Hochzeitstag war herangekommen. Das junge Paar hatte gemeinsam den Wunsch gehabt, daß die Hochzeit nur im kleinen Kreise gefeiert werde. Heinz war natürlich nach Waldeck gekommen zu dieser Feier und selbstverständlich auch die Steinauer. Aber außerdem waren nur noch wenige Gäste geladen. Es wurde ein stilles Fest. Aber die wenigen Menschen, die ihm beiwohnten, waren voll herzlicher Wünsche für das Wohl des jungen Paares. Am heißesten betete wohl Herta von Ribnitz für Rosemaries Glück. Die Reue nagte an ihrem Herzen, und es wäre ihr eine Wohltat gewesen, wenn sie Rosemarie hätte ein offenes Geständnis ablegen dürfen. Aber Angst quälte sie, daß sie damit ihrem Sohn schaden könnte. Und diese Angst zwang sie zum Schweigen. Sie grübelte oft, wie sie, ohne sich selbst zu schaden, Rosemarie die Gewißheit geben könnte, gesund zu sein. Sie fand aber nur einen Ausweg — Rosemarie mußte sich nochmals untersuchen lassen von einem andern Arzt. Wenn dieser ihr dann die Versicherung gab, daß sie gesund war, dann war ja alles gut. Dann konnte man sagen, der andere Arzt habe sich geirrt oder Rosemarie sei durch die sorgsame Pflege gesund geworden.

Sie ahnte nicht, daß das Damoklesschwert schon über ihrem Haupt hing.

Rosemarie war eine liebreizende Braut. Ihr Antlitz war jedoch bleich, und die Augen sahen groß und bang aus dem blassen Gesicht heraus.

Erst, als sie an Henners Arm vor den Hausaltar trat, an dem der Geistliche ihrer harrte, stieg leise Röte in ihr Gesicht. Ihre Hand lag leise bebend auf seinem Arm.

Henner sah sie an in inniger Besorgnis und hätte sie am liebsten an sein Herz gezogen. Er preßte ihre Hand fest in seinen Arm. Da flog es wie ein lichter Schein über ihr stilles Antlitz, und in ihrer Seele wurde es Frieden. Sie wußte sich trotz allem geborgen an der Seite dieses Mannes, den ihr junges Herz in tiefer Inbrunst liebte.

Aber dann tönte es ihr ans Ohr:

»Bis daß der Tod euch scheide!«

Da lief es wie ein kalter Schauer über ihren Leib. Mit starren Augen sah sie vor sich hin. Und wie in einer Vision sah sie sich selbst liegen — aufgebahrt zwischen Blumen und Kränzen —, in demselben weißen Kleid, das sie jetzt trug. Der Schleier floß um sie her, wie jetzt auch, aber unter dem grünen Myrtenkranz kam ihr weißes, starres Gesicht hervor, mit geschlossenen Augen — tot und kalt.

Ein qualvoller Seufzer drang über ihre Lippen. Sie wankte an Henners Arm und umkrampfte ihn wie haltsuchend.

Besorgt beugte sich Henner über sie und sah in ihr bleiches Gesicht.

»Rosemarie — Liebling!« flüsterte er beschwörend in heißer Besorgnis.

Da verschwand die Vision. Seine leisen Worte lösten die Starrheit ihrer Glieder. Wie aus einem furchtbaren Traum erwachend, sah sie in sein lebensvolles Gesicht hinein, in seine leuchtenden Augen. Und aus diesen Augen traf sie ein Strahl der Liebe wie eine leuchtende, wärmende Sonne.

Sie hätte sich aufschluchzend in seine Arme werfen und ihn bitten mögen: »Hilf mir! Halte mich, daß ich nicht versinke.« Aber all die Menschen um sie her — was die wohl dazu gesagt hätten. Und er?

Sie zwang ein Lächeln auf ihr Gesicht.

»Es ist nichts — es ist schon vorbei«, sagte sie leise und atmete tief auf.

»Liebling!« flüsterte er noch einmal.

Aber dann waren sie auch schon von allen Seiten umringt und wurden beglückwünscht.

Das alles erschien Rosemarie wie ein Traum. Auch während der folgenden Hochzeitstafel kam sie nicht recht zur Besinnung. Wie ein Automat erschien sie sich selbst, und sie wünschte sehnlichst, daß sie sich wenigstens ein halbes Stündchen zurückziehen könnte. Aber vorläufig war ihr das nicht beschieden.

Trotz der nicht sehr großen Festversammlung herrschte ein vergnügter Ton an der Tafel. Dafür sorgte schon Jobst von Steinau als »stellvertretender Brautvater«, wie er sich nannte.

Am unteren Ende der Tafel saßen zwischen einigen jüngeren Herrschaften Hilde und Heinz. Und diese beiden jungen Menschen genossen die Hochzeitsfeier mit großer Hingabe und frohem Behagen. Heinz kam sogar ins Träumen und ließ seine Blicke von der Braut zu Hilde schweifen. Und nachdem man wiederholt die schäumenden Sektgläser auf das Wohl des Brautpaares geleert hatte, wurde er kühn und flüsterte Hilde zu:

»Du, Hilde, in sechs Jahren spätestens, dann werden *wir* angetoastet, dann sind *wir* der Mittelpunkt.«

Sie sah ihm erschrocken in die blitzenden Augen.

»Jetzt redest du kein Wort weiter davon — das geht wider die Abrede —, und Sekt trinkst du auch nicht mehr«, sagte sie kategorisch und nahm sein Glas fort.

Er faßte verstohlen unter dem Tisch nach ihrer Hand.

»Hilde, du siehst zu reizend aus mit dem blonden Krönchen, beinahe hübscher als mit Hängezopf.«

Sie wurde rot.

»Nun laß endlich den Unsinn, sonst sag' ich's Papa; du weißt, er ist mein Vertrauter. Wir wollen lieber ein Vielliebchen essen, das ist amüsanter«, antwortete sie energisch.

Aber ihre Hand ließ sie doch eine kleine Weile in der seinen ruhen, und damit war er zufrieden.

Jobst von Steinau ließ seine Augen zuweilen zu Heinz und Hilde hinunterschweifen. Er saß neben Herta von Ribnitz. Und der Wein hatte auch ihm noch mehr als sonst die Zunge gelöst.

»Sehen Sie mal da hinunter, verehrte Freundin, zu unsern beiden Nestküken. Was meinen Sie, ob wir eines Tages unsern Segen geben werden, wenn die beiden Kindsköpfe ihn ernsthaft fordern?«

Sie folgte seinem Blick und sah in die strahlend glücklichen Gesichter von Heinz und Hilde. Überrascht blickte sie Herrn von Steinau an.

»Hilde und Heinz?« fragte sie unsicher.

Er nickte.

»Ja! Entre nous — die beiden sind bereits einig, daß sie mal Mann und Frau werden wollen. Dies vertraue ich nur Ihnen an, es ist tiefes Geheimnis. Vorläufig ist es noch Kinderei, aber das sind zwei Charaktere von großer Beständigkeit. Und es steckt schon jetzt ein Quentchen Ernst dahinter. Wie denken Sie darüber? Werden Sie Hilde als Schwiegertochter akzeptieren, wenn es voller Ernst wird?«

Ein weicher Schimmer trat in die Augen der sonst so kühlen, überlegenen Frau.

»Wenn Sie meinen Sohn als Schwiegersohn akzeptieren — dann tue ich es mit Freuden.«

Er reichte ihr die Hand.

»Na schön, dann sind wir einig, und es kommt uns nicht über Hals und Kopf, wenn es soweit ist. Bis dahin fließt noch viel Wasser ins Meer. Aber wir wollen beide achthaben auf unsre Kinder. Und vorläufig kein Wort davon, nicht wahr? So junge Herzen sind scheu und werden leicht erschreckt. Vorläufig sind sie beide noch glückliche Kinder.«

Herta von Ribnitz neigte das Haupt, und eine Träne funkelte in ihren Augen, die still herniederfiel auf ihre Hand.

So töricht und vermessen hatte sie ihres Sohnes Glück aufbauen wollen auf Schuld und Sünde. Es war alles umsonst gewesen. Der kühne Bau war eingestürzt auf dem schwankenden Fundament. Und da sie schon alles verloren wähnte, bauten ihm andere Menschen mühelos in Liebe und Güte eine Brücke zum Glück, während sie mit leeren und besudelten Händen dabeistand.

»Vater im Himmel, vergib mir, was ich getan. Laß es meinen Sohn nicht entgelten«, betete sie inbrünstig. Und ihr Blick suchte in stiller Qual und heimlicher Abbitte das blasse, stille Gesicht der Braut.

Henner fing diesen Blick auf, und er blieb nicht ohne Eindruck auf ihn.

Das Brautpaar war aufgebrochen, die Bahnstation bald erreicht, wo Kulitz und die Zofe schon mit dem Gepäck warteten.

Wie im Flug rollte der Zug, der die Reisenden entführte, durch das Land, und als es Abend geworden, war Berlin erreicht.

In einem der vornehmsten Hotels, in dem telegraphisch Zimmer bestellt waren, nahm das junge Paar Wohnung.

Henner verabschiedete sich nach einer Weile in dem Salon, der zwischen Rosemaries und seinem Zimmer lag, von seiner jungen Frau.

»Es ist schon ziemlich spät, Rosemarie, sonst würde ich gern noch ein wenig mit dir plaudern, aber du sollst deine Ruhe haben. Versprich mir, daß du dich sofort niederlegst und zu schlafen versuchst, damit du morgen früh frisch bist, denn gleich nach dem Frühstück werden wir den Arzt aufsuchen.«

Dabei küßte er ihre beiden Hände und strich ihr sanft über das Haar.

Sie hätte seine Hand, diese warme, streichelnde Hand, küssen mögen. Eine so köstliche Ruhe kam über sie im Bewußtsein, daß sie nun immer bei ihm sein konnte. Mit einem tapferen Lächeln sah sie zu ihm auf.

»Ich will versuchen zu schlafen. Es war heute ein wenig zuviel für mich. Mir scheint doch, daß ich nicht viel Widerstandskraft habe.«

»Das geht jedem gesunden Menschen so nach aufregenden Tagen. Du wirst dich morgen wieder ganz wohl fühlen, verlaß dich darauf.«

Noch einmal küßte er ihre Hand. »Gute Nacht, Liebling!« sagte er mit verhaltener Zärtlichkeit und verließ schnell das Zimmer.

Sie blieb einen Augenblick stehen, die Hände aufs Herz gepreßt und mit geschlossenen Augen.

»Gute Nacht, Liebling!« Das klang ihr in den Ohren wie eine süße Melodie.

Mit einem tiefen Atemzug wandte sie sich und ging in ihr Zimmer.

Jenny half ihr schnell beim Auskleiden. Sie fühlte sich wirklich seelisch und körperlich todmüde und legte sich sofort nieder. Aber schlafen konnte sie doch nicht gleich.

Das ganze Zimmer schien ihr erfüllt von warmen, zärtlichen Tonwellen.

»Gute Nacht, Liebling!« So klang es leise und schmeichelnd aus allen Ecken. Wie eine warme Welle flutete es über sie dahin. Sie faltete die Hände über dem Herzen.

Henner — Henner, ach — wie ich dich liebe! dachte sie voll Inbrunst.

Und dann kam wieder ein schriller Mißton in ihr Empfinden.

»Bis daß der Tod euch scheide!«

Es war, als wollte ein dunkler, unerbittlicher Schatten auf sie eindringen. Aber Henners zärtliches »Gute Nacht, Liebling!« stand wie eine treue Wache neben ihr. Die grausame Angst vor dem Tod wich von ihr. Ganz tapfer wollte sie morgen mit Henner zu dem Arzt gehen und nicht zucken, wenn dieser ihr das Urteil sprach. Dann wollte sie jeden Tag, der ihr noch beschieden war, bis zur letzten Minute auskosten in inniger Dankbarkeit, daß sie es an Henners Seite tun durfte, und daß er durch sie vor Sorge und Not geschützt war. Und wenn sie dann sterben mußte, dann sollte Henner ihr die Augen schließen und ihr ein leises »Gute Nacht, Liebling!« mit auf den letzten Weg geben. Dann würde sie ruhig einschlafen.

Wenn aber der Arzt sagte, daß sie gesund sei?

Sie fuhr empor und setzte sich aufrecht hin. Ihre Augen sahen groß und sehnsüchtig in das Dunkel.

Aber schnell legte sie sich wieder zurück. Nein, nein, nicht daran denken, nicht diese Hoffnung wecken. Gesund sein! Welch eine herrliche, wundervolle Aussicht. Wenn sie gesund wäre, dann — Herrgott im Himmel —, dann durfte sie doch versuchen, sich Henners Liebe zu erringen. Er war so gut zu ihr, so — ja, so zärtlich und liebevoll. Und sie mißfiel ihm nicht. Er sagte ihr, daß sie reizend sei. Alle sagten es ihr. Und ihre heiße, innige Liebe, mußte die nicht ein Echo wecken in seiner Brust? War er nicht von Tag zu Tag zärtlicher zu ihr geworden, hatte er sie nicht geküßt — mit so warmen, heißen Lippen? War sie wirklich hübsch und reizend?

Sie drehte das elektrische Licht an und sprang von ihrem Lager auf. Mit bloßen Füßen huschte sie hinüber vor den hohen Spiegel und sah sich kritisch und prüfend an.

Ein blasses Gesicht sah ihr entgegen, aus dem die roten, feingeschwungenen Lippen glühten. Und die großen Augen schauten sich sehnsüchtig an. Über das feine, weiße Nachthemd fielen zu beiden Seiten die dicken, kastanienbraunen Flechten herab. Sie faßte danach und kreuzte sie wie im Spiel über der Brust. Wie rotgoldene Schlangen wanden sie sich um ihren schlanken, jugendschönen Körper. Durch die feinen Spitzen des Nachtgewandes schimmerte rosig und gesund die Haut des Nackens, und zwei schlanke, schöngeformte Unterarme sahen aus rieselnden Spitzen hervor.

Es war ein liebreizendes Bild, das sich ihren kritischen Blicken bot. Und sie konnte nicht unzufrieden sein. Aber dann errötete sie plötzlich vor sich selbst und wandte sich hastig ab, um ihr Lager wieder aufzusuchen.

»Ach — gesund sein! Gesund — und geliebt.«

Wie ein Gebet stieg das zum Himmel empor. Sie schauderte zusammen.

»Jetzt schlaf, du Närrin!« schalt sie sich selbst aus.

Aber dann betete sie doch wieder, heiß und inbrünstig, um Gesundheit und um die Liebe des Mannes, der seit heute ihr Gatte war.

Dann lag sie still und reglos mit gefalteten Händen und schloß die Augen. Das nie ganz verklingende Berliner Leben sandte verlorene Laute in ihr stilles Gemach. Es war, als dringe dies stark pulsierende Leben lockend und verheißend zu ihr herein. Und sie lag und lauschte. Es war so seltsam, daß trotz der späten Stunde noch nicht Ruhe war. Sie war die lautlose Stille in Waldeck gewöhnt, die höchstens durch das Bellen eines Hundes oder durch eine andere Tierstimme unterbrochen wurde.

»Nun bist du draußen in der Welt. Wenn du morgen früh erwachst, stehst du mitten in einem fremden Leben — allein mit Henner«, dachte sie noch, als der Schlaf sich über ihre Lider zu senken begann.

»Lieber Henner — lieber Henner!«

Dies war ihr letzter Gedanke vor dem Einschlafen. Sie schlief tief und fest, gesunden Schlaf der Jugend, bis zum hellen Morgen.

19

Am nächsten Morgen war Henner früher wach als Rosemarie. Nachdem er sich angekleidet hatte, ging er hinab in das große Vestibül des Hotels. Dort befand sich gleich neben dem Ausgang eine Blumenhandlung in einem zierlichen Kiosk. Ausgesucht schöne Blumen waren hier in geschmackvollen Arrangements ausgestellt.

Henner kaufte einen Strauß wundervoller roter Rosen und fuhr mit dem Lift wieder hinauf.

Er übergab Kulitz den Strauß. »Geben Sie Jenny die Rosen, Kulitz, sie soll dieselben meiner Frau gleich nach dem Erwachen ans Bett bringen. Und dann soll sie mir Meldung machen, wann meine Frau bereit ist, mit mir das Frühstück einzunehmen. Es soll drüben in dem Salon serviert werden.«

»Sehr wohl, gnädiger Herr«, sagte Kulitz mit der tadellosen Verbeugung eines erstklassigen Kammerdieners, den er auch in seinem Anzug würdig repräsentierte.

Henner sah ihm lächelnd nach.

Als Kulitz noch mit Jenny sprach und seinen Auftrag ausrichtete, wurde diese zu ihrer jungen Herrin gerufen. Rosemarie war erwacht. Jenny eilte zu ihr hinein und legte ihr die Rosen auf das Bett. Rosemarie grub ihr Gesicht in die taufrischen Blumen.

»Nun schnell, Jenny, es ist schon sehr spät«, sagte sie und beeilte sich mit ihrem Anzug.

Bald darauf saß sie mit Henner am Frühstückstisch. Das Fenster des Hotelsalons stand weit offen und ließ die Sonne herein.

»Ich danke dir für die herrlichen Rosen, Henner«, sagte Rosemarie, nachdem sie Henner begrüßt hatte.

»Haben sie dich ein wenig erfreut, Rosemarie?«

»Sehr.«

»Sie sollten dir ein Gruß sein — von dem neuen, lachenden Leben.«

»Du bist so gut«, sagte sie leise.

Er küßte ihre Hand. »Weißt du noch, daß ich dir ein Geschenk versprach, Rosemarie, als ich neulich von meiner kurzen Reise zurückkam?« fragte er.

Sie nickte lächelnd.

»O ja, das habe ich nicht vergessen.«

Er beugte sich vor und sah ihr tief in die Augen.

»Heute wirst du es erhalten — wenn wir vom Arzt zurück sind.«

Sie atmete tief auf. »Ich bin so voll Erwartung.«

»Und gehst ruhig mit mir, nicht wahr?«

Sie nickte tapfer. »Gehen wir dann gleich?«

»Um elf Uhr hat er Sprechstunde, ich habe bereits im Adreßbuch nachgesehen. Gleich nach dem Frühstück fahren wir zu ihm.«

So geschah es denn auch.

Sie bestiegen ein Auto, und Henner gab dem Chauffeur die Adresse.

Rosemarie nahm das lebhafte bunte Treiben in den Straßen sehr in Anspruch. Manches in diesen Straßen war ihr bekannt von dem kurzen Aufenthalt in Berlin mit Tante Herta vor zwei Jahren. Die offiziellen Gebäude hauptsächlich hatte sie in Erinnerung behalten.

Und dann fuhr das Auto durch eine lange, asphaltierte Straße im Tiergarten nach dem Westen Berlins, wo der Arzt wohnte. Diese Straße glaubte Rosemarie auch wiederzuerkennen.

Je weiter sie fuhren, desto bekannter schien Rosemarie die Umgebung.

»Ich glaube, hier bin ich damals mit Tante Herta gefahren, als wir den Arzt aufsuchten«, sagte sie.

»Wo wohnte dieser Arzt?« forschte Henner.

Sie schüttelte lächelnd den Kopf.

»Das weiß ich nicht. In einem schönen, großen Haus, das einem Palast glich.«

»Wie hieß dieser Arzt eigentlich?«

Wieder lächelte sie.

»Ach, das habe ich auch vergessen. Ich hatte damals so viel Neues zu sehen und in mich aufzunehmen. War es doch mein erster und einziger Ausflug in die Welt.«

Und dann fuhr das Auto um eine Straßenecke und hielt gleich darauf vor einem hohen, palastähnlichen Miethaus, wie es im Westen Berlins so viele gibt.

»Warten!« gebot Henner dem Chauffeur und führte seine Frau zum Portal.

Als der Portier sie eingelassen hatte, und sie die teppichbelegten Marmorstufen hinaufschritten, sagte Rosemarie leise:

»Henner, ich glaube, du führst mich zu demselben Arzt, bei dem ich mit Tante Herta war. Dies Haus kommt mir so bekannt vor.«

Und als sie in diesem Augenblick vor der Tür des Arztes hielten, nickte sie energisch.

»Ja — jetzt erkenne ich auch dies Namensschild wieder. Nicht wahr, Professor Vogel ist ein großer, schlanker Herr mit etwas gelichteter Stirn und einem Spitzbart? Er hat eine Narbe auf der Stirn und vorspringende, buschige Augenbrauen, wie Onkel Steinau?«

Henner zuckte überrascht zusammen.

»Allerdings, Rosemarie, diese Beschreibung paßt genau auf Professor Vogel. Es ist ein seltsames Zusammentreffen — ein eigenartiger Zufall, fast möchte ich es eine Fügung des Schicksals nennen«, schloß er zögernd.

Rosemarie mußte tief Atem holen, als sei ihr die Brust zu eng.

Besorgt betrachtete Henner sie.

»Du versprichst mir, ganz ruhig zu sein, Rosemarie — was du auch hören wirst«, sagte er leise.

Sie nickte nur und er zog die Klingel.

Ein Diener führte sie ins Wartezimmer, das mit großer Eleganz eingerichtet war. Es war gerade erst elf Uhr, und noch waren keine Patienten anwesend.

»Gottlob, wir sind die ersten! Es wäre unangenehm gewesen, wenn wir hätten lange warten müssen. Und Professor Vogel läßt niemand außer der Reihe vor«, sagte Henner.

Sie nickte.

»Ja, ja — ich weiß! Tante Herta wollte damals schnell abgefertigt werden, aber es ging nicht. Dies Zimmer erkenne ich auch wieder.«

Er sah sie forschend an.

»Hat dir Professor Vogel damals selbst gesagt, wie es um dich steht, Rosemarie?«

»Nein. Tante Herta ist erst allein zu ihm hineingegangen und blieb auch dann noch, als die Untersuchung beendet war, und ich mich schon wieder entfernt hatte aus seinem Zimmer. Sie wollte mir ersparen zu hören, was der Professor gefunden hatte, und hat mich dann erst schonend vorbereitet.«

Henner ballte heimlich die Hände zusammen. Er durchschaute immer mehr das frevelhafte Spiel von Rosemaries Tante.

»Aber heute will ich selbst von ihm hören, welches Urteil er über meinen Zustand fällt«, fuhr Rosemarie hastig fort.

Er streichelte ihre Hand und sah ihr ernst in die Augen. »Das sollst du, Rosemarie.«

Jetzt trat der Diener wieder ein und ließ zwei Damen eintreten. Zugleich bat er Henner, ihm zu folgen und öffnete die hohe Flügeltür, die ins Nebenzimmer führte.

Das junge Paar trat ein.

Professor Vogel stand mitten im Zimmer an einem Gestell aus Glasplatten, auf dem allerlei Gerätschaften lagen. Er drehte sich nun mit einer jugendlich schnellen Bewegung um und sah die Eingetretenen an. Sofort erkannte er Henner und trat auf ihn zu, ohne zunächst auf seine Begleiterin zu achten.

»Mein lieber Herr von Teklenburg — Sie hier in Berlin? Mir wurde vor Monaten gesagt, Sie seien nach den

Kolonien ausgewandert!« rief er, Henner herzlich die Hand reichend.

»Nein, Herr Professor — so weit bin ich nicht gekommen, wenn ich auch vielleicht die Absicht hatte. Ich habe mich nur nach Teklenburg zurückgezogen. Gestatten Sie mir, daß ich Ihnen meine Gattin vorstelle.«

Der Professor verneigte sich vor Rosemarie und sah ihr mit seinen scharfen, suchenden Augen ins Gesicht. Er stutzte ein wenig.

»Meine verehrte, gnädige Frau — mir scheint doch, als hätte ich Sie schon kennengelernt. Ihr Gesicht kommt mir bekannt vor, aber — mir ist doch — als kenne ich dies Gesicht in einem andern Rahmen.«

Rosemarie schlug das Herz bis in den Hals hinauf.

»Ich habe mich vielleicht etwas verändert, Herr Professor. Wir kennen uns allerdings schon. Vor reichlich zwei Jahren war ich in Begleitung meiner Tante, Frau von Ribnitz, bei Ihnen, um Sie über den Zustand meiner Lungen zu konsultieren.«

Professor Vogel schlug sich leicht gegen die Stirn.

»Richtig — jetzt bin ich orientiert. Warten Sie einen Augenblick.«

Er zog aus einem Büchergestell ein langes, schmales Buch und blätterte darin.

»Da haben wir's! Es war im Juni vor zwei Jahren — nun weiß ich auch Ihren Namen. Rosemarie von Waldeck, nicht wahr?«

»So ist es, Herr Professor. Das wissen Sie noch?« fragte Rosemarie.

»Ja, meine gnädigste Frau — dank dieses Büchleins, in dem alles notiert wird, was der zerstreute Herr Professor sonst vergessen würde. Hier habe ich alle Personalien meiner Patienten, auch wenn sie nur flüchtig zu mir in

Beziehung getreten sind. Natürlich nicht in diesem einen Buch — Sie sehen, da steht eine ganze Reihe. Aber was verschafft mir nun heute die Ehre Ihres Besuchs?«

»Wir kommen zu Ihnen, Herr Professor, mit der Bitte, daß Sie meine Frau heute noch einmal gründlich untersuchen«, sagte Henner und richtete seinen Blick voll ernster Bitte auf den Arzt.

Der Professor verneigte sich und forderte zum Platznehmen auf. Danach blickte er, um sich zu orientieren, in das Buch und las seine Aufzeichnungen über Rosemarie.

Dann richtete er sich straff auf und legte das Buch beiseite.

»Ihre Frau Tante, gnädige Frau, teilte mir damals mit, daß Ihre verstorbene Mutter an Tuberkulose erkrankt gewesen war.«

»Ja, Herr Professor. Sie war in Sorge, daß ich dies Leiden von meiner Mutter geerbt hätte.«

»Ganz recht. Und ich konnte sie von dieser Sorge befreien und mit Vergnügen konstatieren, daß Sie völlig gesund waren und sogar recht kräftige Lungen besaßen.«

Henner saß weit vorgebeugt, als dürfe ihm keines dieser Worte entgehen.

Rosemarie schüttelte mit einem blassen, resignierten Lächeln den Kopf.

»So war es leider nicht, Herr Professor. Sie erinnern sich vielleicht nicht mehr genau. Sie sagten im Gegenteil meiner Tante, daß sich bereits leise Spuren dieser schlimmen Krankheit bei mir zeigten, daß ich sehr schonungsbedürftig sei und vor allen Dingen nicht heiraten dürfe, um das Leiden nicht zu einem schlimmen Ausbruch kommen zu lassen.«

Der Professor schüttelte bestimmt den Kopf.

»Ausgeschlossen! Diese Äußerung habe ich nicht getan, das weiß ich bestimmt. Ihre Frau Tante fürchtete allerdings, daß Sie später das Erbe Ihrer Mutter antreten könnten, und drang förmlich in mich, ihr die strengsten Maßregeln zu geben. Vor allen Dingen meinte sie, daß Ihnen eine Heirat schädlich sein könne. Aber ich konnte nur konstatieren, daß Ihre Konstitution völlig intakt war, ich fand Sie gesund und sehr kräftig. Gestatten Sie — ich will mich gleich noch einmal überzeugen.«

Der Professor nahm das Buch wieder auf.

Henner benutzte diese Gelegenheit, zu Rosemarie zu treten. Er streichelte ihr Haar. Sie sah mit hilflosem, betroffenem Blick zu ihm auf. Sich zu ihr neigend, flüsterte er ihr zu:

»Schweig, Rosemarie, kein Wort weiter, ich bitte dich. Du sollst nachher alles verstehen, ich erkläre dir alles.«

Diese Worte begleitete er mit einem dringenden, warnenden Blick. »Ja, ja, es ist, wie ich gesagt habe, meine Herrschaften. Ich habe Sie, gnädige Frau, damals als völlig gesund erkannt und dies auch natürlich Ihrer Frau Tante wahrheitsgemäß erklärt«, sagte jetzt der Professor bestimmt, sich ihnen wieder zuwendend.

Henner drückte Rosemaries Hand warnend in der seinen.

»Meine Frau hat das ihrer Tante nicht recht glauben wollen, Herr Professor. Sie hat angenommen, daß Frau von Ribnitz ihr das nur gesagt hat, um sie zu schonen. Und sie versuchte nun, gewissermaßen diplomatisch, Ihr richtiges Urteil zu hören. Verzeihen Sie meiner Frau dieses kleine Manöver, Herr Professor, sie ist natürlich sehr bedrückt von dem Gedanken, daß ihre Mutter ihr diese schlimme Krankheit vererbt haben könnte. Und sie will um jeden Preis die volle Wahrheit wissen über ihren Zustand. Deshalb bitte ich Sie, Herr Professor, meine Frau heute noch einmal gründlich zu untersuchen und ihr ganz offen und rücksichtslos Ihr Urteil kundzugeben.«

Der Professor lächelte. Henners Erklärung schien ihm glaubhaft. Er nickte der jungen Frau zu.

»Also eine kleine Diplomatin haben wir da vor uns? Nun — ich kann es verstehen, meine gnädige Frau, daß Sie die Wahrheit um jeden Preis ergründen wollten. Aber Sie hätten Ihrer Frau Tante ruhig glauben können, daß Sie gesund sind wie ein Fisch im Wasser. Daß Sie es auch heute sind, verrät mir Ihr Anblick schon ohne Untersuchung. Aber ich will Sie zu Ihrer Beruhigung noch einmal ganz gründlich unter die Lupe nehmen.«

Rosemarie saß da wie gelähmt und klammerte sich an Henners Hand, als sei dies ihr einziger Halt.

Der Professor hatte inzwischen nach seiner Gehilfin geklingelt, die Rosemarie beim Ablegen ihrer Kleider behilflich sein sollte.

»Sie treten bitte solange in das Nebenzimmer«, sagte er zu Henner.

Dieser löste seine Hand aus der Rosemaries.

»Sei ruhig, Liebling — und schweig«, flüsterte er ihr zu und sah sie beschwörend und mahnend an.

Dann ging er hinaus.

Rosemarie sah ihm mit großen, bangen Augen nach.

Was bedeutete das alles? Warum sollte sie schweigen, warum sprach Henner so seltsame Worte zu dem Professor?

Daß sie gesund sei, wagte sie noch immer nicht zu glauben. Sie kam sich vor wie ein hilfloses Kind, das sich im Finstern verirrt hat und sich nicht zurechtfinden kann. Wortlos legte sie ihre Kleider ab, von der Gehilfin unterstützt. Und dann folgte die Untersuchung, die Professor Vogel in gründlicher, gewissenhaftester Weise vornahm. Als er zu Ende war, sah er der jungen Frau lachend ins Gesicht.

»Nun, meine verehrte, gnädige Frau, wenn alle Menschen so gesunde und kräftige Lungen und eine so vorzügliche Konstitution hätten wie Sie, dann bliebe uns Ärzten nichts zu tun. Es ist so, wie ich Ihnen vorhin sagte, Sie sind so kerngesund, wie es wenigen Menschen beschieden ist.«

Rosemarie hörte das wie in einem Traum, den sie nicht für Wirklichkeit halten konnte. Sie war so erschüttert, daß sie sich vorläufig nicht einmal zu freuen vermochte.

Willenlos ließ sie sich von der Gehilfin des Arztes wieder in ihre Kleider helfen. Sie war nicht imstande, ein Wort zu sprechen. Ihr war zumute, als habe sie keinen festen Grund unter den Füßen. Und sie meinte, wenn sie jetzt die Lippen öffnete, dann müsse ein Schrei hervordringen, der all die heimlich getragene Qual der vergangenen Jahre zum Ausdruck bringen mußte. Einen klaren Gedanken vermochte sie nicht zu fassen.

Der Professor ließ Henner wieder eintreten. Rosemarie griff tastend nach seinem Arm, als müsse sie sich eines Halts versichern. Er legte schnell ihre Hand auf seinen Arm und sah ihr in das blasse, erregt zuckende Gesicht.

»Also, mein lieber Herr von Teklenburg, ich gratuliere Ihnen zu Ihrer gesunden Frau Gemahlin. Nicht die leiseste Spur einer Krankheit ist an ihr zu finden.«

»Ich wußte es, Herr Professor, und bin mit meiner Frau nur zu Ihnen gekommen, um sie selbst zu überzeugen. Ich danke Ihnen, daß Sie das getan haben. Aber nun wollen wir Ihre kostbare Zeit nicht länger in Anspruch nehmen.«

»Ich bin jetzt allerdings nicht Herr meiner Zeit, sonst würde ich gern noch ein wenig mit Ihnen plaudern.«

Henner verabschiedete sich nun von ihm. Auch Rosemarie, die noch kein Wort gesprochen hatte, stammelte einen Abschiedsgruß. Henner führte sie sorglich hinaus.

Stumm ging das junge Paar nebeneinander her, bis die Korridortür hinter ihnen zugefallen war. Sie waren nun allein in dem prachtvollen Treppenhaus. Da faßte Rosemarie wieder tastend nach Henners Arm, weil sich alles um sie zu drehen schien.

»Henner — was war das? Wie soll ich das alles verstehen?« stammelte sie fassungslos.

Er war selbst furchtbar erregt und küßte ihre Hände, eine nach der anderen, immer wieder, bis er sprechen konnte.

»Rosemarie, ich bin so glücklich, daß du nun weißt, daß du gesund bist. Freust du dich denn nicht, bist du nicht glücklich?« fragte er in verhaltener Erregung.

Sie sah ihn an mit seltsam schimmernden Augen. »Noch kann ich's nicht fassen, noch bin ich wie im Traum. Und dann — das mit Tante Herta, was ist das, warum sollte ich schweigen, warum sagtest du Professor Vogel nicht die Wahrheit? Ich taste ja in einem Dunkel umher und finde mich nicht zurecht«, sagte sie leise und hilflos.

Er legte seinen Arm stützend um ihre Gestalt.

»Komm, Liebling, wir wollen ins Hotel zurückfahren. Dort sollst du alles hören. Alles will ich dir erklären, was dir jetzt noch rätselhaft erscheint. Laß dich von nichts bedrücken und denke an nichts weiter als daran, daß du gesund bist.«

Er führte sie die Treppe hinab und hob sie unten in den Wagen.

Schnell hatten sie das Hotel erreicht. Kein Wort hatten sie unterwegs mehr gesprochen, hatten einander nur fest bei den Händen gehalten. Und Henners Blick war nicht von dem blassen, erregten Antlitz Rosemaries gewichen.

Im Hotel angekommen, gab Henner Kulitz Hut und Paletot, half Rosemarie aus ihrem Mantel und sagte Kulitz, daß er seiner vor Tisch nicht mehr bedürfe.

Das junge Paar befand sich in dem Salon, der zwischen ihren Zimmern lag.

Als sie allein waren, zog Henner Rosemarie neben sich auf einen Diwan nieder. Er fühlte, daß sie vor Erregung eiskalte Hände hatte, und preßte diese kleinen, kalten Hände an seine Brust, als müsse er sie erwärmen. Der unvorhergesehene Zufall, der ihn mit Rosemarie just zu dem Arzt führte, den sie bereits konsultiert hatte, machte es ihm unmöglich, die junge Frau auf alles Weitere schonend vorzubereiten. Jetzt mußte sie sofort und ohne Umschweife die volle Wahrheit erfahren, damit sie aus aller Unruhe und allem Zweifel erlöst wurde.

Sie sah ihn an mit einem Blick, der ihn erschütterte. Neben der Freude darüber, daß sie der Arzt für gesund erklärt hatte, waren Not und Pein in diesem Blick ausgedrückt. Er wußte, daß sie jetzt wie eine entwurzelte Pflanze erst wieder in festen Boden verpflanzt werden mußte, um Halt zu gewinnen.

»Nun sprich, Henner!« stieß sie mit bebender Stimme hervor.

Er sah sie zärtlich an. »Mein armer Liebling, nun soll dir selbst die Freude an deiner Gesundheit noch getrübt werden durch das, was ich dir zu sagen habe. Hätte ich geahnt, daß du damals schon bei Professor Vogel warst, so hätte ich dich heute zu einem anderen Arzt geführt. Ich wollte dich langsam und schonend vorbereiten.

Weißt du, daß ich dir ein Geschenk versprach, Liebling?«

»Ja, ja«, nickte sie ungeduldig.

»Nun — dieses Geschenk war die Gewißheit, daß du gesund bist. Ich wußte es schon, als ich dich neulich, von meiner kurzen Reise zurückgekehrt, bat, mit mir in Berlin zu einem Arzt zu gehen. Sein Urteil sollte mir helfen, dich langsam vorzubereiten. Ich wußte, daß du es schon immer warst, daß nie ein Arzt verlangt hat, daß du unverheiratet bleiben sollst. Und noch mehr, Rosemarie, ich wußte auch, daß deine Mutter niemals eine Spur dieses schlimmen Leidens gehabt hat. Sie war völlig gesund, wie du es auch bist. Hier — lies diese Bescheinigung Dr. Soltaus, des Arztes, der deine Mutter als Mädchen behandelt hat. Dieses Zeugnis brachte ich dir von meiner Reise mit.«

Er entnahm seiner Brieftasche das bewußte Schreiben und gab es ihr.

Rosemarie legte die Hand an ihre Stirn, als fürchte sie, der Kopf könne ihr zerspringen. Und als sie zu Ende gelesen hatte, hob sie fast furchtsam den Blick.

»Und — der andere Brief? Der, den ich dir gab, den Tante Herta mir gegeben — der andere Brief?« fragte sie zitternd.

Er legte seinen Arm um sie.

»Du ahnst es schon selbst, mein armer Liebling — er war gefälscht, gefälscht wie das, was dir Tante Herta als Ausspruch Professor Vogels glaubhaft machen wollte.«

Sie zuckte zusammen und preßte die Hände fest aufs Herz.

»Tante Herta! Henner — ach, Henner! Das ist — o mein Gott, mein Gott, warum hat sie mir das getan, warum?« stieß sie tonlos und entsetzt hervor. Und sie schauerte zusammen, als friere sie bis ins Herz hinein.

»Meine arme Rosemarie, ich kann mir denken, wie dich das bis ins Innerste trifft. Sie tat es, damit du nicht heiraten solltest, damit sie und ihr Sohn deine Erben wurden und sie unbeschränkt in Waldeck als Herrin schalten und walten konnte. Ich hegte schon lange Verdacht gegen sie. Er wurde mir fast zur Gewißheit am Tage, da wir uns verlobten. Seitdem war es mein heimlicher Wunsch, mein Bestreben, die Wahrheit an den Tag zu bringen, um dich von aller Qual und Sorge zu erlösen. Tante Herta hat ein frevles Spiel mit dir getrieben.«

Rosemarie schlug die Hände vor das Antlitz.

»So war all ihre Sorge, ihre so oft betonte zärtliche Besorgnis nur Lug und Trug? So hat sie mich mitleidlos bestohlen um die Freuden einer harmlosen Jugend, hat mir diese furchtbare Last aufgebürdet, die mich fast zu Boden drückte? Oh, welch ein Abgrund — welch eine grausame Tat!« rief sie zitternd.

»Ja, mein armer Liebling, ich verstehe dein Entsetzen, deinen Jammer. Was hast du alles erdulden müssen unter den Ränken dieser Frau, die sich als deine zärtlich besorgte Hüterin aufspielte.«

Rosemarie warf sich plötzlich aufschluchzend über die Lehne des Diwans und barg ihr Gesicht in den Händen. Ein krampfhaftes, furchtbares Weinen brach aus ihrer Brust und erschütterte ihren ganzen Körper.

Eine Weile ließ er sie gewähren. Dieser Ausbruch war eine Naturnotwendigkeit und zugleich eine Wohltat, die ihr Befreiung schaffen mußte von der furchtbaren Erregung. Er streichelte nur immer wieder sanft und tröstend über ihr Haar.

Als sie dann ermattet etwas ruhiger wurde, glitt er neben dem Diwan auf die Knie und umschlang sie mit beiden Armen.

»Nun ist es genug, Liebling! Nun darfst du nicht mehr weinen. Das liegt nun mit allem Bösen, mit allen Qualen hinter dir. Du mußt es vergessen. Sollst nun das schöne Leben liebgewinnen und dich deiner Gesundheit freuen.«

Er richtete sie auf und bettete ihr Haupt an seiner Brust. Sorgsam und zärtlich trocknete er ihr die Tränen. Ein süßer Friede kam über sie, als könne ihr nun nie mehr ein Leid geschehen, als sei sie sicher und geborgen für alle Zeit in seinen Armen.

»Du bist so gut zu mir, Henner. Und ich bin dir so von Herzen dankbar, daß du mir die Gewißheit meiner Gesundheit verschafftest. Aber es tut weh, daß Tante Herta so schlecht an mir gehandelt hat. Habe ich ihr doch nie etwas zuleide getan. Wenn du nicht wärst — dann hätte ich vielleicht nie die Wahrheit erfahren, dann lebte ich bis an mein Ende in der trostlosen Weltabgeschiedenheit und wüßte nicht, daß ich gesund bin und eine gesunde Mutter hatte. Wie soll ich dir nur danken?«

Er sah ihr mit einem heißen, tiefen Blick in die feuchtschimmernden Augen, mit einem Blick, der sie erbeben machte.

»Du hast mir nichts zu danken, mein süßes Lieb. Warst du es nicht, die mich zu neuem Leben weckte? Hast du nicht tausendfach mehr für mich getan als ich für dich? Warum tatest du das alles, mein holder Liebling, sage es mir — warum brachtest du mir so große Opfer?«

Sie war glühendrot geworden und sah atemlos, wie gebannt, in seine heißen, flehenden Augen hinein.

»Henner — ach, Henner, laß mich — frage nicht, ich kann dir nicht antworten«, bat sie zitternd, weil sie sich nicht ergeben wollte.

Er hielt sie ganz fest an seinem Herzen und fühlte, wie sie zitterte und bebte. Aber jetzt konnte er sie nicht mehr schonen. Der Egoismus des liebenden Mannes forderte sein Recht. Er wollte hören, was ihn glückselig machen sollte.

»Doch, Rosemarie«, flüsterte er voll heißer, zwingender Zärtlichkeit. »Du mußt es mir sagen. Ich lasse dich nicht aus meinem Arm, bis du mir die Wahrheit sagst, die süße Wahrheit, die ich mich zu hören sehne. Sage es mir, meine süße Frau, daß du mich liebst, wie ein Weib den Mann liebt, dem es sich mit Leib und Seele freudig zu eigen gibt. Ich habe es ersehnt und erhofft, daß du ganz mein würdest, und will mit aller Kraft um deine Liebe werben. Denn ich liebe dich, Rosemarie, ich liebe dich stark und tief, wie ich nie zuvor eine Frau geliebt habe und nie eine lieben werde. Was war ich für ein Tor, als ich dir in fanatischer Wahrheitsliebe sagte, daß ich dich nicht liebe! Wie bald erkannte ich meinen Irrtum. Je besser ich dich kennenlernte, desto heißer liebte ich dich. Und wenn ich ahnend fühlte, daß auch dein Herz sich mir zugewandt hatte, dann klopfte das meine in seliger Wonne. Kamen mir aber zuweilen Zweifel an deiner Liebe, dann war ich ein sehr unzufriedener Mann. Weißt du noch, wie ich dich zuerst im Wald küßte? Da hätte ich dich am liebsten nicht mehr aus meinen Armen gelassen. Aber deine Lippen blieben kühl und gaben meinen Kuß nicht zurück. Und wenn ich dein Zittern, dein Erröten nicht gesehen hätte, dann wäre ich sehr mutlos geworden. Seit jener Stunde mußte ich mich immer mit aller Kraft im Zügel halten. Du solltest ja erst wissen, daß du gesund bist, ehe ich dir die Frage vorlegen konnte, die mich mit heißer Unruhe erfüllte und die ich dir jetzt vorlege. Liebst du mich, meine angebetete Rosemarie?«

Sie hatte ihm gelauscht und seine Worte getrunken in seliger Lust. Und nun sah sie in sein geliebtes Gesicht, in die heißen, bittenden Augen hinein wie trunken vor Glück.

»Henner – Henner! Wenn mir jetzt nur das Herz

nicht bricht vor Seligkeit«, hauchte sie und schmiegte sich zitternd in seine Arme.

Er sah ihr in jauchzender Glückseligkeit in die flammenden Augen und dann preßte er seine Lippen auf den roten, blühenden Mund, der dem seinen entgegenkam.

Und alles Leid versank. In dieser Stunde begann für die beiden glücklichen Menschen ein neues Leben. Vor dem heißen, tiefen Glück ihrer Liebe verschwanden alle Schatten, die jemals drohend auf ihrem Weg gestanden hatten.

Lange saßen sie innig aneinandergeschmiegt beisammen und sahen sich in die flammenden Gesichter. Und viel süße, zärtliche Worte hatten sie zu tauschen und sich immer wieder zu sagen, was liebende Menschen nie müde werden zu hören.

Endlich kamen sie auch wieder auf Tante Hertas Betrug zu sprechen.

Rosemarie seufzte tief auf.

»Ach, Henner, was soll nun geschehen? Wenn ich daran denke, daß ich Tante Herta gegenübertreten soll mit dem Bewußtsein dessen, was sie mir getan hat — nein — nein, ich kann ihr nicht begegnen. Mir ist, als könnte ich sie nie, niemals wiedersehen.«

»Nein, Liebling, das sollst du auch nicht. Ich kann mir denken, daß du jetzt nicht mehr mit ihr zusammenleben kannst. Deshalb habe ich dir ja erst alles gesagt, nachdem wir von Waldeck abgereist waren. Ich möchte diese Frau nie mehr in deiner Nähe wissen.«

Rosemarie strich sich über die Stirn. »Ja, sie muß Waldeck verlassen, sie muß erfahren, daß wir ihr Spiel durchschaut haben.«

»Vielleicht weihen wir Onkel Steinau ein und bitten ihn, ihr alles zu sagen.«

Rosemarie schüttelte jedoch hastig und energisch den

Kopf. »Nein, Henner, niemand als wir beide sollen um ihre Schuld wissen — wegen Heinz. Ich liebe ihn wie einen Bruder, und ich weiß, er steht dem allen ganz fern. Er ist ein so ehrlicher, wahrer Charakter — und er liebt seine Mutter. Er soll nicht darunter leiden, es würde ihm entsetzlich sein, seine Mutter verachten zu müssen. Und ich glaube — so jung er noch ist, er hat Hilde Steinau gern. Bedenke, wenn er eines Tages um sie werben wollte, und Onkel Steinau versagte ihm ihre Hand — seiner Mutter wegen. Nein, Onkel Steinau soll nichts davon erfahren — kein Mensch außer uns. Es muß alles in aller Stille zwischen ihr und uns geregelt werden. Bitte, schreibe du ihr, ich kann es nicht. Sende ihr das echte Attest Dr. Soltaus und ihren gefälschten Brief ein und schreibe ihr, daß sie Waldeck verlassen soll, ehe wir heimkehren. Ich will ihr eine auskömmliche Rente anweisen, damit sie nicht in Not kommt, sie ist immerhin die Schwester meiner Mutter. Ich bin viel zu glücklich, als daß es mich nach einer unedlen Rache verlangen sollte. Und teile ihr mit, daß sie selbst eine Erklärung dafür finden soll, weshalb sie Waldeck verläßt, daß ich um keinen Preis will, daß Heinz irgendwie von dieser Angelegenheit berührt wird.«

Henner küßte seine junge Frau. »Wieviel Güte und Edelsinn wohnen in deinem Herzen, mein Liebling. Es soll alles nach deinem Willen geschehen. Aber nicht heute, heute habe ich für nichts und für niemand Zeit als für meine süße Frau. Und all das Schlimme und Böse streichen wir jetzt ganz aus unseren Gedanken. Du bist mein — ich bin dein, wir wollen das Glück in unserem Herzen festhalten, liebste, süßeste Frau.«

Sie warf sich in seine Arme.

»Henner — mein Henner! Wenn es nur nicht ein Traum ist, aus dem ich jäh erwache!«

20

Einige Tage später saß Herta von Ribnitz einsam und allein in Waldeck am Frühstückstisch und sah die eingelaufene Post durch. Und da fiel ihr ein Brief in die Hände, der Henner von Teklenburgs Schriftzüge trug. Er hatte den Vermerk: »Eingeschrieben.« Das Quittungsformular lag zur Unterschrift dabei. Das war so eingeführt in Waldeck. Die Quittung wurde in der verschlossenen Posttasche zum Postamt zurückgeschickt.

Frau von Ribnitz öffnete etwas erstaunt den dicken Brief, der den Poststempel Berlin trug. Und dann entnahm sie dem Kuvert zuerst den Brief, den sie fälschlich als von Dr. Soltau herrührend ausgegeben hatte. Sie erschrak bis ins innerste Herz. Henner von Teklenburg sandte ihr diesen Brief. Das war ein schlimmes Zeichen. Mit zitternden Händen zog sie nun den echten Bericht Dr. Soltaus hervor. Sie ließ dies Schreiben, als sie es gelesen hatte, entgeistert fallen und tastete zitternd nach dem dritten Briefblatt. Es war ein Schreiben Henners und lautete:

»Sehr geehrte, gnädige Frau!
Die beiden beiliegenden Schreiben bedürfen wohl keines weiteren Kommentars. Ich gestatte mir nur noch hinzuzufügen, daß ich gestern mit Rosemarie bei einem Berliner Arzt war, um sie untersuchen zu lassen. Ein Zufall — oder eine Fügung des Himmels — wollte es, daß dieser Arzt Professor Vogel war, den Sie vor zwei Jahren mit Rosemarie aufsuchten. Er erinnerte sich noch ganz genau, was er Ihnen damals für eine Auskunft gab, und

nur der Umstand, daß ich durch Dr. Soltau, ohne daß es meine Frau ahnte, schon vorbereitet war, setzte mich in den Stand, eine Katastrophe zu verhüten. Auch Dr. Soltau hat nichts von dem gefälschten Attest erfahren, ich konnte es verhindern, was Ihnen sicher angenehm sein dürfte.

Rosemaries Glück über ihre volle Gesundheit wurde nur getrübt durch die furchtbare Entdeckung, daß man ihr Vertrauen so frevelhaft mißbraucht hat. Diese Entdeckung konnte ich ihr nicht ersparen, weil sie die volle Wahrheit brauchte, um von ihrer und ihrer Mutter Gesundheit überzeugt zu werden.

Sie werden nach dieser Entdeckung sicher selbst wünschen, Waldeck zu verlassen, ehe wir von unserer Reise zurückkommen. Meine Frau überläßt es Ihnen, der Öffentlichkeit und Ihrem Sohn gegenüber eine Ihnen passend erscheinende Erklärung dafür zu geben, daß Sie Ihr Domizil wechseln. Die Angelegenheit soll tiefes Geheimnis zwischen uns dreien bleiben. Rosemarie wird Ihnen eine auskömmliche Rente bis an Ihr Lebensende anweisen lassen.

Wegen Ihres Sohnes, den Rosemarie schwesterlich liebt, und der in keiner Weise darunter leiden soll, ist es nötig, daß wir uns verständigen über den offiziellen Grund Ihres Fortgehens von Waldeck. Wir erwarten Ihren Bescheid in Tirol, wohin wir uns für die nächsten Wochen begeben. Unsere Adresse füge ich Ihnen bei. Heinz soll in Waldeck stets eine Heimat haben wie bisher. Ich gestatte Ihnen gern, als Grund für Ihre Entfernung von Waldeck eine unüberwindliche Abneigung gegen meine Person anzugeben, da mir dieser Grund am glaubhaftesten und wahrscheinlichsten erscheint.

Weiter habe ich Ihnen nichts zu melden.

Ich empfehle mich Ihnen ergebenst

Henner von Teklenburg.«

Herta von Ribnitz sank aufstöhnend in ihren Sessel zurück und bedeckte das bleiche Gesicht mit beiden Händen, als schäme sie sich namenlos. Jetzt erst, nachdem ihr frevles Spiel entdeckt war, kam ihr die ganze Größe ihres Vergehens zum vollen Bewußtsein. Und wenn ihr auch nie ein Richter das Urteil sprechen würde — sie war gerichtet und brach unter diesem Richterspruch zusammen.

Furchtbare Stunden und Tage durchlebte sie in qualvollen Selbstvorwürfen und reuevoller Zerknirschung. Ohne Rast und Ruhe lief sie Tag und Nacht umher, bis sie völlig erschöpft und kraftlos niederfiel.

Als sie aber dann wieder zu sich kam, fühlte sie es doch als eine Erlösung, daß Rosemarie nun alles wußte und daß sie ihren Sohn nichts entgelten ließ. Heiße Dankbarkeit darüber, daß Rosemarie und Henner ihr Vergehen geheimhalten wollten, erfüllte ihr Herz.

Als sie wieder klar zu denken vermochte, schrieb sie einen langen Brief an Rosemarie. Es war eine rückhaltlose, ehrliche Beichte ihres Vergehens und der Beweggründe, die sie dazu getrieben hatten. Zum Schluß schrieb sie:

»Du kannst mir niemals verzeihen, Rosemarie, und ich wage es nicht, Dich darum zu bitten. Ich erkenne, wie schwer ich mich an Dir versündigt habe. Aber laß Dir auf den Knien danken, daß Du Heinz nichts entgelten lassen willst, daß Du ihm ersparen willst, wegen seiner Mutter erröten zu müssen, und mir, daß ich vor meinem Sohn erröten muß. Wenn ich auch aus Liebe für ihn fehlte, er würde es mir nie vergeben.

Ich werde in Waldeck bleiben und mit allen Kräften noch in Deinem Interesse arbeiten, bis Ihr mir Eure Rückkehr meldet. Dann will ich verschwinden und Dir nie mehr vor das Angesicht kommen, es sei denn, du könntest mir eines Tages verzeihen.

Lebe wohl, Gott schenke Dir ein reiches, schönes Glück, wie Du es verdienst. Der Mann, den Du liebst — er verdient Deine Liebe, das habe ich längst eingesehen, wenn ich auch erst anderer Ansicht war, und ich danke ihm für seinen Edelmut, mich zu schonen. Ich werde nicht sagen, daß mich die Abneigung gegen ihn von Waldeck treibt, sondern werde als Grund meiner Entfernung angeben, daß ich mir jetzt in Waldeck überflüssig vorkomme und in Zukunft in der Nähe meines Sohnes leben will. Lebe wohl, Rosemarie! Ich will für Dein Glück beten aus tiefstem Herzen, wie um das Glück meines eigenen Kindes. Gott segne Dich — und er mag mir verzeihen.

In tiefster Reue und Beschämung

Herta von Ribnitz.«

Dieser Brief ließ Rosemarie das Vergehen in einem milderen Licht erscheinen. Die ehrliche Reue und Beschämung der zerknirschten Frau verfehlte ihre Wirkung nicht.

Sie konnte nicht unversöhnlich sein und schrieb an Tante Herta:

»Ich verzeihe Dir und will nicht richten. Auch will ich zu vergessen suchen. Aber in Waldeck können wir in Zukunft nicht zusammenleben. Es ist besser für Dich und mich, wenn Du gehst. Wenn wir später ruhiger geworden sind und ein Wiedersehen ertragen können, magst Du uns besuchen, um Heinz' willen. Wir müssen alles tun, um ihn zu schonen. Er darf nicht darunter leiden. Lebe wohl — und Gott mit Dir.

Rosemarie.«

Sechs Jahre sind vergangen, seit Rosemarie Henner von Teklenburgs Frau wurde. Sie ist voll erblüht im Sonnenschein des Glücks, und ihr Gatte betet sie noch heute an, wie an jenem Tag, als sie sein eigen wurde.

Henner von Teklenburg ist ein tüchtiger, fleißiger Landwirt geworden, unter dessen Leitung Waldeck fröhlich gedeiht. Man sieht es heute seinen lachenden Augen nicht mehr an, daß er sich einst selbst aufgegeben und verloren hatte.

Einen vierjährigen Sohn und ein zweijähriges Töchterchen hat das Schicksal Henner und Rosemarie beschert, und diesen beiden Kindern lacht die Gesundheit und der heitere Übermut aus den Augen.

Und nun soll in zwei Tagen in Steinau Hochzeit sein. Hilde Steinau und Heinz von Ribnitz sind ihrer jungen Liebe treu geblieben.

Papa Steinau hat ein rauschendes Fest ausgerichtet, und Tante Herta wird — auf Rosemaries besonderen Wunsch hin — mit dabeisein.